Слава Бродский

ИЗБРАННОЕ
Том второй

Slava Brodsky

SELECTED WORKS
Volume Two

Manhattan Academia

Слава Бродский
Избранное
Том второй

Slava Brodsky
Selected Works
Volume Two

Manhattan Academia, 2026
www.manhattanacademia.com
mail@manhattanacademia.com
ISBN: 978-1-936581-56-6

Второй том данного собрания сочинений включает два произведения. Первое из них – «Исторические анекдоты» – относится к истории большевицкой России. Оно направлено против веры значительной части людей планеты в социалистические идеи разных сортов и содержит исторические анекдоты автора с его примечаниями и комментариями Вальдемара Шнайдербилта. Книга включает также предисловие-эссе о десяти мифах советской России.

Вторая часть тома – «Московский бридж. Начало». Это воспоминания автора о первых шагах дубликатного бриджа в советской России (первое десятилетие – с конца 1960-х годов). Книга рассказывает о поединках московских команд и о ведущих игроках московского бриджа тех лет, о московских турнирах и о выступлениях москвичей на всесоюзных состязаниях по бриджу. О той атмосфере, которая окружала бридж в период тоталитарного коммунистического режима в стране. И о романтике бриджа – самой интеллектуальной игры, когда-либо изобретенной человеком и вовлекшей в свою орбиту двести миллионов игроков по всему миру.

ИСТОРИЧЕСКИЕ АНЕКДОТЫ

МОСКОВСКИЙ БРИДЖ НАЧАЛО

Содержание

ИСТОРИЧЕСКИЕ АНЕКДОТЫ 11

Предисловие к первому изданию 15
Предисловие ко второму изданию 45
ГЛАВА ПЕРВАЯ 49
Большевицкий переворот 51
О Хрыще, Зимнем и пьяных матросах 53
О Троцком, Анненкове и мировой революции 54
О Хрыще, красных комиссарах и пьяных крестьянах 55
О Хрыще, искусстве и Аппассионате 56
О Блоке, его поэме «Двенадцать» и большевиках 57
О дураках, идиотах и Политическом бюро 58
О социализме, экспроприации и революции 59
ГЛАВА ВТОРАЯ 61
Построение лагерей 63
О лагерях, эзоповом языке и жене Хрыща 65
О марксизме, Демьяне Бедном и его библиотеке 66
О Маяковском, Брике и пунктуации 67
О Ромене Роллане, Горьком и голубом небе 68
О Мандельштаме, Пастернаке и петухе 69
О Лиле Брик, Шкловском и Достоевском 70
О Хрыще, его референтах и Платонове 71
О душе, мыслях и одежде 72
О Пастернаке, Цветаевой и Ахматовой 73
О Хрыще, Бухарине и его письме 74
О Хрыще, Маяковском и Пастернаке 75
О Матильде, Николае II и Лиле Брик 76
О писателях, Лубянке и принципиальной позиции 77
О Хрыще, Мандельштаме и Пастернаке 78
О Горьком, Белом море и канале 79
О Цветаевой, Ахматовой и Ардове 80
О большевиках, меньшевиках и классовой борьбе 81
О Ломоносове, кулинарии и русском языке 82
О Пастернаке, Эренбурге и конгрессе писателей 83
О Хрыще, Калинине и его жене 84
О Бухарине, кулаках и непьющих бедняках 85
О Троцком, левом уклоне и ледорубе 86
Об Ахматовой, Чуковской и стихах Цветаевой 87
О Хрыще, принципах и правом деле 88
Об Алексее Толстом, Хрыше и паркете 89

ГЛАВА ТРЕТЬЯ 91
Война с Германией 93
О Хрыще, братьях и сестрах 95
О Хрыще, Эйнштейне и атомной бомбе 96
О Ленинграде, Ташкенте и Ахматовой 97
О войне, Красной армии и большевиках 98
О Черчилле, Хрыще и мире на Земле 99
О войне, пленных немцах и находчивости 100
О пленных немцах, гуманности и трибунале 101
ГЛАВА ЧЕТВЕРТАЯ 103
Восстановление лагерей 105
О Лиле Брик, Эльзе и Арагошеньке 107
О Пастернаке, Берлине и Канте 108
О Хачатуряне, саблях и лошадях 109
О незнакомцах, Эренбурге и его трубке 110
О Попове, братьях Черепановых и Курчатове 111
О Берлине, Ахматовой и «Дон Жуане» Байрона 112
О мясе, молоке и процентах 113
О Набокове, Маккарти и Якобсоне 114
Об Ахматовой, большевиках и буквах алфавита 115
ГЛАВА ПЯТАЯ 117
Оттепелизация 119
О науке, искусстве и либерализации 121
О Пастернаке, Хрыще и партии 122
О Лиле Брик, Бурлюке и его вставном глазе 123
О Пастернаке, Ахматовой и русской культуре 124
О холодильнике, пиве и боеприпасах 125
Об Ахматовой, Бабаеве и Ташкенте 126
О писателях, их дачах и поселке Переделкино 127
О Хрыще, его работниках и дружеских приветствиях 128
О Пастернаке, Ахматовой и их книгах 129
О ссылках, обучении и пожеланиях трудящихся 130
О Пастернаке, его романе и Хрыще 131
О Гроссмане, Молотове и Толстом 132
Об Ахматовой, Чуковской и синеглазом короле 133
О писателях, литературном фонде и Пастернаке 134
О Хрыще, Пестеле и пестицизме 135
ГЛАВА ШЕСТАЯ 137
Застоизм 139
Об Эренбурге, Хрыще и борьбе за мир 141
О Хрыще, его дочери и 60 миллионах 142
О Бродском, его школе и гениальности 143
О Лиле Брик, Примакове и Богородице 144

О правых, левых и Нобелевской премии 145
О Вигдоровой, Бродском и русской поэзии 146
О докторах, кандидатах и законах природы 147
О Шостаковиче, Ростроповиче и нотной бумаге 148
О студентах, профессорах и Голливуде 149
О Бродском, его друзьях и гениальности 150
О посольстве, теннисе и партийном бюро 151
О ветеринарах, Хрыще и бурных аплодисментах 152
О вождях, загранице и Саратове 153
ГЛАВА СЕДЬМАЯ 155
Перестроизм 157
О мыле, спичках и гвоздях 159
О хорошем, плохом и очень плохом 160
О евреях, Солженицыне и Бродском 161
О Хрыще, деятелях искусства и Высоцком 162
Об Евгении Рейне, Москве и стихах 163
О Бродском, летчиках и пуэрториканцах 164
О науке, технике и приватизаторах 165
ГЛАВА ВОСЬМАЯ 167
Победизм 169
О школьниках, эссе и экономическом крахе 171
О Пушкине, Арине Родионовне и Музее славы 172
О Буше, Хусейне и российских диссидентах 173
О Хрыще, учителях и Дне Победы 174
О музее Ахматовой, «Русском самоваре» и клешне омара 175
О Сергее Есенине, его сыновьях и женах 176
О России, Японии и линкоре «Миссури» 177
ПОЯСНЕНИЯ К ФРАЗАМ НА ИНОСТРАННЫХ ЯЗЫКАХ 178
ПОДПИСИ К РИСУНКАМ 179

МОСКОВСКИЙ БРИДЖ. НАЧАЛО 183

Предисловие 187
О бридже и перетягивании каната 189
«Правила игры в бридж по Кульбертсону» 194
Первый Форсинг и БУКС 200
Первый турнир 207
«Мужики» 218
Возможности разного рода 223
Первая победа 227
Московские турниры 253
Голубая каемочка 295
И-и-опаньки! 304
Дело было во Львове 316

Шведские бутерброды........321
Раз везение, два везение… 326
И это всё нам?! 330
Едьба тортов тимами........339
И два раскладных короля........366
Эпилог 377
Послесловие 401

ИСТОРИЧЕСКИЕ АНЕКДОТЫ

Пособие по истории советской России

Моим друзьям,
старым и новым

Предисловие к первому изданию

Эти анекдоты написаны мною в помощь тем, кто изучает историю советской, или (что почти то же самое) большевицкой, России. С одной стороны, я всегда считал, что эту историю должен знать каждый. Не только для того, чтобы советская власть (а я считаю ее самым разбойничьим правлением всех времен и народов) не могла больше нигде и ни под каким видом возродиться. А также для того, чтобы была поколеблена нерушимая вера значительной части людей нашей планеты в социалистические идеи всяких сортов с их единственным существенным общим признаком – принудительным перераспределением ценностей. С другой стороны, мне кажется, что изучение советской истории – занятие очень скучное и утомительное. Поэтому-то у меня и возникла мысль как-то облегчить мучения изучающих. Результатом чего и явились мои анекдоты.

На самом деле, когда я говорю о советской власти и большевиках, я имею в виду весь период новой российской истории, начиная с семнадцатого года прошлого столетия по настоящее время. Многие считают, что ни советской власти, ни большевиков сейчас уже нет. Но я бы с этим не согласился. И я вернусь к обсуждению этого момента далее в моем предисловии.

Изучение истории большевизма – дело совсем не

простое. С раннего моего детства я начал удивляться тем сильным отличиям, которые всегда существовали между тем, что реально происходило в советской России, и тем, что об этом говорили все вокруг. Мое удивление только возросло, когда я стал пользоваться несоветскими источниками информации (я имею в виду западное радиовещание). Конечно, западная информация сильно отличалась от большевицкой пропаганды. И, прежде всего, отсутствием явной намеренной лжи. Однако назвать ее правдивой тоже было нельзя. Все сведения западников были отрывочными. Узнавая что-то об одной стороне советской действительности, они понятия не имели о многочисленных окружающих деталях. Поэтому им не оставалось ничего другого, как все эти детали додумывать. Они додумывали детали нормальным, естественным образом и даже не осознавали, что они это делают. Поэтому получалось так, что они все время приукрашали советскую действительность. Это явно или неявно присутствовало практически во всех их передачах.

Когда я покинул пределы России, я подумал, что вот наконец-то я разберусь что к чему. Я докопаюсь, почему люди, у которых мозги не забиты большевицкой пропагандой, не могут понять самых простых вещей о России. Тут мое удивление возросло до размеров необычайных. Самое верное представление о России оказалось у тех, кто не знал о России ничего или почти ничего. У тех, кто плохо себе представлял, где эта Россия находится. У таких людей, по крайней мере, не было никаких иллюзий. Все прочие жили во власти различных мифов о советской России.

Когда я бросился жаловаться на это обстоятельство соотечественникам, которых я считал своими единомышленниками, то вот тут-то мое удивление достигло наивысшей точки. Они напрочь забыли все то, что знали (или, по крайней мере, должны были знать) о России. Все, что осталось у них в головах – это расхожие мифы о стране Советов.

Надо сказать, что истории советской России всегда сопутствовали многочисленные мифы. Во многом это было результатом совместного творчества Кремля и Лубянки. В этом Советы преуспели в значительной степени. Цинизм их пропаганды достиг такого высокого уровня, который, надо думать, более никогда и нигде превзойден не будет.

Мифы о Советах разошлись по всему миру. Рядовым современным человеком эти мифы не осознавались как таковые. А любой неосознанный миф сам по себе уже создает анекдотическую ситуацию. И мои анекдоты в какой-то мере имеют отношение к этим мифам. Вот поэтому в моем предисловии мне хотелось бы эти мифы как-то отчетливо обозначить. Я рискую, конечно, что мне предъявят обвинение в том, что я, дескать, пытаюсь объяснять анекдоты. А это всегда считалось как бы дурным тоном. Но в данном случае у меня положение безвыходное. Я определенно хочу, чтобы мои анекдоты были поняты не только моими друзьями. А когда я как-то попробовал прочитать их в более широкой аудитории, то увидел пару таких, знаете, совершенно растерянных лиц. И мне даже как-то не по себе от этого стало.

Итак, о советских мифах. Я насчитал десять мифов, связанных с историей советской России, которые мне представляются наиболее существенными. Я приведу их не в порядке значимости, а, так сказать, в хронологическом порядке. Ну и, конечно, выскажу о них свое мнение.

Миф первый. Социалистические идеи русских революционеров в начале двадцатого века сами по себе были хорошими, однако их претворение в жизнь по тем или иным причинам было осуществлено неправильно.

Я думаю, что это является самым большим мифом, когда-либо созданным человечеством. Начнем с того, что идеи русских революционеров были не лучше и не хуже тех идей, которые уже до них выработали социалисты всех мастей. Идеи эти были очень наивными, если говорить на языке людей, симпатизирующих социализму, и просто глупыми, если говорить на обычном языке. Один считал, что надо построить общество, где все будет по-новому, и предлагал с самого начала уничтожить все старое. Другой нес откровенную ахинею о равенстве. Третий мечтал о том, чтобы всех жен сделать общими. Четвертый по-простому делился с окружающими своими соображениями о том, что было бы неплохо сделать всех людей счастливыми. А пятый (кстати, большевицкий предводитель) считал очень важным уничтожить деньги где-то очень вскоре после захвата власти. Вот с таким интеллектуальным багажом и был произведен в России большевицкий переворот.

Будущие властители России были в основном заняты заботами о приобретении денег и о том, как захватить (а потом и удержать) власть. Не удивительно, что после этого Россию ожидал немедленный экономический крах. И, как следствие, немедленный жесточайший террор – единственный способ заставить обманутых людей подчиниться власти.

Большевики не могли сказать, что им не дали внедрить свои идеи. Практически все главные организаторы большевицкого переворота оказались в России у власти. В течение всего нескольких лет, внедряя свои идеи так, как они их понимали, они привели страну к полной экономической катастрофе.

Миф второй. Большевицкие лидеры были большими злодеями, но они были очень умны и хитры. Вся структура коммунистического режима была дьявольски хитро и надежно построена.

Что можно сказать по этому поводу? Неужели это можно считать умом, когда предводитель бунта, видя полную несостоятельность своих идей, начинает истерически требовать вешать всех, кто не согласен с новым режимом? Кто может видеть много ума в том цинизме, с которым руководители большевиков расправлялись с русским народом?

Теперь относительно той борьбы, которую большевики вели между собой. Если несколько глупцов сойдутся в смертельной схватке, то кто-то из них должен будет победить. Победитель не обязательно должен обладать крепким умом. Нельзя даже сказать, что он умнее всех тех, с кем он боролся. В самом деле, когда на большой дороге встречаются разбойник и случайный прохожий, разве побеждает тот, кто умнее?

Один уважаемый мною историк в своей книге об одном из главных большевицких лидеров стал сравнивать его действия с действиями гениального шахматиста, производящего свои расчеты на много ходов вперед. Этих он якобы расстрелял сразу же, других – несколько погодя, а третьих, хотя и мог убрать тут же, оставил напоследок. Почему историк сравнивал этого большевика с гениальным шахматистом, не ясно. До сих пор таких людей сравнивали с им подобными. То есть с преступниками. И называли преступниками.

Что можно сказать о большевицких органах подавления? Ничего такого интеллектуального. Сплошные зверства. Внутренняя разведка просто не работала. Все аресты производились по прямым доносам. Если человека предупреждали об аресте, он мог уехать в другое место и чувствовать себя в относительной безопасности (до следующего доноса).

Следствия, как такового, тоже не существовало. Оно подменялось избиениями и пытками. После чего все приговоры были основаны на ложных, полученных под пытками признаниях.

Коммунистический режим оказался очень живучим и заразным не по причине притягательности его идей и не по причине гениальности его лидеров, а в силу его крайней жестокости и бесчеловечности.

Миф третий. Первого сентября 1939 года Гитлеровская Германия развязала вторую мировую войну. Двадцать второго июня 1941 года она внезапно напала на Советский Союз, который к войне подготовлен не был. Этим объясняются все военные поражения России в этой войне.

Первого сентября 1939 года, когда Германия напала на Польшу, вряд ли все вдруг осознали, что это было началом второй мировой войны. Через шестнадцать дней, в то время как поляки отчаянно сопротивлялись немцам, русские ударили сзади. Это событие с гораздо большим основанием можно было бы считать началом второй мировой войны. Но русская пропагандистская машина со всей своей силой навалилась на версию первого сентября, породив таким образом еще один миф.

А теперь относительно германского нападения на Россию. Никакой внезапности нападения не было. Массивные приготовления с обеих сторон весной и летом 1941 года к наступательным операциям невозможно было скрыть. Россия в этом отношении вела себя довольно беспечно. Никакой конспирации – вся страна распевала воинственные песни о «яростном походе» и только ждала приказа. Развязка могла наступить каждый день. Вопрос заключался только в том, кто ударит первым. Каждая сторона рассчитывала напасть первой и об обороне не думала. Тем не менее, до сих пор еще многие продолжают удивляться тому, что Германия напала на Россию в сорок первом году. Эти действия Германии многими объявлялись безумными. Однако если бы первыми ударили русские, война закончилась бы для немцев, как сейчас думают многие, очень быстро. У Германии, в сущности, не было выбора, начинать или не начинать войну с русскими. А был только единственный шанс постараться ударить первой и надеяться на чудо.

Ударить первыми немцам удалось. Но чуда не произошло. Было только получудо: немецкие успехи в начале сражения. Успехи эти разными людьми объясняются по-разному. Одни говорят, что Россия готовилась только к нападению, но не к обороне. И русских учили только, как немцев бить, когда немец убегает, а русский догоняет.

Другие говорят (и я так и не понял, серьезно или шутя), что оборона у русских не получалась, потому что немцев было мало. А поскольку их было мало, то они все время норовили сбежаться со всех фронтов в одно место. Тогда их получалось больше, чем русских. Тут-то они и одерживали свои блестящие победы. А потом они удирали и собирались в другом месте. И там делали то же самое. Ничего с этим поделать было нельзя. Поэтому русские дождались такого момента, когда на любом фронте их было больше, чем всех немцев, вместе взятых. Вот тут-то немцам и пришел конец.

На самом деле все гораздо проще. Выигрывает тот, кто сильнее. (Я имею в виду, что слово «сильнее» относят к тем, кто побеждает.) Если русские проиграли в первой фазе войны, значит, они были слабее в военном отношении, несмотря на то что они превосходили немцев по численности войск и по качеству и количеству военной техники. Первые победы немцев еще раз показали, что военная сила определяется не только численностью войск и военной техникой, но также и умением воевать.

Миф четвертый. Красная армия победоносно закончила войну с Германией благодаря, в основном, героизму советских воинов.

Не сомневаюсь, что были случаи, в которых отличились геройством отдельные советские солдаты. Точно так же, как и не сомневаюсь я в том, что были случаи, в которых отличились геройством германские солдаты. Что же касается действий Красной армии в целом, то героизмом их назвать никак нельзя. И вот по каким причинам.

Первое, о чем надо сказать, это трудно объясняемые поражения и колоссальные людские потери. Советским войскам, несмотря на значительное военное превосходство во всем, понадобилось три года, чтобы только заставить немцев отойти с советской территории.

Далее, действия воинов Красной армии совершались под страхом быть расстрелянными за действительные или мнимые личные преступления. Действовала формула, придуманная еще в период гражданской войны основателями советской власти: либо возможная пуля от врага и вечная память, либо верная пуля от своих и бесславный конец. Во второй мировой войне к этому еще был добавлен страх советских воинов за свои семьи.

Не очень-то соответствуют общему понятию о героизме штрафные подразделения, которые посылались на верную смерть. Заградительные отряды гэбэшников, которые строчили пулеметными очередями в спины своих солдат, тоже мало вяжутся с понятием героизма.

Есть еще один неприятный момент. Советские войска разбойничали и занимались грабежом на оккупированных территориях. Часто использовавшийся большевицкой пропагандой образ советского солдата со спасенной немецкой девочкой на руках трудно себе представить в реальности. Если даже какой-то русский солдат и спас какую-то немецкую девочку, то сделал он это совсем не в том плане, который навязывался авторами этого образа. Если и надо было спасать девочку, то только от других советских солдат, которые, как хорошо известно, изнасиловали почти всё женское население оккупированной ими части Германии, практически не принимая во внимание возраст своих жертв.

А теперь о причинах поражения Германии.

Слышали ли вы когда-нибудь о парадоксе худых и толстых? Десять худых сражаются со ста толстыми. Каждый день худые теряют убитыми двух человек, а толстые теряют десятерых. Вопрос: успешно ли сражаются худые?

Вряд ли кто скажет, что худые сражаются плохо. Сражаясь против превосходящих сил противника, они каждый день совершают чудо, убивая в пять раз больше его солдат, чем теряют сами. Однако к концу пятого дня история заканчивается трагически для них. В то время как у толстых остается половина их солдат, у худых не остается ни одного воина.

Нечто подобное произошло и в войне русских с немцами. Русские несли несравненно бóльшие потери. Однако их численное превосходство в конце концов дало о себе знать. И, поддерживаемые усилиями союзников, они победили.

Миф пятый. Советский Союз освободил восточно-европейские страны от германского нашествия и спас человечество от фашистской чумы.

Как можно относиться к этому высказыванию? Трудно сравнивать два бесчеловечных режима – большевицкий и фашистский. Но очень часто конкретным людям приходилось делать выбор именно между этими режимами в различных жизненных обстоятельствах. Кто-то делал выбор в пользу коммунистов. А кто-то – в пользу фашистов. Фашистский режим был во многом антикоммунистическим. И многие рассматривали оккупацию Германией как освобождение от коммунистов. Многие верили, что фашисты спасут человечество от коммунистической заразы.

Никто не спрашивал у жителей стран восточной Европы, хотят ли они освобождения большевиками. Но большевики «освободили» их, и «спасенные» народы погрузились на долгие десятилетия во мрак большевицкого беспредела.

Мне довелось беседовать с одним белорусским пчеловодом летом восемьдесят второго года. На вопрос «Как при немцах жилось?» он отвечал после небольшого колебания: «А что – при немцах? При немцах порядок был». Этот порядок закончился, когда русские «освободили» Белоруссию.

Моему белорусскому пчеловоду, как я думаю, не надо было опасаться за свою жизнь. Поэтому для него хозяйственный порядок значил больше, чем все остальное. По этой причине, наверное, в некоторых западных областях России немцев встречали хлебом-солью.

Во время противоборства России с Германией во второй мировой войне был зафиксирован факт небывалого массового перехода войск на сторону противника. Многие русские таким образом выбрали из двух зол меньшее, потому что они ожидали, что фашисты смогут противостоять коммунистической агрессии.

Многие полагают, что фашисты имели преступные идеи и пытались их реализовать, а советские лидеры руководствовались разумными идеями и имели благородные цели, но иногда поступали преступно. Здесь все поставлено с ног на голову. И фашистские, и советские лидеры имели преступные намерения. Однако фашисты в общем и целом верили в свои идеи. И потому их не скрывали. Большевики же прекрасно сознавали преступность своих намерений. Они не только скрывали их, но представляли всем свои намерения в абсолютно противоположном смысле. Например, захватывая соседние страны одну за другой, твердили о миролюбии.

Об истинных намерениях большевиков можно судить по итогам второй мировой войны. Видно, неспроста название их страны не содержало в себе ни национальных, ни географических ограничений. Большевики присоединили к себе территории, принадлежавшие ранее Финляндии, Японии, Германии, Румынии и Польше. Захватили Латвию, Эстонию, Литву, Тувинскую народную республику. Подчинили себе Югославию, Венгрию, восточную часть Германии, Румынию, Албанию, Польшу, Чехословакию и Болгарию. И это все вдобавок к захваченным ранее территориям и порабощенным народам европейского и азиатского континентов.

Миф шестой. Суд над главными военными преступниками на Нюрнбергском процессе поставил последнюю точку в оценке событий второй мировой войны.

На самом деле суда над главными военными преступниками не было. Под судом были только немцы. Трудно сказать, насколько справедлив был этот суд, хотя бы потому, что трудно сказать, на основании чего этот суд вершился. В результате на виселицу пошли и действительные военные преступники, и те, кто с точки зрения современной морали преступниками не являлись или, по крайней мере, не заслуживали смертной казни. Например, Йодль был в 1953 году посмертно оправдан при пересмотре дела мюнхенским судом.

Отчаянные попытки немцев в Трибунале сказать

«вы делали то же самое» разбивались об объединенные усилия русских и их союзников. Союзники, заключив позорный союз с коммунистами, по-видимому, считали, что они обязаны играть свою партию до конца. Никто из большевиков, которые «делали то же самое», даже не был привлечен к суду.

Говорят, что в каких-то странах считается преступлением сомневаться в справедливости выводов Нюрнбергского трибунала. Значит, мне туда ездить нельзя.

Миф седьмой. Советская Россия в середине двадцатого века, присоединив к себе соседние страны, превратилась в мощную, экономически развитую державу.

Что же было развито в советской России?

Страна в прошлом была аграрной. Поэтому было бы естественно ожидать развитóго сельского хозяйства. Однако мы все знаем о сельском хозяйстве в советской России. Вряд ли в какой другой стране оно было на таком низком уровне. Весь работящий народ в деревнях и на хуторах был поголовно большевиками истреблен. Была оставлена только одна пьянь. Те здоровые силы, которые чудом уцелели и противились коммунистической селекции, страшно подавлялись даже в относительно спокойные годы.

Может быть, в России была развита промышленность? Ну, шлакоблоки умели делать. А если что посложнее – так нет. Особенно то, про что можно было сказать, работает оно или не работает. Потому что оно, как правило, не работало. Результаты научных изысканий в массе своей никому не были нужны, потому что вся советская наука работала в основном по заданиям полуграмотных большевиков. В целом развитие промышленности определялось результатами промышленного шпионажа. Что подавляло развитие отечественных отраслей производства. Например, в вычислительной технике первые успехи были подавлены ворованной зарубежной технологией и пиратским программным обеспечением.

Во многом мифу о могуществе советской державы содействовали успехи России в военных областях. Успехи эти были возможны опять же на базе ворованной технологии и потому, что практически все средства и резервы бросались на войну. Никакая другая страна не могла бы себе позволить этого. А советские правители запускали ракеты в Космос и держали свой народ на снегу с голыми задницами.

Сильное отставание в невоенных отраслях было засекречено. Я не знаю точных цифр, но думаю, что весомая часть всего населения советской России была «засекречена», то есть имела допуск к секретным сведениям. Это создавало иллюзию, что России есть что скрывать.

Я не хочу сказать, что в России вообще не было никаких секретов. Кое-какие секреты были. Например, одним из самых серьезных секретов был секрет о том, что у России нет технологических секретов. Относительно невоенных областей – об этом догадывался каждый. Здесь был полный провал. Вся страна работала на войну. Но даже и в военных областях технологических секретов практически не было.

Большим секретом были сведения о том, что именно было уворовано у Запада. Поэтому так часто можно было видеть штамп «секретно» на копиях технологических материалов зарубежных фирм. Еще одним из примеров секретов нетехнологического характера являлся секрет о факте разработки химического и бактериологического оружия и химических средств для борьбы с инакомыслящими.

Большущим секретом был тот факт, что большевики были не в состоянии увеличить расходы на военные нужды. Все, что было в наличии, уже отправлялось туда. Большевики были против «гонки вооружения». Это было единственным, в чем они были искренны. Но они были против «гонки вооружения» не потому, что заботились о благе человечества, а потому, что не могли уже больше увеличить ассигнования на войну. По счастью, нашелся в конце концов американский президент, который факт этот осознал. Американская военная промышленность прибавила чуток, и великая российская держава взорвалась изнутри.

К слову сказать, говорят, что президент этот имел один из самых низких коэффициентов интеллектуальности (IQ) за всю историю президентства в Америке. Оно хоть и не к месту, но не могу удержаться, чтобы не заметить, что если подумать хоть чуть-чуть, можно догадаться, что приведенный факт очень сильно подрывает доверие ко всей этой процедуре с коэффициентом интеллектуальности. И я бы ожидал, что после такого позорного, так сказать, тестирования этого самого коэффициента математиков и прочий народ, который его создал, отправят на медицинское освидетельствование. Но не тут-то было. И математиков не тронули, и коэффициентом этим продолжают народ третировать.

Миф восьмой. Несмотря на все недостатки советского режима, при социализме человек чувствует себя социально защищенным. Ему обеспечены бесплатное обучение и бесплатное медицинское обслуживание, гарантированы заработок и пенсионное обеспечение.

Так называемые бесплатное обучение и бесплатное медицинское обслуживание не являются на самом деле бесплатными. За обучение и медицинское обслуживание, во-первых, платит каждый (в виде налога с заработка), а во-вторых, не в зависимости от того, какое обучение и какая медицина ему нужна, а в зависимости от величины его заработка. Кому-то это нравится, кому-то не нравится. Не нравится это многим из тех, у кого заработок высок и кому приходится таким образом как бы платить за других. Но настоящая беда заключается не в этом. Доктрина бесплатного обучения и бесплатного медицинского обслуживания имеет огромный подводный камень: отсутствие обратной связи. Если вам не нравится, как вас лечат, вы не можете взять свои деньги и пойти к другому врачу. Этим нарушаются естественные рыночные отношения. Что, по логике, должно привести к полному упадку и медицины, и образования. Это мы и наблюдаем в реальной действительности в советской России.

Нечто похожее можно сказать и о гарантированной работе. В том смысле, что проблема заключается не в самом факте, что работа гарантируется даже тем, чьи услуги никому не нужны. Беда заключается в том, что при гарантированном заработке для основной массы населения перестает существовать стимул для работы. И основная масса населения в построенном русскими большевиками социализме перестала работать.

Теперь относительно гарантированного пенсионного обеспечения и того, насколько человек может чувствовать себя защищенным с этой стороны. Пенсионное обеспечение – это обещание платить деньги. Какова цена этого обещания? Разные люди ответят по-разному на этот вопрос. Тот, кто знаком с финансовыми вычислениями, скажет, что всестороннее рассмотрение этого вопроса связано не столько с размером назначенной пенсионной выплаты, сколько с рядом других факторов. Из них наибольший вес имеет кредитный рейтинг того, кто дает гарантии выплачивать пенсию. Выплачивать пенсию обещало советское государство. При низкой экономической базе Советов их кредитный рейтинг был низок. Что могло с немалой вероятностью привести к его банкротству и, следовательно, к отказу от обязательств. Это и произошло на самом деле в России в конце прошлого и начале нынешнего веков. Те же, кто считали себя преемниками большевиков, поступили по-большевицки: они присвоили себе достояние государства и отказались от выплаты долгов.

Миф девятый. В России в начале девяностых годов двадцатого века народ сломил сопротивление большевиков, демократические силы победили. С распадом Советского Союза закончилась холодная война.

Простой народ в основной своей массе вообще никакого участия в переворотах девяностых годов не принимал. Народ, который долгие десятилетия жил под сильнейшим давлением большевицкой пропаганды, мыслил в массе своей по-большевицки. Поэтому смешно подумать, что он стал бы бороться против большевизма.

Интеллигенция тоже жила долгие годы под тем же давлением большевицкой пропаганды и тоже в основной своей массе думала по-большевицки.

Это правда, что всякий народ ропщет по поводу любого правления. Русский народ не является исключением. Но от пьяных и полупьяных разговоров до участия в перевороте – огромное расстояние.

Конечно, последователи большевиков уже давно называют себя по-другому. С семнадцатого года прошлого столетия большевики и их последователи многое изменили и в экономике, и в политике, и в тактике. Особенно в последние двадцать лет. Например, они перестали уже захватывать мосты и стали концентрироваться больше на избирательных участках. Но основным большевицким принципам они остаются верны до сих пор. Особенно главному из них: подчинению судебной системы верховной власти.

Последователи большевиков никогда не скрывали своих симпатий. В этом нас убеждают и самые недавние события. В благодарность и добрую память о прошедших годах вернулись они к старому большевицкому гимну, который сочинен был в самое кровавое время. Союзные республики разбежались, поэтому пришлось довольно сильно изменить слова гимна. А с музыкой все проще оказалось: наполовину она следует версии 77-го года издания. А на другую половину – гимну 44-го года. Так и продолжает звучать, уже в двадцать первом веке, кровавый большевицкий гимн. Так что пока большевицкий гимн живет в России, я думаю, нельзя сказать, что большевиков больше не существует и демократия в России восторжествовала.

Теперь о холодной войне. После распада Советского Союза напряжение в противостоянии государств с разными общественными устройствами ослабло. Ослабло оно, правда, не вследствие распада Советского Союза, а вследствие тех же причин, из-за которых он распался. Прежде всего – экономических. Однако экономические причины здесь важны не сами по себе. Просто в момент распада Советского Союза в его экономическую немощь наконец-то поверило много народу. Это повлекло за собой трезвую оценку и переоценку результатов военных операций, в которых Советы участвовали. Что также способствовало ослаблению напряженности.

Однако ослабление напряженности не означает конец холодной войны. Не надо быть мощной державой, чтобы представлять собой угрозу человечеству. Террористические акты, заказные убийства, компьютерный бандитизм – это арсенал средств, который может быть на вооружении даже слабой в экономическом и военном отношении страны.

Миф десятый. Россия – страна загадочная.

Этот последний в моем списке миф возник вследствие всех остальных мифов. Если в мире господствуют мифы (а по-другому сказать – нелепицы), то, естественно, возникает большое количество противоречий. А как разрешить эти противоречия?

Кто-то сказал однажды, что Россия – страна

загадочная. И теперь пошло-поехало. Как что непонятно про Россию, так сразу – загадочная страна.

Году в 75-м случилось мне быть в командировке. Зашел утром позавтракать в гостиничное кафе. А рядом за соседний столик сел какой-то иностранец с (разумеется) сопровождающим его лицом. Принесли им кофе. А я сижу и наблюдаю. Наблюдаю я потому, что кофе этот я уже попробовал. Это была какая-то бурда из цикория. И мне было интересно, как же иностранец на эту бурду прореагирует.

И вот иностранец хлебнул этот кофе. Ну и глаза у него сразу круглыми стали. И говорит он своему приятелю по-русски: «Россия – страна загадочная».

В якобы мощной супердержаве нельзя было купить ничего, включая спички, мыло, хлеб, соль. Какое можно дать объяснение этому факту? Никакого разумного объяснения не получается. Поэтому и говорят: «А это потому, что Россия – страна загадочная...» К этому иногда ни с того ни с сего добавляют: «...и еще вследствие загадочного русского характера».

Заканчивая перечисление мифов о советской России, хочу отметить следующее. Живучесть этих мифов стала, по-видимому, одной из причин того, что социалистические идеи не были дискредитированы в глазах большинства людей после провала социалистического эксперимента в России. Так же, как и более давняя история, новейшая история ничему не научила людей.

Впрочем, та же история учит нас, что история никого ничему не учит. Так что тот факт, что история никого ничему не учит, не должен никого удивлять.

Есть еще одна причина популярности идей социализма. На свете существует великое множество людей, которые пропагандируют эти идеи. Я имею в виду философов разных периодов и течений. Они убеждают народ в том, что идеи социализма – справедливы, привлекательны и плодотворны.

Сразу же хочу оговориться здесь: я категорически не согласен с бытующим мнением о том, что философы способны нести только одну полуосознанную ахинею. Хотя, честно говоря, меня всегда удивлял этот род занятий, если говорить о философии в русском значении этого слова. Ну, древним философам простительно. Им надо было себя чем-то занять. И простительно им было иметь наивные мысли. Они не знали того, что знаем мы, и жили в относительной изоляции. А вот что такое современный философ, я не знаю. И я иногда думаю, неужели сегодня найдутся такие люди, которые могут сказать: «Я – философ»? То есть, я, конечно, допускаю, что в разговоре кто-то может сказать мечтательно: «Я, знаете ли, – философ». Но вот чтобы, скажем, при знакомстве на вопрос «что вы делаете?» человек ответил «я – философ», вот такого я себе представить не могу. Хотя на самом-то деле мне трудно представить себе не тех, кто философствует, а тех, кто стал бы платить им за это деньги. Так что, я думаю, тем, кто еще хочет оставить в философии свой след, приходится сейчас делать это, как правило, в свободное от основных занятий время. Это значительно уменьшает плотность философов в среде остального народа. И я надеюсь, что это также стало относиться и к России, где этот род деятельности скомпрометировал себя в наибольшей степени.

Одним из положительных сдвигов в современной философии является то, что философы наконец-то решили оставить в покое математику. И от физики вроде бы тоже начали отходить. А то получалась какая-то смешная ситуация. Когда тот, кто хорошо знал физику, начинал объяснять себе и другим, как устроен мир, это называлось наукой. А когда тот, кто в школе получал тройки и четверки по физике, начинал решать физические проблемы, это называлось философией. Но теперь все меняется к лучшему. Столько раз уже попадали философы впросак с математикой и физикой, что сейчас стали гораздо осторожнее. И не только они, кстати. Теперь уже все знают, что есть вещи сложные (математика и физика, конечно, в их числе) и что в такие сложные дела без специальной подготовки лучше не лезть, а есть вещи и попроще. Это, безусловно, очень здорово, что люди стали задумываться над тем, что такое сложно и что такое просто. Беда заключается только в том, что к разряду простых вещей была причислена социальная сфера деятельности человека.

Сейчас уже вряд ли кто скажет: «Давайте к доказательству теоремы Ферма применим логарифмы. И синусы. Ну, чтобы они так, знаете, по касательной вверх и вниз, вверх и вниз». Такое, если и услышишь, то очень редко. А вот такие предложения как «давайте налогов брать меньше, а на социальные нужды тратить больше, чтобы все жили хорошо» – такое можно часто услышать.

Идеи такого типа, как я заметил, и к нам уже занесло. Еще хорошо, что наши социалисты не хотят людей сделать абсолютно счастливыми, а желают их просто немного осчастливить. И это, конечно, совсем другое дело.

А в Голливуде эта русская идея социалистов – экспроприировать деньги из банков – так понравилась, что теперь является просто-таки беспроигрышным сюжетом для фильмов. В них ограбленные всегда остаются в дураках, грабители – с деньгами, создатели фильмов – с почетными премиями.

А по поводу того, чтобы все жили хорошо, я вот что вспомнил. Звонит мне как-то один мой приятель и говорит:

– Ты знаешь, что такое среднестатистический, или, по-простому, средний человек?

– Нет, – отвечаю я.

– Это очень просто, – говорит мой приятель. – У среднего человека всего, чем он обладает, имеется больше, чем у половины всех людей и меньше, чем у другой половины. Вот смотри, до чего я додумался. Сколько бы мы ни пытались развивать умы, всегда половина всех людей будет глупее среднего человека. Сколько бы мы ни бросали средств на образование, всегда половина всех людей будет образована ниже среднего. Сколько бы мы ни пытались перераспределить средств в пользу малоимущих, все равно половина всех людей будет беднее среднего человека.

– А если у всех будет всего поровну? – спрашиваю я.

А мой приятель мне и говорит:

– У всех может быть всего поровну только в одном единственном случае, когда ни у кого ничего нет.

Я, по некотором размышлении, согласился с такой точкой зрения. А по поводу равенства – на все сто процентов.

Над чем еще работают философы? Они изучают историю флагмана социализма – советской России. Они анализируют различные события. Они пытаются нащупать какие-то закономерности в развитии страны большевиков. И на основании открытых ими закономерностей они делают удивительные заключения.

По этому поводу могу заметить, что если подумать немного, можно догадаться, что в тоталитарной стране основной закономерностью является отсутствие всяких закономерностей.

Когда в моей недавно изданной книге «Бредовый суп» прозвучала впервые похожая мысль, то все отнеслись к ней недоверчиво. Но потом многие как-то быстро ее приняли. Однако же многие из тех, кто занимается историей Советов, все еще пытаются найти логику в тех нелепостях и противоречиях, которыми полна жизнь при большевиках. А некоторые даже дошли до того, что стали считать, что все эти нелепицы и противоречия были так специально задуманы. Для того чтобы, мол, легче было народом управлять. Поскольку, мол, все было непонятно, то каждый чувствовал себя виноватым. Он обязательно нарушал какой-то закон. Поэтому боялся вступать в конфликт с властями. И все это якобы было сделано так намеренно советскими лидерами.

Думать так – это все равно, что думать, что слон специально отрастил свой хобот, потому что ему удобно этим хоботом управлять. Ни о чем таком слон даже и не помышлял. И я не знаю, какие основания есть у людей приписывать большевицким лидерам такие большие способности. Я не понимаю, почему бы не считать их такими, какими они представляются нам по тому, что они говорят и что они делают. То есть бездарями и невеждами.

Мысль об отсутствии закономерностей в стране большевиков и очень близкая к ней мысль о том, что насильственное отклонение от законов природы приводит к театру абсурда, являются единственными, так сказать, философскими мыслями, которые, хоть и неявно, но присутствуют в моей книге. В этом заключается моя помощь тем, кто изучает историю советской России и имеет философский склад ума. Что вместе с развлекательной функцией, о которой я говорил в самом начале своего предисловия, дает мне основание считать мою книгу очень и очень полезной.

Первоначальное мое желание было охватить в книге весь период советской власти в России и все его, так сказать, сюжеты. Однако я заметил, что очень часто я сбивался на литературные темы. Возможно, это произошло по той причине, что я сам почти что литератор. А может быть потому, что советские правители часто давали повод для анекдотов, заигрывая с писателями и считая, что таким образом они смогут оказать на них большее влияние. Ну и, конечно, заодно они были бы не прочь прослыть людьми образованными или, по крайней мере, либеральными. Что им часто удавалось. Правда, только среди людей недалеких.

Я вполне допускаю, что кому-то может показаться, что я слишком свободно обращаюсь с различным фактическим материалом: названиями, именами, датами событий. Но я думаю, что жанр исторического анекдота предоставляет мне такие возможности.

Я не стремлюсь дать в моей книге точные названия большевицких организаций. Я считаю, что в этом нет никакой нужды. Для меня не важно, как точно он назывался, этот комитет: Государственный коммунистический комитет безопасности или Государственный комитет коммунистической безопасности. И не важно, когда он был образован, в семнадцатом году или намного позже. И была ли письменная его инструкция по какому-то определенному вопросу или это были устные наставления. Мне не хочется вспоминать, на каких должностях служили у большевиков Троцкий и Бухарин, какие фамилии они первоначально носили и кого из них звали Львом Абрамовичем. Для моего изложения это не имеет абсолютно никакого значения. И мой читатель, и предполагаемые критики должны, как я надеюсь, это принять.

Книга моя еще не вышла в свет, а меня уже потихоньку стали поругивать за резко отрицательное отношение к России. Но всякий раз, когда я пытался уточнить, о какой России идет речь, ничего хорошего из этого не получалось. На самом же деле я всегда с большим уважением относился к России добольшевицкой. И вот в знак этого и в память о ней в начале каждой главы я решил поместить по одному рисунку архитектурных сооружений старой России. (Сооружения эти, как и многое другое хорошее, были большевиками уничтожены.)

Ну а к большевицкой России трудно относиться с уважением. Слишком много преступлений против человечества за ней числится. В том числе следующие два: она убила много миллионов людей и она искалечила души всех живущих на ее земле.

Мой школьный товарищ из Москвы заметил мне: «Но ведь можно было бы вспомнить и о каких-то новаторствах в советской России. Почему у тебя о них ничего нет?» И я ему ответил, что я согласен с тем, что были новаторства в советской России. Например, есть нечто определенно новое, что советская Россия подарила человечеству. Это – троекратное целование в губы при встречах на высшем уровне. И у меня поначалу было что-то об этом в моей книге. Но потом я решил этот кусок выбросить. Не то чтобы я думал, что в этом есть что-то плохое. Просто мне никто не верил, что такое было на самом деле. Все считали это чистейшим вымыслом. А это, знаете, очень опасно – иметь в своей книге много материала хоть и правдивого, но для многих сомнительного. Ну а поскольку у меня уже набралось достаточно такого, то я и решил кое-что исключить.

Но все равно, я думаю, мои исторические анекдоты кое-кому могут показаться совершенно нереалистичными, даже несмотря на то что все они основаны на событиях вполне реальных. Правда, с чисто формальной точки зрения они иногда допускают описание невероятных, а иногда и просто невозможных явлений. И все-таки я не перестаю удивляться той степени недоверия, которое иногда высказывается по поводу моих анекдотов.

Вот вам пример. В моих анекдотах Гитлер может запросто встретиться с Риббентропом. И все это – несмотря на то что Гитлер родился задолго до того, как Риббентроп умер. Факт, кстати, широко известный, но почему-то часто вызывающий удивление публики. Когда я рассказывал все это недавно на каком-то литературном собрании, один из слушателей стал меня очень въедливо допрашивать, серьезно ли я считаю, что Гитлер родился задолго до того, как Риббентроп умер. И когда я стал убеждать его, что я не шучу, он сказал, что я, наверное, просто сошел с ума. Потому что всем, мол, известно, что Гитлер с Риббентропом были современниками. И Риббентроп был, мол, даже правой или, там, левой рукой Гитлера. И так он сильно меня припирал к стенке своими доводами, что мне даже пришлось в какой-то момент пойти на компромисс, и я предложил ему считать, что мы оба правы. Но он ни в какую с этим не соглашался. И мне пришлось ему сказать, что нас рассудит история.

Немного о самом жанре исторического анекдота. В отличие от обычного анекдота, не предполагается, что он обязательно будет всякий раз вызывать смех. Скорее наоборот, чаще всего он наведет на грустные размышления. Однако должен сказать, что в некоторых моих анекдотах я немного подшучивал по поводу событий совсем печальных, если не сказать – трагических. Я понимаю, что кому-то это может не понравиться. И я прошу у таких людей прощения, если я как-то затронул их чувства.

В свое оправдание могу сказать, что я пытался следовать русской традиции. Я жил с русским народом в самый трудный период его истории. В это время, вконец замордованный большевиками, он смог найти для себя отдушину – смеяться над своими горестями. И мне это всегда импонировало – этот смех сквозь слезы. А сейчас я только могу еще раз сказать, что следую здесь русской традиции. Это, кстати, единственное, что я заимствовал у русских. Не считая, конечно, их замечательного обычая пить теплую водку по утрам.

Я упоминаю много имен в своих анекдотах. И иногда может показаться, что я хочу кого-то обидеть. На самом деле я ни о ком не хочу сказать ничего плохого. Просто дело в том, что люди всегда отражают свое время. Я всегда так думал. Кстати, я долгое время считал, что это я придумал такой закон: в хорошей стране люди становятся хорошими, в обычной стране – обычными и в поганой стране – погаными. Оказалось, что независимо от меня и гораздо раньше этот закон придумал Михаил Зощенко. Ну и теперь мне приходится только говорить, что в этом отношении я с Михаилом Михайловичем полностью согласен.

Некоторые мои анекдоты требуют кое-каких операций с числами. Это может затруднить их понимание нетехнически мыслящему читателю. Но я думаю все-таки, что чуть-чуть природной смекалки или самой элементарной математики, скажем, на уровне второго курса мехмата любого российского университета будет вполне достаточно.

Немного о том, как критика на «Бредовый суп» повлияла на мою нынешнюю книгу. Дело в том, что меня часто упрекали в том, что я не давал переводов английских фраз, которые попадались в «Бредовом супе». Дошло даже до того, что из-за этого меня стали обвинять в неуважении к читателю.

Что я могу сказать по этому поводу? Я понимаю, что все очень привыкли к этому пристрастию советской власти – давать переводы иностранных фраз. Однако я думаю, что я вправе был следовать и другой традиции. Кроме того, я считаю, что когда я не даю переводов, тогда-то я и выказываю мое глубокое уважение к читателю. Но раз уж меня критиковали все так упорно, то теперь я решил немного уступить моим критикам. И в этом издании все фразы на английском и немецком языках даны мною в примечаниях в русском, так сказать, звучании.

Наконец, самое последнее, что я хотел бы сказать. В текстах моих анекдотов хотя и редко, но встречаются бранные слова. Поэтому я предупреждаю, что это издание – для взрослых: читателю моего сборника должно быть не менее сорока пяти лет. Дополнительно к этому родительское разрешение и надзор были бы крайне желательны.

Слава Бродский
Millburn, NJ
19 ноября 2007 года

Предисловие ко второму изданию

Приступая к подготовке второго издания моей книги, я с большим сожалением должен был констатировать, что ее актуальность существенно возросла за последнее время. Когда в предисловии к первому изданию я говорил о вере значительной части людей нашей планеты в социалистические идеи, то, по правде говоря, не в полной мере относил это высказывание к стране, в которой я живу. Теперь, почти через 13 лет после публикации первого издания, многое изменилось. Теперь даже самые крайние левые идеи находят поддержку среди большой части нашего населения. Ну то, что такие идеи модны в среде молодежи, – это еще можно было бы как-то понять. Но то, что они популярны и среди старшего поколения, – это мне кажется совершенно необъяснимым.

И вот совсем недавно я обнаружил, что в этой, второй, категории оказалось немало моих знакомых, которые, как и я, когда-то жили в России. Тогда, давно, они хоть и скрыто, но сильно ненавидели власть советов, боготворили тех, кто боролся за права человека, да и вообще, как мне казалось до недавних пор, дышали со мной одним воздухом. Но, по-видимому, воздух у нас все-таки был разный. Знакомые мои, как и многие из тех, кто когда-то ненавидел советскую власть, оказались носителями вируса социалистических идей. И теперь они вполне разделяют идеи лидеров наших социалистов. Более того, человеческие качества этих лидеров, по всей видимости, в какой-то степени соответствуют тому образу строителя социализма, который десятками лет внедрялся в сознание людей страны советов. И поэтому даже тем из моих знакомых, кто не подписался бы под всеми левыми идеями, нравятся лидеры, которые продвигают такие идеи, и не нравятся те, кто против этих идей борется.

Ну конечно же, мне было больно все это наблюдать. И я стал все чаще и чаще вспоминать о своей книге. И в какой-то момент начал подумывать о ее втором издании. А когда у меня набралось много новых анекдотов, вот тогда решение о переиздании книги созрело у меня окончательно.

Ничто кардинально не поменялось во втором издании. Оно сохраняет структуру первого. Только теперь оно включает значительное количество новых анекдотов, главным персонажем которых по-прежнему является Хрыщ – собирательный образ всех российских диктаторов последних ста с небольшим лет. Второе издание содержит также комментарии моего приятеля Вальдемара Шнайдербилта. Решение об их включении было принято одним теплым осенним вечером, когда мы с ним пили чай на террасе моего миллбурнского дома. Вальдемар сказал мне, что в моих примечаниях и пояснениях я очень уж часто продолжаю шутить и это, как ему кажется, может сбить с толку слишком доверчивого читателя. Он также поделился со мной еще какими-то своими мыслями по ряду тем книги. Я предложил включить его соображения во второе издание в виде примечаний. И он без колебаний согласился. При этом он добавил, что не собирается объяснять анекдоты, но все-таки какие-то точки кое над чем хочет расставить. И я думаю, что комментарии

Вальдемара положительно повлияют на процесс усвоения материала книги читателями. За что я выражаю ему свою глубокую признательность.

Слава Бродский
Boynton Beach, FL
Май 2020 года

ГЛАВА ПЕРВАЯ

Каждый час в город прибывало около ста тысяч человек. Люди говорили на всех языках, но понимали друг друга с полуслова. Коверкая слова, все пытались хоть что-то сказать по-немецки, и никто не стеснялся своего акцента. Многие слушали радио. Одно слово повторялось вновь и вновь. Это слово было – Берлин.

Все были пьяны от счастья. Группа пожилых людей пыталась отбить молотком что-то от Стены на память. Солдаты стали снимать свою форму. Они хотели слиться с толпой. Западные и восточные полицейские обменивались своими фуражками. Все вдруг стали братьями.

Кто-то слушал запись пресс-конференции, которая состоялась в четверг в Овальном офисе:

– Для нас это величайшая победа в долгом сражении между Востоком и Западом. Но я не вижу признаков ликования на вашем лице, – допытывал кто-то Президента.

– I am not an emotional kind of guy, – сказал Президент.

Большевицкий переворот

Старая Москва. Красные Ворота

О Хрыще, Зимнем и пьяных матросах

Прибегают как-то к Хрыщу пьяные революционные матросы и говорят:

– Ну что, будем Зимний брать?

– Да, – сказал Хрыщ, – а сейчас всем спать, завтра рано подыматься.

– Послезавтра, значит, – догадались матросы.

Прим. Вальдемара Шнайдербилта. В советской России появилась масса литературных произведений, кинофильмов и театральных постановок о перевороте большевиков. Те из них, которые оказывались наиболее приемлемыми для Советов, утверждались ими как отвечающие реальным историческим событиям и изучались на всех уровнях советской школы. В анекдоте дается прямой намек на одно из таких произведений – поэму Маяковского «Хорошо», где говорится о вожде большевиков, планирующем октябрьский переворот: «Сегодня… подыматься рано. А послезавтра – поздно. Завтра, значит».

О Троцком, Анненкове и мировой революции

Как-то художник Анненков спросил у Троцкого, действительно ли он хочет, чтобы революция перекинулась на Европу.

– Конечно, – сказал Троцкий, – пусть люди и там живут счастливо.

– Значит, пусть и в Берлине, и в Париже будет, как вот сейчас здесь у нас? – спросил Анненков.

– Ты что, охренел? – сказал Троцкий.

Прим. Вальдемара Шнайдербилта. Не знаю, можно ли предположить, что был подобный разговор между Анненковым и Троцким, но Анненков в своих воспоминаниях говорит нам о том, чтó однажды сказал по этому поводу Зиновьев: «Революция, Интернационал – все это, конечно, великие события. Но я разревусь, если они коснутся Парижа!»

О Хрыще, красных комиссарах и пьяных крестьянах

Как-то Хрыщ велел для острастки повесить всех зажиточных крестьян в какой-то деревне.

Поехали туда красные комиссары. Но вскоре они возвратились и сообщили Хрыщу, что все зажиточные крестьяне уже повешены. Осталась только одна беднота. И все они в настоящий момент пьяные.

Хрыщ подумал, подумал и сказал: «Пьяных вешать нельзя».

И все дивились его доброте.

О Хрыще, искусстве и Аппассионате

Как-то, разговаривая с Хрыщом об искусстве, Анненков спросил, какие музыкальные произведения ему нравятся. «Ничего не знаю, кроме Аппассионаты», – ответил Хрыщ.

Прим. Вальдемара Шнайдербилта. Действительно у Анненкова был разговор с первым советским вождем об искусстве. И тот сказал следующее: «Искусство для меня, это… что-то вроде слепой кишки, и когда его пропагандная роль, необходимая нам, будет сыграна, мы его – дзык, дзык! вырежем». А приведенное в анекдоте замечание вождя о музыкальных произведениях является юмористической аллюзией на его известное всем школьникам Союза высказывание об Аппассионате.

О Блоке, его поэме «Двенадцать» и большевиках

После того, как Блок написал свою поэму «Двенадцать», его спросили, за кого он и с кем он. И Блок ответил, что он, скорее, с большевиками. И его друзья не знали, как теперь себя вести с ним. Подавать ли ему руку при встрече или нет? Но потом они решили, что будут признавать его как личного друга, но не общественного. И при встречах с ним говорили: «Я вам, Александр Александрович, подаю руку лично, но не общественно».

О дураках, идиотах и Политическом бюро

Политическое бюро являлось самым главным органом власти большевиков. По уставу оно должно было содержать нечетное число членов и иметь сбалансированный во всех отношениях состав. Обычно оно включало девять человек – три дурака, четыре мерзавца, пять подлецов и шесть идиотов.

Прим. автора. Нечетное число членов в любом выборном или назначаемом собрании было краеугольным камнем большевицкого учения. Полагают, что это пошло от русского обычая распивать водку на троих. В работе Политического бюро принцип нечетности соблюдался во всем. Так, например, перед принятием каждого постановления выпивали по одной рюмке водки. После принятия – по три. Если кто зазевался и пропустил, должен был выпить пять штрафных рюмок.

Прим. Вальдемара Шнайдербилта. Примечание автора, на первый взгляд, может показаться надуманным. Однако оно очень близко описывает реальную ситуацию в стране. Принцип нечетности членов любого советского органа вбивался детям в голову с самых младших классов. А относительно штрафных рюмок водки надо вспомнить свидетельство Милована Джиласа. Ему пришлось принять участие в московском собрании самого высокого уровня. Там вождь советского народа предложил всем высказать догадку о температуре на улице. После этого каждый из участников встречи должен был выпить столько штрафных стаканов водки, на сколько градусов он ошибся.

О социализме, экспроприации и революции

В Великой российской книге разрешенных иностранных слов было только два слова: социализм и экспроприация. По указу большевиков, за использование других иностранных слов полагался расстрел. В соответствии с инструкцией в момент расстрела те, кто расстреливал, и те, кого расстреливали, должны были воскликнуть: «Да здравствует революция! Ура!».

Прим. автора. Только после того, как указ и инструкция к нему были введены в практику, все осознали, что «революция» – тоже иностранное слово. В результате получалось так, что те, кто расстреливал, совершали преступление, и поэтому подлежали немедленному расстрелу. Многие считают, что только эта оплошность большевиков привела к такому катастрофическому концу и свела на нет все их благие начинания.

ГЛАВА ВТОРАЯ

Они были пьяны от успеха и вина и думали, что победили. И сегодня им нужно было сделать еще что-то очень важное.

Главное партийное здание было атаковано. Однако все входы в него были закрыты. Толпе не оставалось ничего более, как разбить пару стекол в окнах. И кто-то нарисовал на фасаде «Аврору» со свастикой.

Толпа двинулась к Лубянке. Ненавистная фигура в центре площади привлекла всеобщее внимание. Сейчас же несколько смельчаков, подогретые винными парами, полезли накидывать веревки и стальные тросы на шею статуи. Стало ясно, что без хорошего крана не обойтись. Его искали по всей Москве, но никак не могли найти. В конце концов кран доставили из Американского посольства. После этого дела пошли быстрее, и статуя была повалена.

«Хунте хана, – скандировала толпа, – хунте хана!» Теперь победа казалась окончательной. Глаза всех были переполнены счастьем.

Судьба переворота решилась, как всегда, на нескольких улицах одного города.

Построение лагерей

Старая Москва. Триумфальная Арка

О лагерях, эзоповом языке и жене Хрыща

В советской России вся лагерная жизнь обсуждалась эзоповым языком. Когда, например, говорили, что некто освобождается от занимаемой должности в связи с переходом на другую работу, то это означало, что человек идет в лагеря. А когда говорили, что человек получил срок в лагерях без права переписки, все понимали, что его должны были расстрелять.

Когда жена Хрыща погибла при невыясненных обстоятельствах, народ горько шутил, что Хрыщ развелся с ней без права переписки.

Прим. Вальдемара Шнайдербилта. Эзопов язык использовался простыми гражданами и при телефонных разговорах, и при переписке. Все были уверены в том, что телефонные разговоры тотально прослушиваются, а переписка – тотально перлюстрируется. Люди по привычке выражали свои мысли завуалированно даже тогда, когда никакой явной крамолы их сообщение не содержало. Один из ярких примеров: когда Эмма Герштейн узнала о гибели Мандельштама, она сообщила Ахматовой в письме, что ее подруга Надя овдовела.

О марксизме, Демьяне Бедном и его библиотеке

Пришел как-то Хрыщ в гости к Демьяну Бедному. И тут Демьян решил похвастаться своей библиотекой. Посмотрел Хрыщ на библиотеку Демьяна и сказал, что все его книги надо сжечь. А когда Демьян спросил почему, Хрыщ сказал, что если в этих книгах нет положений марксизма, то книги никому не нужны. Если же там есть положения марксизма, то книги тем более не нужны, потому что положения марксизма лучше всего описаны в его, Хрыща, трудах.

И бедный Демьян просто не знал, что ему делать.

О Маяковском, Брике и пунктуации

Маяковский никогда не знал, где ставить запятые и прочие знаки препинания в своих стихах. Ему помогал в этом Брик. И когда по радио исполнялись стихи Маяковского, всегда объявляли так: «Стихотворение Владимира Маяковского, пунктуация Осипа Брика».

О Ромене Роллане, Горьком и голубом небе

В 1928 году Ромен Роллан написал Горькому письмо, в котором спрашивал о положении писателей в Советском Союзе. «Дорогой Друг и Учитель. Я получил Ваше благоуханное письмо, полное цветами и ароматами, и, читая его, я бродил по роскошному саду. Но один вопрос все еще мучает меня, как мучают мрачные волны холодного тумана. Скажите, правда ли, что в СССР писателей угнетают? Я восхищаюсь обжигающим беспристрастием Вашего глаза и Вашего ума. Хочу насладиться дивными тенями и световыми пятнами Ваших мыслей по этому моему вопросу. Не сомневаюсь, они уведут меня улыбками в голубое небо раздумий».

Горький ответил, что все сведения об угнетении писателей в СССР – фальшивые. И что в Советском Союзе сотни молодых талантов, которые пишут, как зрелые писатели. И много старых писателей, которые стали чувствовать себя совсем молодыми. И заканчивает свое письмо словами: «Дорогой Друг и Учитель. Мир за последнее время шагнул к свету. И в этом приближении к свету в первых рядах идут рука об руку все, достойные носить имя человека. Среди них в самых первых рядах идут те, кто строят дачи в Переделкине для членов Союза писателей».

Прим. Вальдемара Шнайдербилта. В анекдоте много дословных выдержек из писем Роллана и Горького друг к другу. Хотелось бы только заметить, что собраны они из писем по разным поводам и что в анекдоте есть немного временной путаницы. Однако общий смысл вопроса Роллана и ответа на него Горького дан автором абсолютно правдиво.

О Мандельштаме, Пастернаке и петухе

Хрыщ позвонил как-то Пастернаку и спросил, какого он мнения о Мандельштаме.

– Я не знаю этого человека, – ответил Пастернак.

– Ку-ка-ре-ку, – сказал Хрыщ.

Прим. Вальдемара Шнайдербилта. В этом сюжете автор не совсем справедлив к Борису Леонидовичу. Библейская аналогия здесь не очень работает. Легенда говорит нам о том, что советский вождь упрекнул Пастернака в том, что он не защитил своего товарища. Но общепринято считать, что Пастернак вел себя в этом разговоре вполне достойно. Такого же мнения была и Ахматова. «Мы с Надей считаем, что Пастернак вел себя на крепкую четверку», – написала она в своих воспоминаниях.

О Лиле Брик, Шкловском и Достоевском

Как-то Шкловского спросили, что он может сказать о Лиле Брик. И Виктор Борисович сказал, что о Лиле Юрьевне он может сказать только то, что она не жила с Достоевским. И Маяковский за эту выходку исключил Шкловского из Нового ЛЕФа.

Прим. Вальдемара Шнайдербилтта. По свидетельству Бенедикта Сарнова, Шкловский однажды читал у Маяковского в Гендриковом свой сценарий. И на какое-то высказывание Лили Брик о нем, сказал: «Хозяйка должна разливать чай». Вот за это Маяковский и выгнал Шкловского из Нового ЛЕФа. А замечание Шкловского о Брик и Достоевском было сделано значительно позже, по другому поводу и в другом духе. Что, впрочем, жанр анекдота вполне допускает.

О Хрыще, его референтах и Платонове

Как-то на одном из собраний с ведущими писателями Хрыщ спросил своих референтов: «А есть ли тут этот подлец, мерзавец и сволочь Платонов?» Хрыщу ответили, что Платонова нет, он не был приглашен.

На следующий день Платонову выделили бесплатную дачу и приняли к публикации несколько его рассказов.

О душе, мыслях и одежде

Когда Л. Фейхтвангер, Г. Уэллс, А. Барбюс и нобелевские лауреаты по литературе Р. Роллан, А. Франс и Б. Шоу впервые увидели на Лубянке Хрыща, они одновременно и независимо друг от друга записали в своих дневниках: «Милейший, кристально честный и справедливейший человек с лицом простого рабочего, душой святого, мыслями гения и одеждой генералиссимуса».

Прим. Вальдемара Шнайдербилта. Прямая аллюзия на высказывание Барбюса о советском вожде: «...лучшее в вашей судьбе находится в руках этого человека с головой ученого, лицом рабочего, в одежде простого солдата».

О Пастернаке, Цветаевой и Ахматовой

Как-то Пастернак сказал Ахматовой, что с ней очень хотела бы поговорить Цветаева.

Ахматова позвонила Цветаевой и сказала, что это, мол, говорит Анна Андреевна Ахматова. А Цветаева ей ответила: «Я вас слушаю».

Анна Андреевна хотела было сказать: «Нет, это я вас слушаю». Но сдержалась.

О Хрыще, Бухарине и его письме

Когда дела у Бухарина пошли совсем плохо, он написал Хрыщу покаянное письмо, в котором просил Хрыща его не казнить, а только объявить народу, будто его казнили. А его самого просил под чужой фамилией выслать за границу, где он обещал всю оставшуюся жизнь бороться против своего правого уклона.

Хрыщ приказал Бухарина расстрелять, но, по слухам, отнесся к его просьбе благосклонно.

О Хрыще, Маяковском и Пастернаке

Когда Хрыщ сказал, что Маяковский был и остается лучшим поэтом, Пастернак сначала было очень растерялся. Но потом он написал Хрыщу письмо. В нем он отметил, что он очень рад, что Маяковский теперь будет лучшим поэтом. Заявил, что за рубежом многие люди ошибочно считают его самого лучшим поэтом. Тем более, написал Борис Леонидович, что квартирка, в которой он живет, очень уж маленькая, и он говорит об этом без обиняков.

На полях письма Хрыщ написал: «Выделить Пастернаку большую квартиру с обиняками».

О Матильде, Николае II и Лиле Брик

После смерти Маяковского Лиля Брик вышла замуж за Виталия Примакова, который был у большевиков большим военачальником. Лиля очень любила Виталия. А Виталий очень любил Лилю. Однажды он подарил ей золотой дамский портсигар с надписью «Самому дорогому существу, Матильде Кшесинской, от Николая II».

О писателях, Лубянке и принципиальной позиции

Вызвали как-то Л. Фейхтвангера, Г. Уэллса, А. Барбюса и нобелевских лауреатов по литературе Р. Роллана, А. Франса и Б. Шоу на Лубянку в Политическое бюро. Накормили их, напоили и говорят: «Хотим, чтобы каждый из вас написал правдивую книгу о нашей стране. Мы тут даже подготовили для вас кое-какой материал». Нобелевские лауреаты Р. Роллан, А. Франс и Б. Шоу полистали страницы, пошушукались и говорят: «Надо слова “государство будущего” заменить словами “великое государство будущего”». Уэллс и Барбюс с ними сразу же согласились. А Фейхтвангер занял принципиальную позицию и отказался что-либо менять категорически и наотрез.

О Хрыще, Мандельштаме и Пастернаке

Звонит как-то Мандельштам Пастернаку и спрашивает:

– Что же ты, собака, не сказал Хрыщу, что я мастер?

А Пастернак не растерялся и говорит:

– А ты меня просил?

Прим. автора. Кремлевский вождь спросил у Пастернака о Мандельштаме: «Он – мастер?» По поводу ответа Пастернака имеется много версий. Все они очень отличаются друг от друга. Бытует мнение, что на эту тему написано больше диссертаций, чем о Пушкине и Гоголе, вместе взятых, и что во всех российских университетах функционируют кафедры, занимающиеся исключительно изучением упомянутого телефонного разговора. Однако это является явным преувеличением.

О Горьком, Белом море и канале

Великий пролетарский писатель Максим Горький, когда приехал на строительство Беломорского канала и увидел, как работают заключенные, заплакал от умиления. Заключенные, подходя к нему, снимали шапки, низко кланялись, целовали ему руку и, приветствуя его, говорили: «Архипелаг ГУЛАГ». А Горький, прощая им все, отвечал: «ГУЛАГ Архипелаг».

Прим. автора. Читатель может подумать, что здесь проводится параллель с известным эпизодом, когда Гиммлер упал в обморок при посещении концлагеря. Этот читатель будет, как всегда, прав. Хотя данный анекдот дается здесь в противовес этому эпизоду.

Прим. Вальдемара Шнайдербилта. «В противовес» анекдотам о Горьком в этой книге, можно было бы отметить, что он не всегда безропотно повиновался Советам. А к концу жизни его поведение стало даже вызывать определенные опасения советского правителя. Поэтому возникли предположения, что Горький не умер своей смертью, а был убит по приказу свыше. В какой-то период в ходу была версия об его отравлении. Существовала версия и о том, что отравление не было подтверждено при вскрытии, потому что протокол вскрытия был составлен раньше смерти. Однако прямых доказательств насильственной смерти Горького нет. И многие ставят вопрос о его смерти иначе: «Была ли у советского правителя весомая причина для убийства Горького?' Ответ на этот вопрос с достаточным основанием дается положительный и уже не вызывает больших сомнений.

О Цветаевой, Ахматовой и Ардове

Как-то Ардов сказал Ахматовой, что с ней хочет познакомиться Цветаева. Лично. Андреевна хотела было сказать: «Чего вдруг?» Но сдержалась.

Прим. Вальдемара Шнайдербилта. По свидетельству Нины Ольшевской, на предложение Ардова Ахматова ответила после большой паузы «белым голосом», без интонаций: «Пусть придет».

О большевиках, меньшевиках и классовой борьбе

Большевики больше всего хотели, чтобы меньшевиков стало меньше. А меньшевики меньше всего хотели, чтобы большевиков стало больше. Вот почему классовая борьба в советской России все время обострялась.

Прим. автора. Анекдот будет казаться еще смешнее тем, кто помнит, что одна из главных книг по основам большевизма называется «Лучше больше, чем меньше».

О Ломоносове, кулинарии и русском языке

В Великой российской книге разрешенных кулинарных рецептов первое блюдо было «Великий русский язык заливной имени Михаила Васильевича Ломоносова».

О Пастернаке, Эренбурге и конгрессе писателей

На парижском конгрессе писателей 1935 года одним из тех, кто представлял Советский Союз, был Пастернак. По его собственным словам, главным в его речи на конгрессе было следующее: «Я понимаю, что это конгресс писателей, собравшихся, чтобы организовать сопротивление фашизму. Я могу вам по этому поводу сказать только одно. Не организуйтесь! Организация – это смерть искусства...» В сохранившейся стенограмме его слова были записаны несколько по-другому: «Поэзия останется всегда той, превыше всяких Альп прославленной высотой, которая валяется в траве, под ногами, так что надо только нагнуться, чтобы ее увидеть и подобрать с земли…»

Члены конгресса приняли выступление Пастернака, благо оно было сделано на русском языке, восторженно.

Прим. Вальдемара Шнайдербилтта. Пьер Деке в своей книге о сюрреалистах сообщает нам, что прямо накануне конгресса один из сюрреалистов ударил Эренбурга – главу советской делегации – по лицу за клеветническую публикацию об их движении. И Эренбург чувствовал себя из-за этого прескверно. Пастернак собирался говорить на конгрессе о своей болезни. Но Эренбургу показалось, что два больных от советской делегации – это слишком много. Поэтому он подготовленную речь Бориса Леонидовича запретил, и Пастернак о своей болезни ничего не говорил. Существует мнение, что призыв не объединяться тоже не прозвучал в его выступлении. А стенограмма была подготовлена Цветаевой на основании ее беседы с Пастернаком. Что же на самом деле сказал конгрессу Пастернак, сейчас, пожалуй, не известно никому. Однако то, что собравшиеся приняли слова Пастернака восторженно, – это известно всем.

О Хрыще, Калинине и его жене

Как-то Хрыщ посадил в тюрьму жену Калинина, президента страны. Калинин долго не знал, что ему делать. Потом набрался храбрости, пришел к Хрыщу и попросил его выпустить жену. «Прямо сейчас?» – спросил Хрыщ. И Калинин не знал, что ему на это ответить.

Прим. Вальдемара Шнайдербилта. Жена Калинина была активным членом партии. В 1924 году она написала донос в ОГПУ на своего родного брата, которого после этого расстреляли. В 1938 году она сама была арестована. Находясь в заключении, подвергалась жестким пыткам. Была помилована незадолго до смерти Калинина, а после его смерти была отправлена в ссылку.

О Бухарине, кулаках и непьющих бедняках

Когда большевики решили, что настала пора сказать народу всю правду о Бухарине, они опубликовали книгу воспоминаний о нем. В ней убедительно показывалось, что Бухарин был искренне верен большевикам. Он с самого начала поддерживал идею вооруженного восстания, был за разгон Учредительного собрания. Являлся активным участником экспроприации частной и другой собственности. Не на жизнь, а на смерть боролся против левых уклонистов. В душе был за раскулачивание кулаков, подкулачников, середняков и непьющих бедняков. И вообще был абсолютно честным и кристально чистым человеком.

О Троцком, левом уклоне и ледорубе

Троцкий всю свою жизнь непримиримо боролся за свой левый уклон против всех других уклонов. Он не изменил своим левым убеждениям до самого конца. И когда по приказу Хрыща его разрубили ледорубом на две половинки, оказалось, что обе половинки были левыми.

Об Ахматовой, Чуковской и стихах Цветаевой

Как-то Лидия Корнеевна Чуковская прочитала Ахматовой отрывок из цветаевской прозы. И там говорилось о том, что Ахматова зачитала до дыр цветаевские стихи и носила их всегда с собой в сумочке. На что Анна Андреевна сказала, что, во-первых, цветаевских стихов она в своей сумочке никогда не держала, а во-вторых, никакой сумочки у нее никогда не было. И еще она хотела добавить, что это Цветаева должна была бы носить ее стихи в своей сумочке. Но сдержалась.

О Хрыще, принципах и правом деле

Как-то Хрыщ сказал своим сторонникам, что он человек принципов и за правое дело не пожалеет и родного брата. И вскоре после этого не пожалел родного брата Кагановича.

Об Алексее Толстом, Хрыше и паркете

Говорят, что Алексей Толстой выломал паркет из замка Радзивиллов в сентябре 1939 года, когда Красная армия заняла территории западной Белоруссии, западной Украины и Польши. Он собирался устлать им полы своего жилища. Говорят также, что Хрыщ, когда узнал об этом, сказал: «Оно, конечно, Алексей Толстой хороший писатель, но зачем же паркет ломать?»

Прим. Вальдемара Шнайдербилта. Если советский правитель и сказал что-либо подобное, то, наверное, все-таки перефразируя выдержку не из гоголевского «Ревизора», а из одного популярного советского фильма. Легенда же говорит нам о том, что по поводу описываемого в анекдоте случая он сказал А.Н.Толстому: “А я-то думал, что вы настоящий граф».

ГЛАВА ТРЕТЬЯ

Двадцать восьмого апреля тела были доставлены в Милан. На следующий день шесть из них были подвешены за ноги к перекладине навеса автозаправочной станции Esso. Через некоторое время еще один человек был пойман и расстрелян на месте. И вскоре его труп был также подвешен вместе с первыми шестью.

Несколькими днями ранее партизаны блокировали дорогу, по которой двигалась колонна автомашин. В одной из них они обнаружили Дуче и легко опознали его, несмотря на то что он накинул поверх своей генеральской формы гражданскую одежду. На следующий день по приказу главы итальянских коммунистов Тольятти, именем Национального освободительного комитета, Муссолини и другие пленные были расстреляны. В их числе была спутница Дуче Клара Петаччи.

Ее юбка была привязана веревкой к ногам перед тем, как ее повесили вниз головой рядом со своим хозяином.

Война с Германией

Старый Ярославль. Успенскiй собор

О Хрыще, братьях и сестрах

Будят как-то рано утром Хрыща и говорят:

– Беда! Не успели мы на Гитлера напасть. Он сам сегодня на рассвете на нас напал.

– Мать твою, перемать! – сказал Хрыщ. – Братья и сестры мои!

Прим. автора. «Братья и сестры» – это из обращения к народу вождя Советов военного времени. «Мать, перемать» – из обращения к народу вождя периода либерализации.

О Хрыще, Эйнштейне и атомной бомбе

Альберт Эйнштейн – величайший из умов современности – считал войну самым неправильным на свете делом. Поэтому, приехав в Америку, он послал письмо Рузвельту, убеждая его начать разработку атомного оружия для бомбардировок Германии. Позднее он снискал за это любовь и уважение Хрыща, который распорядился сделать изменение в Великой российской книге запрещенных наук и искусств. «Учение Альберта Эйнштейна утверждаю», – написал он на полях книги.

Прим. Вальдемара Шнайдербилта. По всей видимости, автор намекает нам на то, что гений математики вполне может быть способен на алогичные поступки и абсурдные суждения в нематематических областях. Нельзя с ним не согласиться, если вспомнить одно свидетельство Эренбурга о встрече с Эйнштейном. Тот якобы сказал Эренбургу, что вождь октябрьского переворота «вызывает к себе уважение – не только как политик, но и как человек с высокими моральными критериями».

О Ленинграде, Ташкенте и Ахматовой

«Не с теми я, кто бросил землю на растерзание врагам», – сказала Анна Ахматова и уехала из осажденного Ленинграда в Ташкент.

Прим. автора. Данный анекдот приводится не в осуждение Анны Андреевны, а в поддержку.

О войне, Красной армии и большевиках

Красная армия большевиков в самом начале сражения с немцами во второй мировой войне несла большие потери и отступала, но постепенно она перехватила инициативу и, продолжая нести большие потери, перешла в наступление и дошла до Берлина, несмотря на многократное превосходство в живой силе и технике.

Прим. автора. Некоторые историки считают, что военные неудачи русских в первый период войны с немцами произошли потому, что весь командный состав Красной армии был перед войной истреблен в лагерях. Это абсолютно не соответствует исторической правде. Очень многие из советских командиров были выпущены из лагерей еще перед войной и расстреляны только во время войны.

О Черчилле, Хрыще и мире на Земле

Пожаловались как-то Черчиллю в парламенте, что Россия препятствует пролетам английских самолетов с помощью восставшим против Гитлера полякам.

– Не беспокойтесь, я все улажу. Хрыщ – мой личный друг и боевой товарищ, – сказал Черчилль и послал письмо Хрыщу.

Ответ был скор. Хрыщ заверял Черчилля в искренней дружбе и обещал ему беспощадно бороться со всякого рода агрессорами и врагами трудового народа во имя мира и счастья на Земле.

– Что ты нам принес? – спросили Черчилля, когда он появился в парламенте с ответом Хрыща.

– Я принес вам мир, – сказал Черчилль, который был очень умен и хитер. – И счастье на Земле на все времена.

Прим. Вальдемара Шнайдербилта. Очень злой анекдот с аллюзией на заявление Чемберлена «Я привез вам мир» по возвращении с Мюнхенской конференции с обещаниями мира от Гитлера и соглашением о передаче Германии Судетской области.

О войне, пленных немцах и находчивости

В самом конце войны с немцами Хрыщ разослал приказ по всем частям о корректном отношении к пленным, поскольку от союзников было много нареканий по этому поводу. И сразу после этого он узнал, что один из его генералов расстрелял большую группу пленных немцев. Когда Хрыщ вызвал его к себе и спросил, почему он так сделал, генерал ответил: «А куда я их дену?» Хрыщ сначала было рассердился, но потом рассмеялся и велел наградить генерала за находчивый ответ.

Прим. Вальдемара Шнайдербилта. Верховный главнокомандующий был снисходителен не только по отношению к расправам советских войск над пленными. «Мы читаем нашим бойцам слишком много лекций – пусть и они проявляют инициативу!» – так он сказал, когда ему доложили, что советские танкисты обстреливали немецких гражданских беженцев – женщин и детей. Об этом говорит в одной из своих книг Милослав Джилас.

О пленных немцах, гуманности и трибунале

По окончании войны Черчилль, Рузвельт и Хрыщ стали думать, что им делать с немецкими военнопленными высших чинов. Черчилль, который был очень умен и хитер, предлагал их казнить на месте. Рузвельт был с ним согласен. А Хрыщ категорически возражал, говоря, что большевики никогда не казнят без суда. В результате длительной дискуссии было принято более гуманное предложение Хрыща: сначала судить немцев в трибунале, а потом повесить всех до единого.

Прим. автора. В этом анекдоте я немного отклонился от исторической правды. На самом деле Рузвельт был очень изобретателен и предлагал на все времена запретить немцам ходить строем и распевать песни. Однако из-за своей болезни не смог на этом настоять.

ГЛАВА ЧЕТВЕРТАЯ

Танки уже были в самом сердце столицы. И толпы людей приветствовали их. Все внимание было приковано к огромной статуе на центральной площади. Группа иракцев пыталась свалить ее. Кто-то уже затягивал петлю вокруг шеи статуи. Кто-то громил кувалдой мраморное основание. Но первая попытка не привела к успеху. На помощь пришли американские военные. С помощью бронеавтомобиля статую удалось все-таки повалить на землю. И в ту же секунду люди ринулись вперед и стали плясать вокруг нее и пинать ее ногами.

Отделили голову, обмотали ее цепями и поволокли по улицам Багдада. Какой-то мальчик снял с ноги ботинок и стал бить им по голове статуи. Он все время оглядывался на окружавших его людей и, казалось, не мог поверить в происходящее.

Всего несколько недель назад многие думали, что эта война должна была затянуться на долгие месяцы и даже годы. Теперь она внезапно закончилась.

Восстановление лагерей

Старая Москва. Ильинские Ворота

О Лиле Брик, Эльзе и Арагошеньке

Лиля Брик сразу после войны послала письмо героям французского сопротивления – своей сестре Эльзе и ее мужу. Свою просьбу прислать что-то из одежды Лиля Юрьевна облекла в такую форму: «Любимые мои Элик и Арагошенька, как вы живете? Здоровы, сыты, одеты ли? Мы здоровы, сыты». Цензоры Лилин намек не поняли, и письмо было пропущено.

Эльза намек поняла и стала посылать Лиле одежду. Узнав об этом, Хрыщ сказал: «Не будем трогать жену Маяковского».

О Пастернаке, Берлине и Канте

Исайя Берлин встретился с Пастернаком и его женой. И когда он с ними поздоровался, Зинаида Николаевна спросила, оправилась ли Англия от последствий войны. Когда Берлин хотел ей ответить, Борис Леонидович поинтересовался, читал ли он «Детство Люверс». И тут же сказал, что по выражению лица Берлина видит, что он считает эту вещь искусственной, вымученной, натянутой, ужасным модернизмом. Когда Берлин захотел возразить, то Пастернак сказал, чтобы он не вздумал ему возражать, потому что он действительно так должен считать. И потом еще добавил, что Берлин может ему не говорить, что Андрей Белый был гений и что его влияние было фатальным, поскольку он и сам это знает. После этого Пастернак объяснил Берлину, что доктрина персонализма исходит из нравственной философии Канта. И тут же попросил Берлина не говорить ему, что Блок совершенно не понимал Канта, поскольку он и сам об этом знал.

Слова и личность Бориса Леонидовича глубоко взволновали и потрясли Исайю Берлина.

О Хачатуряне, саблях и лошадях

Вызывают как-то композитора Хачатуряна на Лубянку, в Политическое бюро, и говорят:

– Видели мы недавно твой танец с саблями. Понравился. Но хотим мы, чтобы он был, значит, на лошадях.

А Хачатурян и отвечает:

– Не извольте беспокоиться. Сегодня же внесу изменения в партитуру.

О незнакомцах, Эренбурге и его трубке

К Эренбургу иногда приходили со всякими просьбами незнакомые ему люди. Илья Григорьевич всегда встречал посетителя в прихожей, закуривал трубку и, прищуриваясь, пытливо спрашивал: «Вы из Совинформбюро?»

Прим. автора. И.Эренбург – советский писатель и поэт. Автор печально известной серии прокламаций военного времени под общим названием «Убей немца». Считается, что он был косвенным виновником зверств советских солдат на оккупированных германских территориях. Слухи же о том, что он первоначально был включен в число военных преступников на Нюрнбергском процессе, а затем был вычеркнут оттуда по требованию советской стороны, не соответствуют исторической правде.

О Попове, братьях Черепановых и Курчатове

Курчатов по скромности сначала не хотел быть признанным как отец атомной бомбы и предлагал считать ее создателями Попова и братьев Черепановых. Но потом все-таки согласился принять этот груз на свои плечи.

О Берлине, Ахматовой и «Дон Жуане» Байрона

Исайя Берлин навестил как-то Анну Ахматову. И та прочитала ему две песни из «Дон Жуана» Байрона на английском языке, а потом несколько своих стихотворений. И Берлин впоследствии написал, что Ахматова читала ему свои стихи. И что, хотя он неплохо знает русский, смысл прочитанного остался для него неясен. Но по интонации и всему остальному он почувствовал, что стихи, которые Ахматова ему прочитала, особенно первые два, гениальны.

Прим. автора. Соль этого анекдота в том, что фамилия Исайи Берлина произносится с ударением на первом слоге.

Прим. Вальдемара Шнайдербилта. Соль анекдота, конечно же, никак не связана с ударением. Соль анекдота, как я его понял, надо искать в том, что поэзия может восприниматься восторженно на основании мнения авторитетов, даже если слушатели не понимают ни одного слова в прочитанном, или если зачитывается перевод. Так случилось при встрече Ахматовой и Берлина. Так случилось, кстати, и при зачтении Пастернаком своего стихотворения, наспех переведенного на французский, на конгрессе писателей 1935 года в Париже.

О мясе, молоке и процентах

Прибегают как-то к Хрыщу и говорят, что к концу года запланировано увеличить на столько-то процентов производство мяса и молока на душу населения. А пока получается гораздо меньше. «Расстреливать нужно больше душ населения», - сказал Хрыщ. И все дивились такому ответу.

О Набокове, Маккарти и Якобсоне

Когда Набоков уже работал в Корнельском университете, он прицепил себе на пиджак значок сенатора Маккарти. И либерально настроенные студенты и профессора университета, а также артисты Голливуда перестали с ним здороваться. А лингвист Якобсон, который всегда очень завидовал Набокову, сказал: «Ай да Набоков. Ай да сукин сын».

Прим. автора. Анекдот основан на реальной истории, за исключением последней фразы. На самом деле она принадлежит Пушкину. А лингвист Якобсон, как хорошо известно, сказал про Владимира Владимировича: «Скорее слон пролезет в угольное ушко, чем Набоков на кафедру Гарварда».

Прим. Вальдемара Шнайдербилта. В своем примечании автор продолжает шутить. Якобсон действительно был против того, чтобы принять Набокова в Гарвард. Несмотря на то, что его коллеги были за приглашение Набокова на кафедру. Набоков большой писатель, – говорили они. На что Якобсон якобы ответил: «Слон тоже большое животное. Мы же не предлагаем ему возглавить кафедру зоологии!»

Об Ахматовой, большевиках и буквах алфавита

Как-то Ахматова сказала Чуковской, что большевики не умеют считать до двух. И Лидия Корнеевна тогда спросила, почему Ахматова так думает. А Анна Андреевна сказала, что она – на первую букву алфавита, а большевики думают, что на вторую.

Прим. автора. Вторая буква русского алфавита – это буква «бэ».

ГЛАВА ПЯТАЯ

Тела завернули в одеяла и потащили по лестнице наверх. Их вынесли в сад рейхсканцелярии и положили рядом с большой воронкой неподалеку от входа в бункер. Адъютант, который доставил канистры с бензином, разровнял наспех землю лопатой. Тела стащили к центру воронки, облили бензином и подожгли.

Кто-то вскинул правую руку, но тут же опустил ее. Все хранили скорбные лица, но испытывали явное облегчение. У всех были свои воспоминания о прошлом и о том, что связывало их с хозяином. У каждого были и свои планы на ближайшее будущее.

Прощание не было долгим. Никто не стал ждать, пока огонь погаснет. Надо было торопиться.

В это время в общей столовой рейхсканцелярии играла веселая музыка. Но настроение у всех офицеров было мрачное. Один из них только что вернулся из сада. «Der Herr brennt, – сказал он своему товарищу. – Пора сматываться».

Оттепелизация

Старый Петербург. Церковь «Всех скорбящих Радосте»

О науке, искусстве и либерализации

Как-то Хрыщ по пьяной лавочке пообещал одной даме, что не будет больше притеснять художников и называть их пидарасами и сам скоро начнет рисовать абстрактные картины. Проснувшись на следующее утро, он приказал упразднить Великую российскую книгу запрещенных наук и искусств и завести вместо нее Великую российскую книгу разрешенных наук и искусств. С этого начался процесс либерализации в советской России, ставший известным под названием «оттепелизация».

О Пастернаке, Хрыще и партии

Вызывает как-то Хрыщ к себе Пастернака и спрашивает:

– Что же ты, подлец, линию партии плохо гнешь?

А Пастернак испугался и говорит:

– Вы, наверное, Ваше превосходительство, имели в виду, что я ее плохо поддерживаю?

Хрыщ подумал-подумал и согласился.

О Лиле Брик, Бурлюке и его вставном глазе

В 1956 году Бурлюк приехал из Америки в Москву по приглашению Лили Брик. У него один глаз был вставной, и он видел только половину всего. Поэтому когда он вошел к Лиле, то сказал: «Я Бурлюк, а вы кто?»

О Пастернаке, Ахматовой и русской культуре

Как-то Пастернак сообщил Ахматовой, что он сказал в Главлите, что ему нужны параллельные деньги. Анна Андреевна сразу догадалась, что такое параллельные деньги и для чего они ему нужны. И сначала хотела было сказать: «Это было бы счастьем для русской культуры, если бы вам, Борис Леонидович, были нужны еще и перпендикулярные деньги». Но сдержалась.

О холодильнике, пиве и боеприпасах

Однажды пили водку у Хрыща на заседании военного совета. Когда все было выпито, стали искать еще, но ничего не могли найти, пока кто-то не догадался открыть холодильник, по счастью, забитый бутылками с пивом.

– Кто открыл холодильник? – спросил Хрыщ.

– Министр боеприпасов, Николай Петрович, – ответили ему.

– Молодец, – сказал Хрыщ. – Министра за открытие наградить.

Так наряду с именами великих русских изобретателей электрической лампочки, радио, телевидения, паровоза и стиральной машины в историю вошло имя великого русского ученого, открывателя холодильника, Николая Петровича Боеприпасова.

Об Ахматовой, Бабаеве и Ташкенте

Бабаев в своих воспоминаниях говорит о подарке, который ему сделала Ахматова. В Москве в 1956 году она подарила ему книгу с надписью: «Эдуарду Бабаеву. На помять о моих годах в Ташкенте».

Прим. Вальдемара Шнайдербилта. Здесь автор явно подшучивает над Анной Андреевной. В защиту ее скажу, что несмотря на действительно несколько сомнительную надпись, она дарила свои книги. В то время как в советской России был обычай дарить и надписывать не свои книги. Те, кому их дарили, часто сдавали их потом в букинистический магазин. Я как-то наткнулся там на томик Маяковского, на котором было написано: «Моей лучшей подруге на день рождения. Лет до ста расти нам без старости! Лена Рабинович».

О писателях, их дачах и поселке Переделкино

Заслуженным советским писателям выделяли дачи в Переделкине. А незаслуженным – не выделяли. И многие из незаслуженных, покуда старались их заслужить, дачи в Переделкине снимали. И тогда вроде бы получалось так, что и заслуженные, и незаслуженные были как бы одинаковы.

Поэтому заслуженные писатели, имеющие дачи в Переделкине, считали незаслуженных писателей, снимающих дачи в Переделкине, пошляками.

Прим. автора. Говорят, что Пастернак как-то назвал одного своего хорошего знакомого пошляком по причине, описанной в анекдоте. Говорят также, что его хороший знакомый ответил ему на это: «Борис, ты не прав».

Прим. Вальдемара Шнайдербилта. «Борис, ты не прав» – это крылатая фраза совсем другого периода – времен советской перестройки. Так обратился однажды к Ельцину один из советских аппаратчиков. То, что к высокопоставленному советскому управителю можно было обратиться по имени без отчества, было неожиданным для простого советского человека. Только поэтому фраза и стала крылатой. И, конечно же, она никакого отношения не имеет к «хорошему знакомому» Пастернака – Станиславу Генриховичу Нейгаузу.

О Хрыще, его работниках и дружеских приветствиях

Когда к Хрыщу вызывали какого-нибудь ответственного работника, Хрыщ, встречая его, спрашивал: «А вас разве еще не расстреляли?» В период оттепелизации он задавал более гуманный вопрос: «А вас разве еще не арестовали, товарищ?» – и хлопал ответственного работника дружески по плечу.

Прим. автора. Говорили, что эта шутка казалась очень смешной ответственным работникам. Возвращаясь домой, они продолжали смеяться над ней до колик в сердце.

О Пастернаке, Ахматовой и их книгах

Как-то Ахматова обедала в Переделкине у Пастернака. И тот в разговоре спросил Ахматову: «У вас ведь есть, кажется, такая книга – "Вечер"?»

Анна Андреевна хотела было спросить Бориса Леонидовича: «У вас ведь есть, кажется, такая книга – "Поверх барьеров"?» Но сдержалась.

О ссылках, обучении и пожеланиях трудящихся

В самый разгар оттепелизации было решено ввести обязательное всеобщее восьмилетнее обучение вместо обязательного семилетнего. С учетом многочисленных пожеланий трудящихся одновременно был уменьшен срок ссылки с восьми лет до семи за уклонение от обязательного обучения.

О Пастернаке, его романе и Хрыще

Как-то Хрыщ признался, что поначалу ему понравился роман Пастернака «Доктор Живаго», хотя он его и не читал, но он изменил свое мнение после того, как его помощники (которые роман не читали) организовали разгромные выступления рабочих и служащих (которые роман тоже не читали) только из-за неожиданного присуждения Пастернаку премии Нобелевским комитетом, члены которого роман не читали и вынесли свое решение, руководствуясь мнением советских диссидентов, которым роман не понравился, но которые отзывались о нем восторженно в пику официальной советской прессе.

О Гроссмане, Молотове и Толстом

Василия Гроссмана спросили, насколько отвечает правде жизни его произведение «За правое дело» и с чем он может его сопоставить. Он ответил, что для большей правдивости он ввел в свою книгу июльскую речь Хрыща первого года войны, а название взял у Молотова. Но в целом свой роман он может сравнить только с «Войной и миром» Льва Толстого.

Об Ахматовой, Чуковской и синеглазом короле

Ахматова как-то стала читать Лидии Чуковской свое стихотворение «Синеглазый король», где раньше были такие строчки:

Жаль короля. Он такой молодой.
За ночь одну она стала седой.

Лидия Чуковская сказала, что там не все согласовано, и предложила такой вариант:

Жаль королеву. Такая молодая!
За ночь одну она стала седая.

Анна Андреевна тогда попросила Чуковскую почитать свои стихи.

«Не понравилось!» – догадалась Лидия Корнеевна и обиделась.

Прим автора. Лидия Корнеевна обиделась на Анну Андреевну, поскольку, как редактор, посчитала это выпадом против своего профессионализма.

Прим. Вальдемара Шнайдербилта. Ахматова как-то высказала резкое несогласие с тем, что плохую рукопись человек со вкусом может довести до приличного состояния. И назвала такое мнение шарлатанством. Лидия Корнеевна приняла это как выпад против своего профессионализма и с тех пор часто обижалась на Ахматову, если та отклоняла поправки Чуковской. Однако по существу рассматриваемого стихотворения до сих пор остается неясным, почему безупречное в логическом отношении предложение Чуковской «Жаль королеву. Такая молодая!» Анна Андреевна поменяла на свое алогичное «Жаль королеву. Такой молодой!».

О писателях, литературном фонде и Пастернаке

Незадолго до смерти Пастернака большевики перевели его из своего союза писателей в союз литературного фонда. И когда Пастернак умер, большевики объявили, что умер член их литературного фонда. И литературная общественность России была очень возмущена этим.

Прим. автора. Меня иногда спрашивают, в чем соль этого анекдота. Многие помнят, что действительно литературная общественность была очень возмущена описываемым в анекдоте обстоятельством. Но почему она была возмущена, не помнит никто. В этом-то и вся соль анекдота.

Прим. Вальдемара Шнайдербилта. Соль анекдота, как я его понимаю, состоит вот в какой парадоксальной ситуации. Писатели, которые в среде советской интеллигенции считались прогрессивными, неимоверно страдали от притеснений советов. И несмотря на то, что Союз писателей страны был насквозь коммунистической организацией, они гордились принадлежностью к этому Союзу. С похоронами Пастернака связана еще одна парадоксальная история. Зинаида Николаевна Пастернак в своих воспоминаниях призналась в том, что когда она стояла на кладбище у гроба Пастернака, в ее голове вертелись такие слова: «Прощай, настоящий большой коммунист, ты всей своей жизнью доказал, что достоин этого звания.»

О Хрыще, Пестеле и пестицизме

Хрыщ очень любил выпить. И когда напивался, нес всякую околесицу. Как-то в Кремле, на банкете по случаю 170-летия со дня рождения Пестеля, он сказал: «Истинно провозглашаю вам – нынешнее поколение людей будет жить при пестицизме».

Прим. Вальдемара Шнайдербилта. Пожалуй, это самый обидный анекдот для сторонников советского режима. Поскольку он пародирует основной лозунг советов: «Партия торжественно провозглашает: нынешнее поколение советских людей будет жить при коммунизме».

ГЛАВА ШЕСТАЯ

Четырехмоторный бомбардировщик B-1 только что закончил заправку топливом после завершения бомбовой атаки, продолжавшейся десять с половиной часов, по двум целям, одной – в западном Ираке и другой – чуть севернее Багдада. В это время команда получила координаты новой цели в центральной части Багдада с указанием чрезвычайной важности. Через двенадцать минут на цель были сброшены две управляемые бомбы GBU-31 глубокого проникновения весом две тысячи фунтов каждая. И через три секунды – еще две бомбы с 25-миллисекундной задержкой взрывателя.

Никто из команды не знал точно, кто был там, в ресторане. Но все понимали, что это очень важно.

– В это время я думал только об одном, – сказал лейтенант-полковник военно-воздушных сил Фред Свэн. – Well, you know, this could be the big one. Let's make sure we get it right.

– Это большая честь, – добавил пилот Крис Вочтер. – На нашем месте любой парень из нашей эскадрильи поступил бы так же. Нам просто повезло.

Застоизм

Старая Москва. Сухарева Башня

Об Эренбурге, Хрыще и борьбе за мир

Эренбург был первым помощником Хрыща в деле борьбы за мир. Он посвящал этому все свое время. Как-то он подсчитал, что боролся за мир в 125 странах в течение 50 лет в среднем 12 часов в сутки.

Прим. Вальдемара Шнайдербилта. Здесь уместно было бы вспомнить свидетельство Бенедикта Сарнова о разговоре Гроссмана с Эренбургом. Гроссман сказал ему, что так называемая борьба за мир – не более чем камуфляж, прикрытие агрессивной политики, наподобие политики фашистской Германии перед войной. И в пылу спора назвал Эренбурга фашистским писакой. А вот что говорит о деятельности Эренбурга в своих воспоминаниях Юрий Павлович Анненков: «Задача, возложенная на Эренбурга коммунистической партией, заключается в том, чтобы, отстаивая все пункты, все догмы, все директивы советской пропаганды, создавать при этом впечатление либерализма и свободомыслия советских граждан и советской действительности».

О Хрыще, его дочери и 60 миллионах

Дочь Хрыща считала, что ее отец не виноват в репрессиях. В своих письмах к друзьям и подругам она убедительно показала, что из 60 миллионов убитых в советской России в 20 миллионах случаев виноваты были те, которые оговорили обвиняемых. В других 20 миллионах случаев виноваты были обвиняемые, которые оговорили сами себя. А в оставшихся 20 миллионах случаев оговорен был ее отец, которому об этих случаях вообще ничего не было известно.

О Бродском, его школе и гениальности

Иосиф Бродский в седьмом классе общеобразовательной школы остался на второй год. Он получил итоговые двойки по математике, физике, химии и английскому.

И это было гениально.

О Лиле Брик, Примакове и Богородице

Как-то Лилю Брик спросили, почему она стыдится своих мыслей о том, что ее муж, Виталий Примаков, мог действительно участвовать в заговоре против системы. И Лиля Юрьевна ответила: «Нельзя участвовать в заговоре против святых. Богородица не велит».

Прим. Вальдемара Шнайдербилта. Действительно, Лиля Юрьевна часто говорила, что считала чекистов святыми людьми. Но почему она через много-много лет полагала, что подозрение об участии Примакова в заговоре порочит его, – на этот вопрос никто не может ответить. Точно так же остается загадкой, почему многие советские люди, как правило. отрицали причастность репрессированных близких к борьбе против режима. Так, например, Анна Андреевна Ахматова упорно настаивала на том, что Гумилев не имел отношения ни к какому заговору и что материал против него был сфабрикован.

О правых, левых и Нобелевской премии

Хрыщ много времени уделял теоретическим вопросам репрессий и лагерной системы в стране. В самой главной своей работе он научно доказал, что даже самые правые среди всех левых уклонистов были левее самого левого среди всех правых уклонистов. Также он доказал, что даже самые левые среди всех правых уклонистов были правее самого правого среди всех левых уклонистов.

За это научное открытие Хрыщу было присвоено звание академика сразу в двух областях: по математике в области математической логики и по истории в области теории уклонизма. За это же исследование он был награжден золотой медалью «За мир и дружбу между народами» и представлен к присуждению ему Нобелевской премии мира.

Прим. автора. Из лидеров Советов и дружественных им режимов Нобелевскую премию мира получили только Михаил Сергеевич Горбачев и Арафат. Многие считают, что Гитлер, Молотов и Риббентроп получили Нобелевскую премию мира в 1939 году. Но это является заблуждением. Нобелевская премия мира в 1939 году вообще не присуждалась.

О Вигдоровой, Бродском и русской поэзии

Ястреб русской поэзии, лауреат Нобелевской премии по литературе Иосиф Бродский всегда очень нервничал, когда кто-то говорил, что он стал известен благодаря Фриде Вигдоровой и ее стенограмме судебного заседания. И когда кто-то вспоминал о Фриде Абрамовне, Бродский хмурился и говорил: «Это не играет значения». И все с ним соглашались.

Прим. автора. Иногда тот, кого считают гением, говорит то, что представляется неправильным. Люди относятся к этому по-разному. Одни считают, что тот, кто это сказал, не совсем уж и гений. А другие считают, что то, что было сказано, не совсем уж и неправильно. Вот почему этот анекдот получился особенно анекдотичным.

О докторах, кандидатах и законах природы

Все советские ученые должны были сдавать экзамен по большевицкому учению. Кандидаты наук сдавали научный минимум, а доктора – научный максимум.

На экзамене научного минимума кандидатам задавался вопрос: «Какой основной закон природы?» И они должны были ответить: «Это – как бы спираль».

А докторов на экзамене научного максимума спрашивали: «В чем смысл противоположностей?» И они должны были ответить: «Вот, скажем, тело движется, но не всегда».

О Шостаковиче, Ростроповиче и нотной бумаге

У советских музыкантов всегда были большие проблемы с нотной бумагой. И они, благо жили в одном подъезде, все время ходили клянчить ее друг у друга. Вот приходит однажды Шостакович к Ростроповичу и говорит:

– Нельзя ли у тебя, Славик, нотной бумажкой разжиться?

А Ростропович, который всегда был остер на язык, ему и отвечает:

– Тебе помять?

О студентах, профессорах и Голливуде

Как-то либерально настроенные студенты и профессора американских университетов, а также артисты Голливуда послали Хрыщу приветствие по случаю его дня рождения. Когда приветствие зачитали Хрыщу, он спросил:

– Правда ли, что все фильмы в Америке делаются в Хуливуде?

– Правда, – ответили ему.

– Совсем распоясались, – сказал Хрыщ.

О Бродском, его друзьях и гениальности

Сергей Довлатов, Анатолий Найман и Евгений Рейн очень дружили с Иосифом Бродским. И несмотря ни на что считали его гением.

О посольстве, теннисе и партийном бюро

Все большевицкие организации за пределами советского блока функционировали, как правило, нелегально под видом каких-нибудь спортивных клубов. А чтобы все это не перепутать со спортивными делами, разработали систему сигналов. Если, например, кто-то говорил «давай сегодня поиграем в теннис» и подмигивал, то это означало вызов в партийное бюро.

Сложнее обстояло дело, если разговор происходил по телефону. Тогда невидимое подмигивание заменялось репликой: «Это не телефонный разговор».

Прим. автора. В советской России часто при телефонном разговоре люди говорили: «Это не телефонный разговор». Почему советские люди произносили эти явно неправдивые слова, неизвестно. По-видимому, это навсегда останется загадкой.

О ветеринарах, Хрыще и бурных аплодисментах

В своих выступлениях Хрыщ очень часто путал и коверкал слова. Сохранилась неоткорректированная стенограмма одного из его выступлений:

– У нас в сране… (бурные, продолжительные аплодисменты) …у нас в сране… (бурные, долго не смолкающие аплодисменты) …у нас в сране ветеринары войны пользуются особым почетом и уважением (бурные, продолжительные, долго не смолкающие аплодисменты, переходящие в овацию, все встают).

О вождях, загранице и Саратове

Всем советским вождям очень нравилось, когда о них говорили, что живут они скромно. И они сами не уставали говорить по всякому случаю, что они носят простую одежду и едят простую пищу.

Хрыщ, привозя своим домашним что-то из-за границы, обязательно приговаривал: «А это из Саратова, это из Саратова». Домашние же, конечно, понимали, что он врет, но не показывали вида и, подыгрывая ему, говорили: «Ну и хрен с ним, ну и хрен с ним».

ГЛАВА СЕДЬМАЯ

Шансы защитников президентского дворца на успех таяли с каждой минутой. Еще утром, сразу после первой декларации путчистов, самоходки карабинеров покинули свои позиции. Вскоре к дворцу подошли танки и начали его обстрел. Еще до полудня их поддержали самолеты. Их ракетные атаки положили конец всем сомнениям в том, что армия и воздушные силы действуют вместе с восставшими. К часу дня почти все защитники дворца покинули его. Кто – по приказу Президента, кто – по своему разумению. Тысячедневный период демократии, приведший страну к экономическому краху и поставивший ее на грань гражданской войны, заканчивался.

Первый этаж дворца был уже в руках восставших. И в это время Президент отдал приказ о сдаче. Последние его защитники направились к выходу, а он вернулся в одну из комнат второго этажа, сел на стул, зажал между колен свой автомат и упер его ствол в подбородок.

Когда он нажал на спусковой крючок, тело его вздрогнуло и верхняя часть черепной коробки взлетела к потолку.

Перестроизм

Старая Москва. Иверские ворота

О мыле, спичках и гвоздях

Государственный демократический комитет безопасности опубликовал данные о похищенных и утерянных секретах. С начала двадцатых годов и вплоть до конца войны с немцами большевики похитили в различных странах огромное количество секретов. А потом они начали всё терять. И к началу девяностых годов потеряли почти что всё. Последними были утеряны в 1991 году секреты изготовления мыла, спичек и гвоздей.

О хорошем, плохом и очень плохом

Большевики никогда не хотели, чтобы всем было плохо. Они хотели только, чтобы тем, кому было хорошо, стало плохо, а тем, кому было плохо, стало хорошо. Но в результате у них получилось так, что тем, кому было хорошо, стало совсем плохо, а тем, кому было плохо, хорошо не стало.

После этого они переименовали себя в демократов.

О евреях, Солженицыне и Бродском

Из всех евреев, пишущих стихи, Солженицын не любил одного только Иосифа Бродского. «В талант его возневерую, – говорил Александр Исаевич, – а стихи его – фуйня».

О Хрыще, деятелях искусства и Высоцком

Как-то на заседании Государственного искусствоведческого комитета безопасности кто-то упомянул о вине российского государства перед своими деятелями искусства. На что Хрыщ заявил, что после окончания процесса реабилитации, принятия решений о восстановлении уничтоженных произведений искусства и архитектурных сооружений и отмены известного постановления 1946 года до недавнего времени оставалась только одна вина – перед Владимиром Высоцким. Хрыщ также добавил, что совсем недавно Высоцкий был принят посмертно в ряды Союза писателей, поэтому никакой вины у российского государства перед своими деятелями искусств больше не осталось.

Прим. Вальдемара Шнайдербилта. Можно ли восстановить картину Леонардо да Винчи «Джоконда», если она будет сожжена? Думаю, что на этот вопрос все уверенно ответят, что в этом случае картина будет утеряна безвозвратно и восстановить ее нельзя, можно только сделать ее копии по сохранившимся фотографиям. Можно ли восстановить, скажем, Храм Христа спасителя после того, как он был взорван? На этот вопрос в России уверенно отвечают, что восстановить Храм можно и что при этом новый Храм будет даже лучше прежнего.

Об Евгении Рейне, Москве и стихах

Как-то поэта Евгения Рейна спросили, почему он называет Москву большой деревней. Поэт ответил стихами: «Почему, почему? По кочану!»

О Бродском, летчиках и пуэрториканцах

У Иосифа Бродского в жизни было три больших желания, ни одному из которых не суждено было сбыться: стать военным летчиком, помереть на Васильевском острове и набить морду пуэрториканцу.

Прим. автора. Здесь я прошу прощения у поклонников Иосифа Бродского. Возможно, я не очень справедлив к нему. Возможно, его негативное высказывание о пуэрториканцах вызвано не его расизмом, а личными убеждениями и оригинальным пониманием ситуации.

О науке, технике и приватизаторах

Государственный комитет безопасности по науке и технике России объявил об учреждении новых званий. Звание «Приватизатор России» присваивается лицам, значительно отличившимся в приватизации материальных ценностей. Звание «Заслуженный приватизатор России» присваивается за приватизацию ценностей с применением технических средств. Звание «Народный приватизатор России» присваивается за приватизацию ценностей в особо крупных размерах.

ГЛАВА ВОСЬМАЯ

В субботу уже в первой половине дня небольшая площадь в районе Little Havana около ресторана Versailles и все прилегающие к нему дороги были заполнены ликующими людьми. Все, что могло издавать какие-то звуки, было вытащено на улицу. Звенели колокольчики, сигналили клаксоны. Из проигрывателей неслись звуки сальсы. Кто-то бил колотушкой в маленький барабан, а многие просто били ложкой по горшочку или по кастрюле.

Молодая женщина говорила, что никогда не думала, что может радоваться смерти человека. Тем более не думала, что это может вызвать веселье, как на карнавале. Пожилой мужчина сказал, что ждал этого известия всю жизнь. Другой мужчина держал перед собой большой кусок серого пенопласта, вырезанного по форме надгробья. На нем были имя умершего кровавого диктатора, даты жизни и надпись: "Roast in Hell".

Кто-то плакал. Это были и слезы радости, и слезы памяти о погибших, и слезы сожаления, что не все близкие дожили до этого дня.

В последние годы это известие приходило несколько раз и всегда оказывалось ошибочным. Но в пятницу вечером все как-то сразу поверили, что на этот раз никакой ошибки не было.

Победизм

Старая Москва. Храм Христа Спасителя

О школьниках, эссе и экономическом крахе

Российские школьники недавно писали эссе на тему «Когда в США наступит полный экономический крах?» Двадцать процентов школьников написали, что это случится в течение ближайших двух лет. Еще двадцать процентов писавших посчитали, что это произойдет в текущем году. И оставшиеся шестьдесят процентов утверждали, что полный экономический крах в США уже наступил.

Прим. автора. Для тех, кто не очень хорошо знаком с процентами: шестьдесят процентов – это более половины от общего количества.

О Пушкине, Арине Родионовне и Музее славы

В Музее славы Государственного демократического комитета безопасности на самом видном месте выставлена книга русских народных сказок с надписью: «Дорогому Хрыщу на добрую и долгую память от Арины Родионовны Матвеевой – соратницы великого русского революционера, поэта и прозаика Александра Сергеевича Пушкина».

Прим. автора. Вследствие одного неосторожного высказывания Лили Юрьевны Брик почти вся Россия считала, что Александр Сергеевич Пушкин был женат на Арине Родионовне Матвеевой. Это является совершеннейшим недоразумением. Арина Родионовна была няней поэта.

Прим. Вальдемара Шнайдербилта. В своем шутливом примечании автор, очевидно, имеет в виду свидетельство Василия Катаняна о следующем высказывании Лили Брик: «Володе хорошо было бы жениться на нашей домработнице Аннушке, подобно тому, как вся Россия хотела, чтобы Пушкин женился на Арине Родионовне. Тогда меня, думаю, оставили бы в покое».

О Буше, Хусейне и российских диссидентах

Бывшие российские диссиденты, проживающие на территории Америки, обратились к президенту Джорджу Дабл-Ю Бушу с письмом, в котором они решительно заявили, что внутреннюю и внешнюю политику его они не поддерживают и не одобряют. Требовали убрать руки прочь от Ирака, освободить прогрессивного деятеля иракского народа Саддама Хусейна и выпустить невинных узников из психушек Гуантанамы. Письмо также подписали многие профессора и студенты американских университетов, а также артисты Голливуда.

О Хрыще, учителях и Дне Победы

На всероссийской встрече с учителями школ Хрыща спросили, когда можно начинать говорить с детьми о победе Красной армии и советского народа в Великой Отечественной войне. На что Хрыщ ответил, что о предстоящем праздновании Дня Победы надо начинать говорить с детьми в конце апреля. А после окончания празднования надо сразу начинать говорить с ними о подготовке к следующему празднованию.

О музее Ахматовой, «Русском самоваре» и клешне омара

В музее Анны Ахматовой в Санкт-Петербурге открылась комната Иосифа Бродского, воссозданная по фотографиям его американской комнаты. В комнате – стол, стул, кровать. На столе – ручка, бумага и тарелка с клешней омара из ресторана «Русский самовар».

К дверям приколочена табличка, извещающая посетителей о том, что сначала отношения Ахматовой и Бродского строились как отношения учительницы и ученика. Но потом уже Ахматова училась у Бродского писать стихи и была у него на посылках.

О Сергее Есенине, его сыновьях и женах

Правительственная комиссия Российской Федерации по многочисленным запросам граждан России расследовала обстоятельства гибели Сергея Есенина и его близких. Комиссия пришла к следующим выводам.

Сергей Есенин повесился сам.

Третья жена Есенина, Айседора Дункан, сама себя задушила.

Сын Есенина Юрий сам себя пытал, потом, не выдержав пыток, сам себя оговорил и затем сам себя расстрелял.

Сын Есенина Александр Есенин-Вольпин сам себя арестовал и сам себя засадил в психиатрическую лечебницу.

Вторая жена Есенина, Зинаида Райх, сама себя зверски зарезала.

О России, Японии и линкоре «Миссури»

В разгар распространения коронавируса в России состоялась встреча Хрыща с корреспондентами газеты «Правда». Там его попросили поделиться последними новостями с собравшимися. Хрыщ сказал, что он только что подписал закон о переносе даты окончания второй мировой войны со 2 сентября на 3 сентября. Тем же законом перенесено место подписания акта о капитуляции Японии - с борта американского флагманского линкора «Миссури» в Москву, на Красную площадь, в Кремль. Закон был одобрен абсолютным большинством голосов новых русских сенаторов.

ПОЯСНЕНИЯ К ФРАЗАМ НА ИНОСТРАННЫХ ЯЗЫКАХ

Стр. 49

«I am not an emotional kind of guy». Это – фраза на американском английском языке. Ее русское звучание: «Ай эм нат эн имошанал кайнд ов гай».

Стр. 117

«Der Herr brennt». Это – короткая фраза на немецком языке. Ее русское звучание: «Дэр хер брэнт».

Стр. 137

«Well, you know, this could be the big one. Let's make sure we get it right». Это – две фразы на американском английском языке. Их русское звучание: «Вэл, ю ноу, дыс куд би за биг вуан. Лэтс мэйк щёр ви гет ыт райт».

Стр. 167

«Roast in Hell» – это надпись на кубинском американском языке. Ее русское звучание: «Рост ин хэлл».

ПОДПИСИ К РИСУНКАМ

Глава 1

Старая Москва. Красные ворота

Ворота, построенные из дерева в 1709 году в честь победы над шведами, были первой триумфальной аркой в России. Они несколько раз горели во время пожаров и строились вновь. В 1753 году была построена каменная арка – архитектурный шедевр, очертаниями повторяющий первоначальные постройки. Слева от арки – церковь Трех Святителей (1699 г.). В 1928 году ворота и церковь были разрушены по решению коммунистических советов большевиков.

Глава 2

Старая Москва. Триумфальная арка

Открыта 20 сентября 1834 года в ознаменование победоносного завершения Отечественной войны 1812 года на месте деревянной арки, сооруженной в 1814 году. В 1936 году Триумфальная арка была разрушена по решению коммунистических советов большевиков.

Глава 3

Старый Ярославль. Успенский собор

Возведен в 1644 году на месте первого каменного храма Ярославля, построенного в 1215 году. Перестроен после пожара 1658 года. Рядом – колокольня высотой 55 метров. В соборе не раз бывали русские цари: от первого русского царя Михаила Романова до последнего российского императора Николая II. Собор взорван 26 августа 1937 года по решению коммунистических советов большевиков.

Глава 4

Старая Москва. Ильинские ворота

Построены в 16 веке как ворота стены вокруг Китай-города. За воротами – церковь Никола Большой Крест (постройки 1680 года). Стена и церковь были разрушены по решению коммунистических советов большевиков в 30-е годы.

Глава 5

Старый Петербург. Церковь во имя иконы «Всех скорбящих Радосте»

Шатровый храм с пятью куполами и колокольней построен в 1898 году и был одним из самых красивых и почитаемых в Петербурге. В 1932 году церковь была закрыта, а в 1933 году – взорвана по решению коммунистических советов большевиков.

Глава 6

Старая Москва. Сухарева башня

Сооружена в Москве в 1695 году по инициативе Петра I как ворота Земляного города. Являлась самым крупным светским зданием в России. В июне 1934 года Башня была разрушена по решению коммунистических советов большевиков.

Глава 7

Старая Москва. Иверские ворота

Построены в 1538 году по проекту архитектора Петрока Малого. Изначально носили название «Неглинные». В 1669 году у ворот царь Алексей Михайлович встретил прибывшую с Афона Иверскую иконы Божией Матери. В том же году на этом месте построили часовню. С этого времени ворота стали называться Иверскими. В ночь с 28 на 29 июля 1929 года Иверская часовня, а позднее и Иверские ворота были снесены по решению коммунистических советов большевиков.

Глава 8

Старая Москва. Храм Христа Спасителя

Построен в благодарность за помощь Всевышнего в борьбе русского народа с наполеоновским нашествием 1812 года. Работа над эскизами, проектирование и строительство Храма заняли семьдесят лет. Над его созданием трудились лучшие архитекторы, строители и художники того времени. В 1931 году главный Храм России был взорван по решению коммунистических советов большевиков.

МОСКОВСКИЙ БРИДЖ.
НАЧАЛО

Моим товарищам по бриджу

Предисловие

В этой небольшой книге – мои воспоминания о том, как начинался московский спортивный бридж. Я пишу только о первых шагах бриджа, о первом десятилетии, с конца 60-х годов до конца 70-х годов двадцатого столетия, когда разрозненные малочисленные группы московских игроков встретились друг с другом в матчах, выехали на свои первые всесоюзные соревнования (в бывшей советской стране) и одержали там первые победы. Также расскажу о том, как зарождались первые московские турниры по бриджу. Расскажу и о людях – ведущих игроках московского бриджа тех лет.

В самых первых всесоюзных турнирах московские команды были единственными представителями российских бриджистов. К тому же из российских игроков именно москвичи одержали первые победы на всесоюзных соревнованиях. Поэтому, наверное, можно сказать, что московский бридж находился у истоков российского бриджа. Хотя довольно скоро к москвичам на всесоюзных турнирах присоединились ленинградцы, которые всего через пару лет стали представлять собой грозных соперников.

С начала 80-х годов я еще время от времени играл в бридж, но мои интересы сместились совсем в другую сторону. Я отдавал все свое свободное время пчеловодному товариществу и всему тому, что с ним было связано. И это продолжалось вплоть до 1991 года, до моего отъезда из России, куда я больше никогда не возвращался. Поэтому все, что происходило в московском и российском бридже, начиная с конца 70-х годов, вышло за рамки моего рассказа.

В моих воспоминаниях много отступлений, лишь косвенно связанных с бриджевой жизнью. Но, я думаю, они необходимы для тех, кто не жил в России 70-х годов и не очень хорошо себе представляет все, чем мы были окружены тогда, в период тоталитарного коммунистического режима в стране. Да и те, кто жил в России 70-х, как я вижу теперь, стали многие детали подзабывать. Так что мои отступления будут оправданными в любом случае.

Я пишу о событиях печальных, иногда трагичных. Пишу и о событиях радостных, иногда смешных. Пишу я и о людях, большей частью не ординарных. Но более всего мне хотелось передать атмосферу романтики бриджа – самой интеллектуальной игры, когда-либо изобретенной человеком.

Я пополняю свой рассказ о событиях, в которых участвовал непосредственно, воспоминаниями моих товарищей по московскому бриджу (взятых в основном с сайта www.bridgeclub.ru) и фотографиями, сделанными моим фотоаппаратом, который я, по счастью, имел обыкновение возить с собой на турниры.

Слава Бродский
Gouldsboro, PA
31 июля 2014 года

О бридже и перетягивании каната

В течение многих лет я слышал о бридже. Понятия не имел, что это за игра. Но был заинтригован. Потому что, по слухам, эта игра была на несколько порядков выше преферанса. Позднее кто-то сказал, что в интеллектуальном отношении бридж настолько же выше преферанса, насколько преферанс выше перетягивания каната. И я со временем осознал справедливость этого высказывания.

Я со своими друзьями стал делать первые шаги в бридже в 1966 году. Но насколько популярна в мире эта игра, мы узнали намного позднее.

* * *

Сейчас, когда я пишу эти строки, считается, что в бридж играют более 200 миллионов человек. Бридж – это вид спорта, по которому проводятся национальные и мировые первенства. И хотя бридж никогда не включался в программу Олимпийских игр, Всемирная федерация бриджа была признана Международным олимпийским комитетом как международная спортивная организация.

Многие из известных людей были поклонниками бриджа. Я понимаю – наверное, это мало что добавляет к представлению о том, какой замечательной игрой является бридж. Думаю, что можно отыскать много известных людей, которые были поклонниками перетягивания каната. Но, тем не менее, вслед за энтузиастами бриджа, я приведу здесь какие-то имена.

Генерал армии, 34-й президент Соединенных Штатов

Америки, верховный главнокомандующий союзническими войсками в Европе во второй мировой войне Дуайт Эйзенхауэр был известен как очень сильный игрок в бридж. Сессии бриджа, в которых он участвовал, будучи уже президентом, растягивались на довольно продолжительное время и происходили либо в солярии на крыше Белого дома, либо в зале договоров (*Treaty room*) на втором этаже.

Премьер-министр Великобритании в 1940 – 1945 и 1951 – 1955 гг., один из наиболее влиятельных политических лидеров времен второй мировой войны, Нобелевский лауреат по литературе сэр Уинстон Черчилль был заядлым бриджевым игроком.

Премьер-министр Великобритании более поздних лет (1979—1990) Маргарет Тэтчер любила играть в бридж. Правда, играла она нерегулярно.

Дэн Сяопин – один из лидеров коммунистического Китая – после «культурной революции» стал сторонником поворота Китая к рыночной экономике. Он был первоклассным игроком в бридж. При его поддержке запрет на бридж в Китае был отменен в 1979 году – на 10 лет раньше, чем это произошло в стране большевиков. Дэн Сяопин неоднократно награждался международными бриджевыми организациями за развитие бриджа в Китае и в мире.

Густо заселен бриджистами финансовой мир. Много трейдеров с Уолл-стрита играют в бридж, и среди них есть немало действительно выдающихся игроков. И в этом смысле выделяется компания *Bear Stearns*, по крайней мере три *CEO* (*chief executive officer*) которой были высококлассными игроками.

Уоррен Баффет – крупнейший в мире инвестор и

один из самых богатых людей на планете – с увлечением играет в бридж и, как считается, проводит за карточным столом не менее двенадцати часов в неделю. Ему принадлежит такое высказывание: «Бридж настолько захватывающая игра, что я согласился бы сидеть в тюрьме, если бы моими тремя сокамерниками оказались приличные игроки, которые хотели бы играть двадцать четыре часа в сутки».

Основатель компании *Microsoft*, один из самых богатых и влиятельных людей в мире Билл Гейтс известен также и своей страстью к бриджу. В бридж его научили играть его родители, когда он был еще ребенком. Билл Гейтс участвует в национальных и международных турнирах высокого ранга, часто выступая против сильнейших бриджевых игроков.

Билл Гейтс и Уоррен Баффет – самые щедрые филантропы Америки. Их пожертвования исчисляются десятками триллионов долларов. Часто они играют в паре друг с другом. В 2005 году они пожертвовали миллион долларов на развитие бриджа в школах.

Известный сценарист и режиссер Джордж Кауфман был довольно крепким игроком в бридж. Ему принадлежит много остроумных замечаний, связанных с этой игрой. Однажды, когда его неудачно игравший партнер попросил разрешения пойти в туалет, Кауфман заметил: *"Gladly. For the first time today I'll know what you have in your hand"*.

Любит играть в бридж чехословацкая и американская звезда тенниса Мартина Навратилова, победительница 59 турниров Большого Шлема.

Поклонниками бриджа были (или являются и до сих пор) многие известные шахматисты. В их числе –

чемпионы мира Эмануэль Ласкер, Хосе Рауль Капабланка, Александр Алехин, Михаил Ботвинник, Михаил Таль, Борис Спасский, Анатолий Карпов, Гарри Каспаров, а также такие выдающиеся шахматисты, как Виктор Корчной и Леонид Штейн.

Заключая мой короткий список знаменитостей, которые играли в бридж, я хочу назвать еще два имени. Эти два человека считаются сильнейшими в мире игроками в бридж. Однако они имели бы мировую известность, даже если бы никогда в бридж не играли.

Выдающийся египетский и французский актер Омар Шариф известен по главным ролям во многих голливудских фильмах. Он родился в Египте, окончил Каирский университет как математик и физик. Какое-то время снимался в египетских фильмах. За роль в первом своем англоязычном фильме «Лоуренс Аравийский» (*"Lawrence of Arabia"*) он был номинирован на «Оскара» в категории «Лучшая мужская роль второго плана» и стал лауреатом (дважды) премии «Золотой Глобус» (*"Golden Globe"*). Русский зритель наверняка знает фильм «Доктор Живаго», где Омар Шариф сыграл заглавную роль. За эту роль он в третий раз стал лауреатом премии «Золотой Глобус».

Омар Шариф в течение многих лет считался одним из наиболее сильных бриджистов мира. Он был организатором команды *"Omar Sharif Bridge Circus"*, которая в 1967 году выступала против самых грозных команд: американских «Далласских тузов» (*"Dallas Aces"*) и итальянской «Голубой команды» (*"The Blue Team"* – *"Squadra azzurra"*).

Вторая знаменитость – это звезда первой величины Ирина Левитина. Первые 36 лет она жила в России. С 1990 года живет в Соединенных Штатах Америки. Сначала она добилась выдающихся успехов в шахматах. Она побеждала в четырех чемпионатах бывшего Советского Союза (1971, 1978, 1979, 1981). Выигрывала в составе женской команды Олимпиаду (1972, 1974, 1984). Была чемпионкой Америки (1991, 1992, 1993). Имеет звание международного гроссмейстера.

Потом Ирина Левитина добилась не менее выдающихся успехов в бридже. Она выиграла пять мировых чемпионатов среди женщин (*World Women Team Olympiad* – в 1996 году, *Transnational Mixed Teams* – в 2000-м, *McConnell Cup* – в 2002-м, *World Women's Pairs* – в 2006-м и *Venice Cup* – в 2007 году). Более двадцати раз занимала первые и вторые места на турнирах высшего ранга в Америке.

Ирина Левитина – единственный человек в мире, который выигрывал мировые турниры самого высокого ранга в шахматах и в бридже.

* * *

В 66-м, когда мы только начинали играть в бридж, мы всего этого не знали. Ну хотя бы потому, что многие события к тому моменту еще не наступили. Единственное, что мы знали, – то, что, по данным Британской энциклопедии, в бридж играли 17 миллионов человек. Хотя никто из нас тогда Британскую энциклопедию в глаза не видел. Но слух такой до нас дошел. А действительно ли в Британской энциклопедии было такое написано, я и до сих пор не знаю. Но каждый раз, когда тот, кому мы говорили о бридже, спрашивал, а что это такое, мы отвечали: ну как же, мол, ты не знаешь, что такое бридж, ведь в бридж, по данным Британской энциклопедии, играют 17 миллионов человек!

«Правила игры в бридж по Кульбертсону»

В начале шестидесятых я принадлежал к одной немногочисленной университетской компании (мы учились на мехмате), мужская часть которой время от времени играла в преферанс: Валя Вулихман, Марик Мельников, Леша Поманский, Аркадий Шапиро и я. И вот в 1966 году, когда мы уже закончили университет, в самом начале лета мы оказались в гостях на одной подмосковной даче на Николиной Горе с Михаилом Романовичем Шурой-Бурой – известным математиком, чуть ли не первым тогда в России человеком в вычислительной математике и программировании. Всего несколько лет до этой встречи он читал нам на мехмате курс по программированию. Встреча с ним на даче была запланированным мероприятием. Мы узнали, что Михаил Романович играет в бридж, и надеялись, что он нас этой игре обучит.

Михаил Романович научить нас играть в бридж согласился. Он объяснил нам основную идею игры. Поведал, что такое гейм и шлем. Сказал, к большому нашему удивлению, что «козырем бить не обязательно». И потом научил торговаться. Надо было «открыть» торговлю в самой длинной масти, если на руках было несколько тузов и королей. А партнер открывшего должен был назвать масть, где у него был туз. Остальное не объяснялось. После этого мы начали играть в бридж, торгуясь, как Бог на душу положит.

Но это продолжалось недолго. Буквально через пару недель Валя Вулихман принес с работы какую-то распечатку под названием «Правила игры в бридж по Кульбертсону». Валя сказал мне, что пытался понять эти правила, но так ничего и не понял. Он только понял, что это совсем не то, о чем нам рассказывал Шура-Бура. И предложил мне попытаться разобраться в этой абракадабре. Я стал читать эти странички и в какой-то момент сделал предположение, что это были не правила игры как таковые, а рекомендации, как вести торговлю. Ведь до той поры мы даже не представляли себе, что могут быть какие-то развернутые соглашения о том, как в процессе торговли передавать партнеру специальным образом закодированную информацию о своей карте. Моя догадка о том, что на самом деле представляют собой «Правила игры в бридж по Кульбертсону», оказалась правильной. После этого освоение бумаг стало иметь вполне определенный смысл.

Кто такой Кульбертсон, мы, естественно, тогда не знали. Произносили мы эту фамилию (в соответствии с тем, как она была написана на распечатке) со второй буквой «у» и мягким «л» и ударение делали то на «е», то на «о». И, конечно, представления не имели о том, что *Ely Culbertson* – легендарная личность, основатель контрактного бриджа.

Его система торговли была основана на опёрных очках (туз – 1 очко, король с дамой в той же масти – 1 очко, король с маленькой – ½ очка и т.д.). И мы дружно начали эту систему разучивать.

В середине лета 66-го Марик Мельников, Леша Поманский и я оказались вместе в Гурзуфе. Мы жили там по путевкам в Доме творчества и отдыха им. Коровина. Эти путевки нам устроил отчим Леши Поманского. Отчим Леши был художником. Я видел его мельком всего один или два раза. С мамой Леши – Екатериной Поманской – я встречался чаще. Она была замечательным живописцем, членом Московского союза художников и необычайно привлекательным человеком. Знакомству с Лешей и его мамой я обязан всем своим «художественным образованием». Первые уроки живописи я получил от Леши. И хотя он сам, кажется, ничего никогда не писал, его технические советы были для меня очень ценными. Так, от него я узнал, что существуют два резко отличающихся направления в живописи. К одному принадлежала его мама, к другому – его отчим. В соответствии с первым направлением масляная краска по окончании живописных работ удалялась с кистей газетой. А в соответствии со вторым направлением кисти мылись с мылом под горячей водой. И я решил взять все лучшее, что было в московской школе изобразительного искусства. Я стал сначала протирать кисти газетой, а потом уже мыть их с мылом под горячей водой. (Сейчас, почти полвека спустя, я усовершенствовал эту технологию, заменив газету бумажным полотенцем.)

В Гурзуфском доме творчества работала маленькая художественная лавка, где можно было купить грунтованный и негрунтованный картон, краски, кисти, пинен. Там я даже приобрел небольшой набор китайских колонковых кистей.

Крыша Дома творчества была под навесом. И там днем располагались художники, которые писали «с натуры». Я тоже выползал на эту крышу, ставил импровизированный мольберт и тоже писал «с натуры». Ну, естественно, как я эту натуру видел. Картины у меня были, скажем так, в значительной степени абстрактными. И это шокировало местную публику необычайно.

В Гурзуфе мы штудировали «Правила игры в бридж по Кульбертсону» и общались с компанией преферансистов из Харькова. Среди них был Валерий Машкин – впоследствии сильный харьковский бриджист. Но тогда он в бридж еще не играл. По крайней мере, когда мы сказали ему, что увлечены бриджем, он на это никак не прореагировал. Тем не менее, мы стали надеяться, что, возможно, своими разговорами о бридже «забросили» эту игру в Харьков. А в Гурзуфе мы целый месяц сражались с харьковчанами в преферанс.

В последний день перед моим отъездом харьковчане пригласили меня записать с ними прощальную пулю. Я, ничего не подозревая, согласился. Они стали практически в открытую играть втроем против меня. Раздачи, по всей вероятности, они каким-то образом заранее затасовывали. Так что, когда у них троих пуля была закрыта, у меня там был полный ноль. В этот момент мне на последней руке пришла какая-то сомнительная карта, с которой можно было взять при хорошем раскладе много взяток, а можно было и сесть даже на шести. Поскольку я сильно подозревал, что сдача эта заранее затасована и поскольку карта моя включала также семерки с восьмерками, я спасовал. Это было очень неожиданно для всех. Две карты прикупа были в масти, которой у меня не было (что я ожидал). Так что на распасовке я сделал два первых критических сноса. Далее мои противники могли все-таки сделать так, чтобы я хотя бы не был «писателем». Но, видно, не все помнили, какая карта у меня должна была быть. Ведь они надеялись вистовать против меня в открытую. И в результате я не взял ни одной взятки, записал в пулю единичку и накатал на них приличные висты.

В лагере харьковчан возник раздор. Они начали ругаться в открытую, теперь уже не скрывая, что играли втроем против меня. В этот момент я мог бы уличить их в жульничестве и уйти. Но такое мне тогда в голову не пришло. И я продолжал борьбу. Ситуация резко изменилась. Разозленные друг на друга, мои противники не смогли наладить игру. И шаг за шагом я стал отбивать тот громадный проигрыш, с которым я к тому моменту оказался. В результате к концу игры я проигрывал только 100 вистов.

А наша надежда на то, что мы «забросили» бридж в Харьков, оказалась тогда не очень-то верной. Из тех харьковчан, которые были тогда в Гурзуфе, в бридж стал играть только Валерий Машкин. Но в первых командах от Харькова, с которыми мы встречались, Машкина не было. Машкин и его товарищи по команде появились позже и были значительно сильнее первых харьковских игроков.

* * *

Мы вернулись в Москву. И вскоре через Аркашу Шапиро познакомились с одной девушкой из Венгрии. Она очень хотела играть в бридж. И у нее была какая-то ценная книжка по бриджу. Но содержания ее она не понимала. У нас был энтузиазм, но не было никакой книжки. И мы (Аркадий, Валя, Леша и я) стали ходить к этой девушке раз в неделю. Она жила в высотном здании на Котельнической набережной. Девушка переводила с венгерского на русский, что было написано в ее книге. А мы объясняли ей, что это все значит. А заодно и сами учились.

Это была система Чарлза Горена с открытиями от четверок в мажорных мастях (червах и пиках). Хотя уже в то время, и тем более позднее, мало кто открывал четверками в мажоре. Пятикартная масть стала уже почти стандартом для открытия на первом уровне.

Там же мы познакомились с одной идеей Горена, которая оказала на нас большое влияние. Это была модификация способа подсчета очков Милтона Ворка. Горен к очкам Ворка прибавлял очки за расклад. И это добавление было сделано Гореном в стиле Ворка – оно было столь же простым, сколь и эффективным.

В первую нашу встречу девушка угостила нас сушеными фруктами. И это было для нас спасительной подсказкой. Ну и стали мы носить к ней на Котельническую набережную сушеные фрукты. Где-то через пару месяцев хотели мы поменять что-то, но так ни на что и не решились – ни на осетрину, ни, тем более, на копченую колбасу. Так и таскали ей, наверное целый год, сухофрукты.

Те, кто прослушивал наши разговоры на Котельнической набережной (а в том, что они прослушивались, я думаю, сомневаться не надо), тоже могли, вполне возможно, начать играть в бридж. А вот не догадался я тогда присмотреться к тем московским бриджистам, которые играли от четверок в мажоре!

Первый Форсинг и БУКС

Девушка из Венгрии уехала домой. И мы перестали ходить на Котельническую набережную. А я на основе открытий в мажоре от четверок стал мастерить свою систему. И назвал ее БУКС – Бродского Универсальная Колоссальная Система. Назвал я ее так в шутку. Однако название это закрепилось за системой. Оригинальность БУКС'а состояла (во многом), в защитной системе. Это была очень сложная, но точная система, позволяющая вмешиваться в торговлю с четверками. Мы ее называли «Малый БУКС». Она работала после заявления противника (не обязательно первого) в масти на уровне 1. При этом показывались сразу две масти БУКС'а: основная и дополнительная. Основная масть содержала не менее четырех карт (для заявок **2♥** и **2♠** – не менее пяти карт), дополнительная – не менее трех. Думаю, что «Малый БУКС» мог бы успешно работать и сейчас, почти через полвека после того, как был придуман. И для тех, кто хотел бы его испытать, привожу таблицу, где первой показана основная масть БУКС'а, а второй – дополнительная.

Заявления противников	Заявления «Малого БУКС'а»							
	1♦	**1♥**	**1♠**	**1БК**	**2♣**	**2♦**	**2♥**	**2♠**
1♣	♦♥	♠♥	♠♦	♦♥	♦♠	♥♠		
1♦		♠♥	♠♣	♣♥	♣♠	♥♠	♥♣	
1♥			♠♣	♣♦	♣♠	♦♠	♦♣	♠♦
1♠				♣♦	♣♥	♦♥	♥♣	♦♣

Имеются еще сильные варианты для некоторых из заявлений. На **1♣**(♦) противников – это **1♥**, **1БК** и **2♣**(♦). На **1♥**(♠) противников – это **1БК** и **2♥**(♠).

Летом 1967 года мы с Валей Вулихманом «обкатывали» БУКС на случайных раскладах. Валя написал программу, которая их создавала и распечатывала. И вот около сотни раскладов были Валей (на его работе, естественно) заготовлены.

На лето мы разъехались. Расклады поделили на две части. И я посылал Вале по почте пятьдесят раскладов с моими очередными заявками в торговле, а он мне – свои пятьдесят. Это продолжалось долго. Но в итоге к концу лета у меня накопился хороший материал для анализа и корректировки системы. И вот по этому БУКС'у стала играть наша пятерка.

* * *

Через какое-то время, когда начались первые чемпионаты Москвы, я предложил для нашей команды название «Форсинг», которое всеми было принято. Хотя в то время, когда команда стала так называться, Аркадий Шапиро уже практически отошел от бриджа. От его игры у меня осталось только одно воспоминание: когда Аркаша разыгрывал козырной контракт и начинал отбирать козырей, он всегда сопровождал это словами «проверка документов!».

* * *

Зимой 1967 – 1968 гг. мы узнали о существовании университетской команды. Это были молодые ребята с мехмата. Они оканчивали университет на несколько лет позже нас. В команде МГУ было две пары (по крайней мере

Первый «Форсинг». Стоят (слева направо):
Марик Мельников, Валя Вулихман,
Леша Поманский, Слава Бродский.
Сидит: Аркаша Шапиро

мы познакомились тогда с двумя парами): Дьячков – Одуло и Малиновский – Петров. От них мы узнали о том, что проводятся всесоюзные турниры в Вильнюсе и Таллине. И они нам сообщили о только что состоявшемся в Таллине турнире 1967 года. Следующий турнир ожидался ранним летом 1968 года в Вильнюсе. Мы узнали, что устроители Вильнюсского турнира готовы принять команду из Москвы. Это была ошеломляющая новость. И мы определенно загорелись желанием поехать на такой турнир.

Вскоре после знакомства с ребятами из МГУ Марик с Лешей ездили в Таллин. Они повстречались там с лидером таллинского бриджа Бернхардом Якобсоном. И привезли от него много полезной информации, в том числе таблицу международных матч-пунктов, которая до тех пор нам была неизвестна.

* * *

Еще до того, как мы поехали на первые соревнования в Прибалтику, мы (Валя Вулихман, Марик Мельников, Леша Поманский и я) проводили у себя наши локальные соревнования, для которых я придумал двусмысленное название: бриджидские игры. При этом разыгрывался купленный в каком-то спортивном магазине кубок. Все это сопровождалось кучей всяких шуток и прибауток. Я выпускал какие-то немыслимые шуточные приказы, которые печатал на машинке и отсылал по почте нашему немногочисленному сообществу. Ввел такое понятие, как «лишнее тело» (созвучное с бюрократическим словосочетанием «личное дело»). И все выговоры за какие-то прегрешения и благодарности за какие-то достижения заносились мною в эти «лишние тела». После первых поездок в Прибалтику мы такие соревнования уже больше не проводили. А кубок сохранился у Марика, который победил в последнем таком состязании.

В бриджидских играх мы соревновались только вчетвером. При такой игре получала преимущество пара, которой чаще приходила карта с повышенным очковым содержанием. И для того, чтобы до какой-то степени устранить такой элемент везения, я придумал некоторую систему – компенсацию (или штраф) за повышенное (сверх двадцати) очковое содержание. Компенсация подсчитывалась по двум линейным формулам, различным для зонных и незонных очков. Вне зоны за очки сверх 20 давалась компенсация 50 за очко, а сверх 30 – компенсация 120 за очко. В зоне за очки сверх 20 давалась компенсация 70 за очко, а сверх 30 – компенсация 200 за очко.

Так, скажем, если у партнеров на линии было 22 очка не в зоне и они выигрывали контракт 2 пики с одной лишней взяткой, то без учета компенсации они получали 30 * 3 + 50 = 140 очков. Моя линейная компенсация была 50 * 2 = 100. Итого пара получала 140 – 100 = 40 очков. То есть вместо выигранных 140 очков пара получала только 40 очков (100 очков отнимались как компенсация за повышенное очковое содержание).

Идея введения такой компенсации состояла не только в том, чтобы как-то уменьшить влияние повышенного очкового содержания на результат сдачи, но и в том, чтобы по возможности вытеснить робберный бридж и заменить его другой формой бриджа, приближенной к командным соревнованиям.

По такой компенсации мы в какой-то момент и стали проводить наши бриджидские игры.

В семидесятых годах известный московский бриджист Генрих Грановский внес новый смысл в систему компенсации, переписав ее и сделав поправки там, где она была не вполне объективна. Вместо формул Генрих использовал просто таблицу штрафов, в зависимости от очкового содержания и зональности. В таком виде она стала использоваться уже, пожалуй, всеми бриджистами Москвы в тренировочных играх вчетвером и, возможно, стала известна и за пределами Москвы. Система Грановского отличалась от моей большей объективностью, хотя была не так проста. Для того, чтобы ее использовать, надо было хранить таблицу компенсации. Однако ее популярность была так высока, что многие помнили эту таблицу наизусть.

В дальнейшем были попытки добавления компенсации за расклад. Но я не думаю, что такие поправки получили широкое распространение. А игра с компенсацией стала использоваться многими бриджистами, так что даже в обиход вошло такое выражение, как «сгонять компенсарика». И для тех, кто готов и сейчас при игре вчетвером играть по компенсации, я привожу здесь очковую компенсацию Грановского и мою линейную компенсацию.

Система компенсации				
Очки	Линейная		Грановского	
	Вне зоны	В зоне	Вне зоны	В зоне
21	50	70	50	50
22	100	140	70	70
23	150	210	110	110
24	200	280	200	290
25	250	350	300	440
26	300	420	350	520
27	350	490	400	600
28	400	560	430	630
29	450	630	460	660
30	500	700	490	690
31	620	900	600	800
32	740	1100	700	1050
33	860	1300	900	1350
34	980	1500	1000	1500
35	1100	1700	1100	1650
36	1220	1900	1200	1800
≥37	1340	2100	1400	2100

* * *

Ранней весной 68-го мы еще раз обсудили с командой МГУ создавшуюся ситуацию. Ведь на поездку в Вильнюс претендовали четыре пары: наши две пары и две пары из их команды: Дьячков – Одуло и Малиновский – Петров.

Поэтому мы решили, что сыграем с ними отборочный матч. Этот матч, который состоялся весной 68-го, мы выиграли. И тогда было решено, что в Вильнюс поедет наша команда, пополненная одной парой из команды МГУ.

Первый турнир

И вот в первых числах июня 68-го мы отправились в Вильнюс на наш первый турнир. Поначалу предполагалось, что наша команда будет пополнена парой Малиновского с Петровым. Но перед самым турниром выяснилось, что они поехать не могут. Думаю, что поехать в Вильнюс не смог Петров. Он, как иностранец (он был болгарином), по советским правилам, не имел права выезжать из Москвы без специального разрешения властей. А получать разрешение на то, чтобы поиграть в карты, ему, очевидно, не хотелось. Поэтому, когда позднее он и выезжал на подобные турниры, то ездил по чужому студенческому билету. Ведь при устройстве в гостиницу надо было предъявить паспорт или какое-нибудь удостоверение с фотографией. И студенческий билет для этой цели вполне годился. Не знаю, говорил ли он тому, кто давал ему свой студенческий билет, с какой целью он его берет. Но так или иначе, во всем этом мероприятии был безусловно большой риск. И риск заключался не в том, что девушка за стойкой в гостинице могла бы распознать подмену. Нет, конечно. Но вот «пастучать» на Петрова кто-то из посторонних вполне бы мог. Но, наверное, Петров все-таки к тому моменту уже разобрался в обстановке в нашей стране и знал, кому он может довериться, а кому нет.

В итоге московская команда в Вильнюсе была представлена тремя парами: двумя нашими – Марик Мельников играл с Лешей Поманским, а я с Валей Вулихманом – и одной парой из команды МГУ – Аркадий

Дьячков играл с Сашей Одуло.

В Вильнюсе еще до самого первого матча мы познакомились с одной приезжей парой. Это были молодые ребята из Львова – Витольд Бруштунов и Дарий Футорский. Они отнюдь не были новичками в бридже. И они нас просто поразили своей эрудицией. Мы жадно проглатывали всю бриджевую информацию, которой они нас щедро снабжали. А такие терминологические перлы, как блетка, фоска, убитка, приводили нас просто в восторг.

Витольд Бруштунов

От них мы узнали, что в Прибалтике еще в довоенное время существовали клубы бриджа. И что первый турнир прибалтийских стран состоялся в 1934 году в Риге, где команда Литвы заняла первое место, команда Латвии – второе и команда Эстонии – третье. Но что теперь лидерами являются бриджисты Эстонии. И что на турнире в Таллине 1967 года команда «Таллин-1» заняла первое место, «Таллин-2» – второе и «Таллин-3» – третье место. И что Таллинский турнир рассматривается всеми как наиболее престижный всесоюзный турнир и является по существу неофициальным чемпионатом Союза.

* * *

Сейчас, по прошествии многих лет, некоторые бриджисты не квалифицируют Таллинские турниры тех времен как чемпионаты Союза, солидаризируясь с официальными советскими органами, не признававшими бридж видом спорта. И в чем-то эти бриджисты правы. Вся наша деятельность носила чисто подпольный характер. Она держалась в основном на усилиях группы прибалтийских энтузиастов, по счастью, занимавших высокие посты в структуре прибалтийских стран. (Об этом хорошо написано в короткой, но очень емкой статье Витольда Бруштунова на сайте www.bridgeclub.ru «Почетное членство».) И о создании Всесоюзной федерации бриджа тогда не могло быть даже и речи. Однако тот факт, что бридж отвергался большевицкими органами, вовсе не означает, что соревнований на всесоюзном уровне не было. Они все-таки проводились. Но проводились они неофициально, вопреки запретам Советов.

* * *

Первый матч Вильнюсского турнира мы играли с командой Харькова и выиграли со счетом 8:0. (Все матчи игрались тогда по формуле 4:4, 5:3, 6:2, 7:1, 8:0.) За нашим столом в одной из сдач произошел такой инцидент. В геймовом контракте 4 пики разыгрывающий, отдав уже три взятки, пошел последней пикой, имея на столе туза, даму и маленькую в трефах. У меня в это время была старшая черва и две маленькие трефы. Стало ясно, что король треф находится у моего партнера - Вали Вулихмана. И, таким образом, разыгрывающий может легко взять остальные взятки. Также стало ясно, что если бы король треф был у меня, то я попадал в сквиз. К сожалению, на тот момент никто нам не объяснил, что такой прием, как психологическое раздумье, это супротив правил. Не знал этого тогда и я. И поэтому решил немного подумать. И я надеялся, что разыгрывающий поймет, в какой ситуации я мог бы оказаться, если бы у меня был король треф. По-видимому, я думал достаточно долго для того, чтобы разыгрывающий это понял. Затем я снес одну из своих маленьких треф. Разыгрывающий сыграл тузом треф сверху, и контракт пошел без одной.

Оказалось, что не только я, но и противники наши не знали правил. Никто из них не выговорил мне за мое неэтичное поведение. Никто не вызвал судью. Не знали правил и болельщики. Один из них (судя по акценту – местный) приблизился ко мне, похлопал меня одобрительно по плечу и сказал: «Психология!»

Вечером я рассказал об этом Витольду. И ожидал от него какой-то похвалы. Но к моему удивлению, он это дело не одобрил. Он рассказал про *Fair play*. И сказал, что думать в ситуации, когда не над чем думать, неэтично. Например, неэтично думать, если у тебя в масти только сингль. И если кто-то задумается, то противник может спросить: «А у вас было над чем думать?» И игрок, если он играет по правилам *Fair play* и если ему не над чем думать, должен был сказать, что, мол, нет, не было над чем думать.

Я слушал Витольда раскрыв рот. Настолько все, что он говорил, было необычно. И я впитывал все, как губка впитывает воду. И что еще меня поразило, так это то, что Витольд был настроен только на победу, только на первое место. И считал это вполне реальным.

* * *

Наши дела после матча с командой Харькова пошли не вполне удачно. Пару следующих матчей мы проиграли. И тут нам надо было играть против команды «Таллин-1» –

бесспорного фаворита турнира. Таллинскую команду возглавлял Бернхард Якобсон.

В первой половине матча мы сидели с Валей Вулихманом против пары Якобсона и ждали, когда нас начнут громить. Но ничего такого плохого для нас за столом не происходило. Более того, мне даже стало казаться, что наши дела идут вполне неплохо. За другим столом за нас играли Аркадий Дьячков и Саша Одуло.

Бернхард Якобсон –
капитан команды «Таллин-1»

После первой половины счет был в нашу пользу с небольшим перевесом. Мы все просто ошалели от такого оборота дела, ходили вокруг столов, разговаривали друг с другом, обсуждая какие-то недавние сдачи, и улыбались счастливыми улыбками. Якобсон был явно недоволен происходящим и что-то сердито выговаривал своим товарищам по команде.

Результат первой половины был настолько неожиданным для всех нас, что мы долго совещались, что же делать дальше. И тут Марик предложил, чтобы мы продолжали играть в прежнем составе. Так мы и продолжили: я с Валей Вулихманом, за другим столом – Аркадий Дьячков и Саша Одуло. Только теперь уже они играли против Якобсона. Во второй половине мы выиграли еще несколько очков. Этого было достаточно, чтобы победить со счетом 6 : 2.

Валерий Седов в своей замечательной и яркой заметке о бридже на сайте www.bridgeclub.ru пишет о «прекращении безоговорочной гегемонии непобедимых на рубеже 80-х бриджистов Эстонии». В этом Валерий не вполне точен. На самом деле бриджисты Эстонии перестали быть непобедимыми гораздо раньше. И начало их поражений от московских команд произошло как раз в том матче, в Вильнюсе, ранним летом 1968 года, когда еще за московскую команду играл Валя Вулихман. За этим последовала серия поражений эстонских бриджистов от московских команд в том же году, а также в 1969-м и 1970 годах.

* * *

С Валей Вулихманом мы жили в одном московском дворе (недалеко от площади трех вокзалов) и были знакомы почти с пеленок. Мы жили с ним в достаточно благополучном доме. Но совсем рядом находилась Пантелеевская улица. И вот оттуда, с Пантелеевки, в наш двор время от времени заходила пантелеевская шпана. В карманах у них были ножи. И говорили они с такими интонациями, от которых у тебя все холодело в животе. Кто бы мог подумать тогда, что через полвека они станут хозяевами страны. Их интонации теперь несутся в эфир со всех каналов российского телевидения. «Пиво для культурного отдыха», «Смотрите на первом канале» – эти фразы произносятся сейчас один к одному с интонациями пантелеевской шпаны пятидесятых годов. Ну и не только это, конечно, изменилось в русском языке. Воровское «присаживайтесь» заняло теперь прочное место на российском телевидении (да и, по слухам, вообще везде в России) вместо нормального «садитесь». И многое другое еще завоевала Пантелеевская улица. Но больше об этом я здесь говорить не хочу.

Десять лет мы учились с Валей в одной школе. Я хорошо знал его родителей, он хорошо знал моих. В доме у Вали (а лучше сказать, в его комнате – ведь все наши семьи жили тогда в комнате в коммунальной квартире) его отцом поддерживалась замечательная библиотека. Там было много интересных и редких книг. И я иногда брал там что-то почитать.

Валин отец первым в нашем большом доме приобрел телевизор, КВН-49. И он приглашал детей, знакомых Вали, на какие-то детские передачи. Но Евсей Абрамович ставил при этом одно условие: надо было прийти с дневником и показать, что ты хорошо учишься в школе. В первый раз, когда я пришел на такую передачу, я не знал, что надо было принести дневник. И когда я увидел, что все показывают свой дневник Евсею Абрамовичу, сказал ему, что я не знал про дневник. Евсей Абрамович, к моему большому удивлению, не прогнал меня вон, а сказал, что знает, как я учусь, и что я могу занимать место перед телевизором. Тех, кто плохо учился, Евсей Абрамович, на самом-то деле, не прогонял, а просто брал с них слово, что они будут усерднее учить уроки.

Годы шли. В пятом классе я отличился. Новая учительница математики спросила, сколько будет, если пять разделить на ноль. Я поднял руку. И все в классе подняли руку. Но отвечали все как-то неправильно. Я был выше всех в моем классе и сидел в последнем ряду.

Поэтому меня спросили последним. И я ответил, что на ноль делить нельзя. Учительница тут же объявила мне, что я должен стать математиком. И сказала, что через два года я должен начать ходить в математический кружок при Московском университете. Я передал это Вале. И мы стали ждать. Ждали два года. Потом, начиная с 1955 года, мы вместе с Валей ходили четыре года в математический кружок при Московском университете и знали, что будем поступать на мехмат.

В девятом классе Валя научил меня играть в преферанс. Мой отец умел играть в преферанс. Но когда я просил его научить меня, он отказывался. Говорил, что пусть я лучше занимаюсь математикой. Мое увлечение математикой отец вполне одобрял. Он говорил, что математика нужна везде. И что она мне очень пригодится, если я когда-нибудь уеду в Америку.

Валя Вулихман

В 59-м мы с Валей поступили на мехмат. В том году и следующие пару лет евреев принимали в университеты. Так получилось, что мы оба, Валя и я, в это время переехали в район арбатских улиц. Так что в университет последующие пять лет мы ездили вместе. А на мехмате большей частью учились в одной группе.

Мы дышали с Валей одним воздухом. Одинаково ненавидели все советское. И были абсолютными единомышленниками.

Раньше мне всегда казалось, что Валя был больше под моим влиянием, чем я под его. Но сейчас, вспоминая прошлое, я стал думать об этом иначе. Как-то Валя высказал мне свое отношение к бывшему тогда в большом ходу выражению «честное комсомольское». «Что за дикое сочетание этих двух слов, – сказал он. – У человека должно быть просто его честное слово». Слова Вали могут показаться сейчас слишком простыми, чтобы помнить о них более чем полвека. Наверное, трудно поверить, что тогда, давно, они звучали не так тривиально, как сейчас. И я помню немало подобных эпизодов. И, значит, нельзя сказать, что Валя был больше под моим влиянием. Мы учились друг у друга.

На мехмате и после окончания университета мы много играли в преферанс. Но как только мы познакомились с бриджем, преферанс был забыт. В это время Марик Мельников был довольно близок с Лешей Поманским. А я был ближе к Вале. Поэтому и пары наши по бриджу поначалу были именно такими: Марик играл с Лешей, а я – с Валей.

После серии разводов семидесятых годов наша компания стала распадаться. Стали мы реже встречаться и с Валей. Последний раз мы встретились незадолго до моего отъезда из России в 91-м. Хотя это и не совсем точно. И вот почему. Кажется, в 2003 году мне случилось быть в Кармеле, в Калифорнии, где (помните?) Роберт Кон, который любил и умел играть в бридж, начинал свою издательскую деятельность. И вот, проходя по одной из улиц, я увидел человека, похожего на Валю. Я посмотрел на него внимательнее и понял, что я ошибся. Человек этот не был так уж сильно на него похож. И тут я подумал, что прошло много лет с тех пор, как мы не виделись. А что, если Валя сильно изменился? Наверное, я не могу просто так уйти и не проверить, он это или не он. Я пробежал несколько шагов назад и пошел навстречу этому человеку. И когда я с ним поравнялся, стал смотреть ему прямо в глаза. Ну и по этой причине он тоже посмотрел мне прямо в глаза и через пару секунд отвел взгляд. Нет, значит, это был не Валя. (Я тогда, видимо, полагал, что я за последние годы совершенно не изменился.)

Через какое-то время я позвонил Вале. Мы с ним поболтали о том – о сем. И он мне сказал, что недавно был в Америке. Где? В Калифорнии. А был ли ты в Кармеле? Да, был. Когда? Он назвал мне ту самую дату. Почему же ты мне не позвонил, что будешь в Америке? Мне кажется, что мы там с тобой виделись.

И я попытался рассказать ему, что случилось там, в Кармеле. Но Валя как-то не мог понять, о чем я говорю. По-видимому, все это звучало слишком нереалистично для него. «Слава, – сказал он мне, – ты не можешь себе представить, какие там замечательные гостиницы!»

Ну что ж, очень жалко, что мы разошлись с Валей тогда в Кармеле. Это была для нас последняя возможность повидаться.

* * *

В заключительном матче Вильнюсского турнира наша команда играла против команды Бруштунова. К началу этого матча львовяне потеряли шансы занять первое место. И стимула бороться за победу против нас у них оставалось мало. Они проиграли нам со счетом 8 : 0. Думаю, в какой-то мере это произошло потому, что Витольд относился к нам с большой теплотой и хотел как-то поддержать начинающую команду. Наверное, львовяне не проиграли нам матч совсем уж нарочно, но отношение Витольда к нам, думаю, во многом предопределило результат.

Соревнования в Вильнюсе мы закончили, находясь в середине турнирной таблицы, и были этим вполне довольны.

«Мужики»

Как и для всех наших, бридж не был для меня основным занятием в жизни. В 1968 году я бегал по различным ученым советам, пытаясь найти место для защиты своей диссертации. Бегал я вместе с Таней Голиковой (моей будущей женой), тогда – сотрудницей знаменитой Колмогоровской лаборатории статистических методов при Московском университете. Она работала в отделе Василия Васильевича Налимова, который был заместителем Колмогорова в его лаборатории и являлся для меня в тот момент научным гуру.

Это была идея Налимова, что мы должны защищаться вместе. И он активно помогал нам искать место защиты. Летом 1968-го мы выступили в ЦЭМИ (Центральном экономико-математическом институте), в отделе Евгения Григорьевича Гольштейна. Там все наши идеи понравились, и мы встали в очередь на защиту. Ученым секретарем секции совета Гольштейна был Юрий Константинович Солнцев. Но я тогда еще не знал об этом. Так же как и не знал, что будет означать это имя в московском бридже и как близко сведет меня с ним вскоре бриджевая судьба.

Все шло своим чередом. И вот, наконец, произошло то, что должно было произойти. Таня сказала мне, что знакома с одним ее сокурсником по университету, компания которого играет в бридж. Как его зовут? Его зовут Вилен Нестеров.

Они закончили астрономическое отделение физфака

(мехмата до 1956 года) в 1957 году. (В одном воспоминании о Вилене Нестерове написано, что он закончил университет в 1951 году. Это, конечно, неверно. И Вилен, и Таня были старше меня, но не на 13, а только на 7 лет.) После окончания университета Таня и Вилен вместе работали в ГАИШ'е – Государственном астрономическом институте им. Штернберга (одном из подразделений Московского университета). В конце пятидесятых – начале шестидесятых годов были авторами совместных научных работ по астрономии.

Я попросил Таню связать меня с Виленом. Заодно просил ее сказать ему, что играем мы очень здорово и что уже ездили на всесоюзный турнир в Вильнюсе. Таня все это Вилену передала. Что сказал Вилен? Вилен сказал, что не может себе представить, что кто-то играет лучше, чем они. И еще сказал, что не верит, что проводятся всесоюзные турниры по бриджу.

Ну что ж, я позвонил Вилену. Все ему рассказал. Разговор был очень приятным. Мы разговаривали с ним так, как будто были давно знакомы. Я сообщил ему о планируемом турнире в Таллине. Вилен выразил готовность в нем участвовать.

Мы затеяли первый московский отбор. Решили просто провести три матча между тремя нашими командами: МГУ, «Форсингом» и командой Вилена.

В первом матче мы играли против команды МГУ и, как и ожидалось, легко выиграли. Потом играли против «мужиков» (так стали мы называть команду Вилена, поскольку все они были значительно старше нас). И они нас просто разгромили. Оказалось, что мы скверно отыграли все резкие раздачи. Наш протокол выглядел примерно так: плюс два, плюс три, минус тринадцать, плюс пять, минус семнадцать.

Это поражение было хорошей наукой для нас. Стало ясно, что играть нам надо гораздо более агрессивно. И этому агрессивному стилю надо было учиться.

Кто принадлежал к «мужикам», кроме Вилена (Вилена Валентиновича) Нестерова? Во-первых, Юрий Константинович Солнцев – ученый секретарь секции совета, где я собирался защищаться. Юрий Константинович был ключевой фигурой в компании «мужиков». И считался на тот момент, пожалуй, самым крепким игроком.

Кто был еще в их компании? Там был Леон (Лев Михайлович) Голдин. «Отец Леонтий» – так, по какой-то причине, представлялся Леон незнакомым ему людям. Еще там был Патя – Петр Александрович Сластенин (многие звали его «полковником»). Также в этой компании были Слава-мальчик (Вячеслав Владимирович Пржбыльский), Сергей Борисович Русецкий, Тарас Ермолаевич Прохорович и Генрих Евгеньевич Грановский. (О каждом из них я еще скажу отдельное слово.) Наиболее устоявшимися парами были Нестеров – Сластенин, Грановский – Русецкий, Голдин – Нестеров, Голдин – Солнцев. Впрочем, они все могли играть друг с другом в любой комбинации. Как они играли против нас в том первом матче, сейчас трудно сказать. Но Тараса Прохоровича среди них в тот раз не было.

Их компания долгое время играла в преферанс. Очень сильными преферансистами были Тарас Прохорович, Сергей Русецкий и Генрих Грановский. До того, как «мужики» начали играть в бридж, они какое-то время играли в винт – игру, похожую на бридж. В ней после окончания торговли партнеры могли обмениваться (в закрытую) одной картой - «гвоздем». В результате расклады у них получались более резкими. И, возможно, этим обстоятельством объяснялся тот факт, что они были прекрасно натренированы на резких раскладах.

Многие из них были хорошими шахматистами. Тарас Прохорович, Юрий Константинович Солнцев были мастерами спорта, Петр Александрович Сластенин был кандидатом в мастера. Леон Голдин был блестящим шахматистом, но я не помню, имел ли он какой-то официальный шахматный статус.

* * *

После того как мы выиграли у МГУ, а «мужики» выиграли у нас, оставалась пустая формальность - матч «мужиков» с командой МГУ. И тут случилось непредвиденное: команда МГУ выиграла у «мужиков»!

Здесь скажу, что в этом был стиль «мужиков». Для блестящей игры им было нужно вдохновение. И если особого стимула для победы не было, то вдохновение пропадало - и они могли проиграть матч более слабой команде. Хотя, конечно же, я понимаю, что сильная команда - это та, которая выигрывает матч. Но все-таки факт остается фактом: в Московских турнирах «мужики», хоть и считались лидерами, побеждали далеко не всегда. «На выезде» те, которым случалось победить «мужиков» в Москве, играли довольно слабо. Это, кстати, сквозит во многих воспоминаниях бриджистов начала семидесятых.

Вот, например, что пишет Саша Рубашов, известный московский игрок: «Мы играли с Лешей [Злотовым. - *С.Б.*] его систему "Терц-дубль", которая давала нам немалые дивиденды в московских турнирах, но в Таллине оказалась совершенно несостоятельной».

А вот что пишет Слава Демин, не менее известный московский бриджист: «…мы четырежды выигрывали первенство Москвы… А на выездах нам не везло, мы только один раз заняли третье призовое место на Всесоюзном турнире».

* * *

Итак, «мужики» разгромили нас, мы выиграли у МГУ, а студенты обыграли «мужиков». Что было делать в такой ситуации?

Тут стало известно, что Таллин выделил для москвичей два места в командном турнире. Поэтому мы решили, что образуем две команды (из трех пар каждая), которые мы укомплектуем шестью парами (по две пары из каждой московской команды – нашей, команды МГУ и команды «мужиков»).

Я не помню, как мотивировали устроители Таллинского турнира 1968 года свое решение пригласить две московские команды. По всей видимости, именно поражение команды «Таллин-1» от нас на Вильнюсском турнире произвело на них определенное впечатление. Скорее всего, так оно и было. Во всяком случае, никакого другого объяснения этому, даже гипотетического, я сейчас выдвинуть не могу.

Возможности разного рода

Когда прошло какое-то время после первого московского отбора, встал вопрос о том, а как же реализовать такое решение: сформировать две команды из шести пар.

Мне позвонил Вилен и сказал, что он хотел бы, чтобы мы с Мариком объединились и влились в их команду. Я сказал об этом Марику. Подумав, мы отвергли предложение Вилена. Мы посчитали, что приняв это предложение, мы в какой-то мере обидим Валю и Лешу.

В этот момент как-то стало очевидным для всех, что, наверное, не стоит разбивать две пары «мужиков» по двум разным командам. И, значит, оставалось только решить, какая пара будет делегирована в команду «мужиков». Но тут выяснилось, что никто из команды МГУ не хочет присоединяться к команде Вилена. По всей видимости, там понимали, что никакая из их пар не сможет играть на «мужиковском» уровне. И они так думали при том, что только что выиграли матч против команды Вилена!

Я сказал Марику, что мне не хочется присоединяться к «мужикам». Я тоже считал, что мы с Валей не сможем поддержать высокий уровень игры команды Вилена. Марик смотрел на все это дело проще и не стал сильно возражать против присоединения к ним. В итоге в команду «мужиков» были делегированы Марик Мельников и Леша Поманский, чего, судя по тому, как стали разворачиваться дальнейшие события, не надо было делать.

* * *

Мы приехали в Таллин. Турнир начался. В первом матче мы с Валей играли в открытой комнате. Марик с Лешей первую половину отдыхали. «Мужики» (Голдин - Нестеров, Русецкий - Солнцев) выиграли первую половину матча. Причем выиграли ее с хорошим результатом. И теперь в бой должны были вступить Марик с Лешей. Мы с Валей их подбадривали. А они заметно нервничали. Ведь после выигранной с большим преимуществом первой половины им надо было суметь поддержать высокий «мужиковский» уровень игры.

Вторую половину мы играли в закрытой комнате и поэтому не знали до самого конца, что произошло в команде «мужиков». Когда мы вышли из закрытой комнаты, мы увидели совершенно подавленных Марика и Лешу. На наши вопросы, что случилось, они отвечали, что произошло что-то совершенно невероятное. «Мужики» не дали им играть и выперли их из команды. По всей видимости, все «мужики» были едины в своем решении, но надо было еще найти исполнителя этого действа. Таковым оказался Сергей Русецкий. Он вел себя очень жестко. Чуть ли не силой спихивал Марика с Лешей с их мест за столом и говорил судьям, что вообще не знает, кто они такие, эти Марик и Леша. А когда Марик заартачился, он ему прошипел: «Ты еще не знаешь моих возможностей!» Наивный Марик отвечал: «А ты не знаешь моих возможностей». На что Русецкий произнес очень запомнившуюся нам всем фразу: «Возможности бывают разного рода!» И сопроводил это жестом пальцами, который, говорят, обрел сейчас второе дыхание в России.

Марик пытался апеллировать к Вилену. Но Вилен только пожимал плечами. Марик был очень зол на него и поклялся больше с ним дел не иметь - никогда и никаких.

Кто бы мог предположить тогда, что ровно через год мы в паре с Мариком будем играть в команде-победительнице в Таллине вместе с Виленом, а Русецкий, в числе болельщиков, будет искренне за нас переживать.

Марик Мельников (лицом к камере)
Играет с Лешей Поманским

Что было делать тогда, когда Марик с Лешей оказались в таком дурацком положении? Выход был только один: включить их четвертой парой в нашу команду. Это было против правил. Но судьи решили не обращать на это много внимания, поскольку наша команда с самого начала расположилась где-то на скромных местах в середине турнирной таблицы.

Так, в середине таблицы, мы и закончили этот турнир. А «мужики», сражаясь отчаянно, все время шли на первых местах и к концу турнира делили по набранным очкам с командой Тарту первое и второе места. Однако по коэффициенту Бергера победа в этом турнире досталась команде Тарту. «Мужики» заняли второе место. Это уже был настоящий успех. Кстати (к вопросу о прекращении безоговорочной гегемонии бриджистов Эстонии), ни одна из таллинских команд не попала тогда, в 1968 году, в тройку призеров. Хотя, вообще говоря, таллинские команды всегда представляли собой грозных и умелых соперников, против которых было трудно и в то же время приятно бороться.

Я испытывал двойственные чувства, когда следил за успехами команды Вилена на этом турнире. С одной стороны, мне, конечно же, совсем не понравилось то, как они поступили с Мариком и Лешей. Но, с другой стороны, я был в восхищении от их игры. И я вполне допускал, что этого успеха не было бы, если бы к ним присоединилась любая другая из наших трех московских пар.

Первая победа

В преддверии Таллинского турнира 69 года мы с Мариком решили все-таки объединиться, то есть играть вместе в паре. Это было несколько болезненное изменение, поскольку надо было разбивать уже как бы устоявшиеся пары. Более того, это изменение делалось на основе пожелания Вилена, с которым у Марика отношения установились прохладные. Тем не менее, мы с Мариком такое решение все-таки приняли. И вот в нашей московской команде мы стали играть с Мариком, а Валя Вулихман – с Лешей Поманским.

В то время, когда мы с Валей обкатывали систему и играли самые первые матчи в Прибалтике, Марик играл по БУКС'у с Лешей. Хотя это, наверное, был какой-то «урезанный» БУКС. После нашего объединения с Мариком, мы, естественно, стали играть по БУКС'у.

* * *

Наступил октябрь 69-го года. И то объединение, к которому призывал нас с Мариком Вилен Нестеров, произошло. Объединенная московская команда поехала на турнир Таллин-1969. Кроме нас с Мариком, московскую команду в Таллине представляли Вилен Нестеров с Леоном Голдиным и Юрий Константинович Солнцев со Славой Пржбыльским. Почему именно Солнцев и Пржбыльский объединились в пару, я сказать сейчас не могу. Почему, скажем, Юрий Константинович не играл с Сергеем Русецким? (Сергей, кстати, на турнир приехал. Но приехал он на него только в качестве наблюдателя.) По всей видимости, на это были какие-то причины. Не исключено, что кандидатура Русецкого была отвергнута из-за того жесткого конфликта Сергея с Мариком. А может быть, Юрий Константинович и Русецкий стали несовместимыми. Ведь был зафиксирован такой диалог между ними. Когда Сергей как-то выступил против Константиныча, причем, в довольно резкой форме, Константиныч ему заметил: «Какой же вы, Сережа, все-таки некорректный человек. Ну просто хам». Причем слово некорректный Константиныч произнес с буквой «э» и раскатывая букву «р» – «некоррэктный». На что Сергей ответствовал: «Какой же вы, Юрий Константинович, все-таки неумный человек. Ну просто м…к».

Так или иначе, но Константиныч на этом турнире играл со Славой-мальчиком, а Сергей Русецкий был среди наблюдателей. Мы считали наш состав сильным. Мне казалось, что мы будем бороться за первое место. Наверное, и другие члены нашей команды были настроены примерно так же.

* * *

Играли турнир тяжело. Естественно, не без ошибок. Где-то в середине турнира в одном из матчей Марик спасовал на вопрос о королях – 5 бубей. После матча Марик сказал мне, что когда он спасовал, он поднял глаза и увидел искаженное от ужаса лицо Сергея Русецкого, который наблюдал за нашей игрой. Когда спасовали все, один из противников сказал Марику: «Посмотри, я тебе что-то покажу». И показал ему пятикартную бубну, плотно возглавляемую онёрами.

В другой раздаче Марик вынул из планшета только двенадцать карт. Застрявшая в планшете карта была тузом пик. Мы назначили малый шлем в пиках в этой раздаче (хотя должны были бы назначить большой). По какой-то причине Марик некоторое время не понимал, что одна из его карт отсутствует. Наконец он это заметил. Стал искать пропавшую карту. Обнаружил ее в планшете. Вынул. Это был козырной туз. Он им тут же откозырял, даже не присовокупив к остальным своим картам. После этого контракт был выигран с лишней. К счастью, противники тоже играли только 6 пик.

Нервное напряжение на протяжении всего турнира было очень высоким. Я отчетливо помню, как сильно уставал к концу игрового дня. Я допускал, что смогу выдержать такое напряжение в течение трех дней, но не мог себе даже представить, как это люди могут сражаться, скажем, неделю. Сейчас я объясняю такое напряженное состояние вот чем. Прежде всего, мы были плохо тренированы в игре на турнирах, где ежедневно были заняты в течение всего игрового дня. Но гораздо существеннее было следующее обстоятельство. У нас было мало отработанных элементов игры, на которых мы могли бы хоть в какой-то мере расслабиться. Таким образом, приходилось напряженно думать все игровое время. Я,

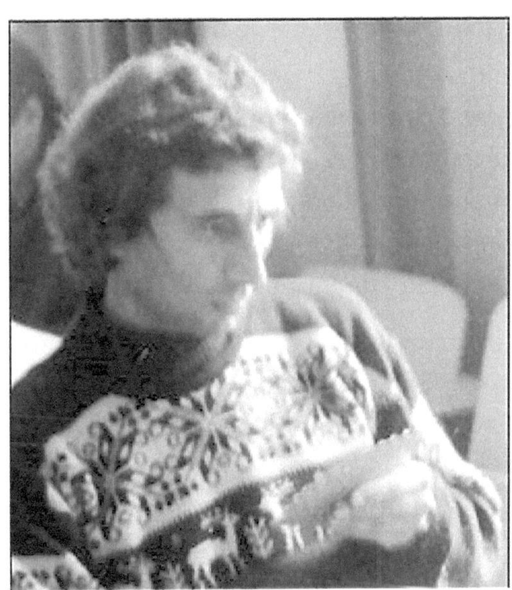

Автор (Слава Бродский)
на турнире

например, не мог расслабиться даже тогда, когда был болваном (*dummy*).

К счастью, я был в компании людей, которые умели находить лекарство от перенапряжения. Оно оказалось точно таким же, как противоядие от укусов пчел.

Здесь я хочу попросить прощения у моих друзей по пчеловодному братству за замену слова «ужалений» словом «укусов». Конечно, пчела не кусает, а жалит. Но мне не хотелось бы, чтобы остальной народ ёжился от непривычного слова. Я имею в виду тех, кто считает, что пасека – это место для отдыха и расслабления, а вылет молодого пчелиного роя – это нечто вроде праздника; кто не знает, какое отношение к пчеловодству имеют такелажный крюк и паяльная лампа; не видит никакого диссонанса в словосочетании «жидкий мед» и кричит «пчела! пчела!» всякий раз, когда увидит осу или шмеля.

Так вот: описание противоядия от укусов пчел я нашел (немногим больше чем через десять лет) в одном учебнике по пчеловодству. Там было написано, что таким противоядием является «прием внутрь 40-процентного раствора спирта в воде». И тогда, через десять лет, я принимал это лекарство, когда получал пару сотен укусов пчел во время пасечного переезда. Я принимал около трети стакана 40-процентного раствора спирта в воде и чувствовал, как лекарство нейтрализует яд и спасает меня от излишнего напряжения. И – никаких кошмаров во время сна!

Примерно то же самое было и на Таллинском турнире. В первый же вечер мне налили около трети стакана 40-процентного раствора спирта в воде, который произвел на меня просто удивительное воздействие. Напряжение снялось полностью и без какого-то, даже малейшего, признака опьянения.

Несмотря на усталость, которую мы ощущали каждый день, настроение было все время приподнятое. И не только потому, что почти весь турнир мы шли на первом месте. Общая атмосфера располагала к этому. Мы играли в бридж в Таллинском Доме игр. Продавались входные билеты по 50 копеек. В перерывах можно было зайти в буфет и взять что-то поесть. А можно было попросить приготовить коктейль по любому твоему рецепту. Две части тоника и одна часть джина – так заказывал я. Одна часть тоника, две части джина – так заказывал себе Вилен. И это все было очень необычно и радостно.

* * *

В какой-то из дней мы возвратились вечером в гостиницу. И там оказался один из хозяев турнира, которого все звали Тобиас. Он стал нам всем рассказывать о бриджевом цирке Омара Шарифа. Ему удалось где-то посмотреть по телевизору одно из выступлений Омара Шарифа 1968 года. И Тобиас рассказывал нам об этом и, в частности, о том, сколько фунтов стерлингов составляла там ставка.

Присутствующий при этом разговоре Сережа Русецкий заметил, что на днях он играл в одной компании в штосс – игру, в которую играл Германн в «Пиковой даме». И в этой компании, где играл Русецкий, среди прочих играли директор ГУМ'а и директор каких-то золотых приисков. Игра эта – абсолютно азартная, от умения игроков совершенно не зависит. «Так вот, – сказал Русецкий, – там ставка за игру, которая продолжается всего-то пару минут, была шестнадцать тысяч. Правда, не фунтов стерлингов, а рублей. Но все-таки шестнадцать тысяч». Русецкий держал в руке какие-то карты. И когда он говорил о шестнадцати тысячах, весьма назидательно помахивал этими картами прямо перед лицом Тобиаса.

После этого уже весь вечер именно Русецкий владел всеобщим вниманием. Он рассказывал всякие карточные истории, которых у него было неограниченное количество.

Он считался сильным игроком в любую карточную игру. Поэтому с ним не очень-то хотели играть на деньги. И потому, как рассказывал тогда Русецкий, он часто наблюдал за игрой других. Он рассказал, как всего несколько дней назад наблюдал за игрой одного своего знакомого. При этом он был с ним в сговоре. И помогал ему с помощью специально разработанной системы сигналов. По договоренности, по окончании игры знакомый отчислял Русецкому треть выигрыша.

Какая-то длинноногая девушка оказалась почему-то среди нас. И Русецкий, придвигая ее коленки к себе, показывал, как он передавал сигналы своему напарнику.

– Ну и вы выиграли? – спросил кто-то у Русецкого.

– Нет, проиграли, – ответил Русецкий.

– ?

– А я был в пополаме с другим игроком, – сказал Сережа.

Кто-то притащил какие-то диковинные колоды карт. Рубашка у карт была с малюсеньким дефектом. По расположению этого дефектного места можно было определить, какая это карта. И мы все очень быстро научились «смотреть сквозь рубашку». Другая колода была уже не для игры, а для показа фокусов. Карты внутри колоды были с прорезями, так что внутрь колоды можно было запрятать небольшой предмет. Короче, в этот день я значительно повысил свое карточное образование.

* * *

Портрет Сергея Борисовича Русецкого, обрисованный мною здесь, был бы неполным, если бы я не добавил такой эпизод. В какой-то из дней проводился парный турнир. Он оказался довольно затяжным и шел без перерыва. Где-то уже глубоко во второй половине захотелось есть. Но как-то все не получалось ни у Марика, ни у меня заскочить в буфет и что-то купить. И тут вдруг передо мною и Мариком появилась какая-то закуска. Ее принес Сережа Русецкий. Он, хоть и не наблюдал за нашей игрой все время, но, видно, уловил все-таки, что мы смотрим на бутерброды за соседними столиками голодными глазами, и решил о нас позаботиться.

* * *

Перед последним матчем командного турнира мы опережали ближайшего соперника – команду «Талли» («Таллин-1») – на 3 очка. Эта команда встречалась в последнем поединке с аутсайдером, и многие ожидали ее победу, причем, скорее всего, со счетом 8 : 0. Это означало, что нам надо было выиграть свой последний матч по крайней мере со счетом 6 : 2.

И вот наш последний матч закончился. Оба протокола уже были в руках у Вилена. И мы бросились к первому попавшемуся свободному месту. Это была перегородка, которая отделяла раздевалку от основного зала. Мы еще тогда не знали, что команда «Талли» действительно выиграла со счетом 8 : 0. Вилен сдвинул протоколы и подсчитал разность и сумму очков, набранных нами и нашими противниками. Их отношение должно было составить не менее 15 процентов, чтобы мы выиграли наш последний матч со счетом не хуже, чем 6 : 2. Вилен стал делить одно число на другое, как мы говорили тогда, «в столбушку». Сначала появилась цифра 1. Потом, прежде чем я успел сообразить, какая будет вторая цифра, я увидел, как Вилен вывел цифру 5. Он именно ее вывел. В спешке, в напряженной обстановке, Вилен писал цифры почти каллиграфическим почерком (он по-другому не умел) и ни о какой ошибке в его расчетах не могло быть и речи. Поэтому, когда из-под его ручки появилась цифра 5, это означало, что мы заняли на этом турнире первое место.

* * *

Здесь, наверное, будет к месту сказать первые слова о Вилене. Не ошибусь, если скажу, что Вилен Нестеров был всеобщим любимцем. Он пользовался непререкаемым авторитетом. При том, что его манера говорить не была какой-то напористой. Он говорил довольно негромко, без какого-либо акцентирования. Его голос не был звонким, а, напротив, был даже немного глуховатым. Хотя какая-то неуловимая манера, интонация, в его речи определенно была. И если вы начинали с ним общаться, то вскоре обнаруживали, что пытаетесь ему в этой его интонации подражать. В частности, Марик, который поклялся больше с Виленом дел никаких и никогда не иметь, уже давно говорил с его интонациями. То же самое можно было тогда сказать и обо мне.

Обаяние этого человека было настолько сильным, что когда он просто спокойно что-то говорил, все начинали считать это истиной в последней инстанции. Это было связано не обязательно с чем-то очень важным, но даже с самыми обыкновенными пустяками. Как-то он назвал свою однокурсницу Олю Козину (в будущем – жену известного математика Николая Бахвалова) Козей Олиной.

И после этого всю свою жизнь Оля должна была откликаться на имя Козя.

Как-то я подслушал разговор Вилена с нашим товарищем по команде. Тот объяснял Вилену, почему так неудачно разыграл контракт, и начал словами: «без одной я был всегда...». Вилен тут же продолжил за него «... но пытаясь сесть без двух, сел без четырех». И теперь, по прошествии более чем сорока лет, можно, наверное, сказать, что это стало наиболее цитируемой шуткой по бриджу.

Вилен Нестеров.
Всеобщий любимец

Вот что написал о Вилене Павел Зенкевич в своих воспоминаниях, где назвал его «всеми нами нежно любимый Вилен»:

«Вилен был человек исключительного обаяния. Карие восточные глаза с поволокой (он был армянин по матери), тонкое чувство юмора и блистательный ум производили незабываемое впечатление. Вилен был человек с "перчинкой"; при случае он мог быть и язвительным. Эти остроты были настолько уместными, что, как правило, никого не обижали.

Как известно, он был астрономом по профессии и занимал должность заведующего лабораторией в Институте им. Штернберга. Если не ошибаюсь, эта лаборатория занималась расчетом траекторий (спутники, астероиды и тому подобное). Эта деятельность требует исключительной скрупулезности».

Мне, правда, казалось, что Вилен занимался скорее фундаментальными, чем прикладными исследованиями. Во всяком случае, на мой вопрос, над чем он работает, Вилен ответил, что занимается движениями полюсов Земли и связанными с этим вопросами вращения Земли. Этому же в 1983 году была посвящена его диссертация на соискание ученой степени доктора физико-математических наук «Параметры вращения Земли по данным лазерной дальнометрии искусственных спутников». Хотя я думаю, что «расчеты траекторий» должны были быть, по смыслу, прямыми приложениями того, чем он занимался.

В семидесятых Вилен задавал мне вопросы по регрессионному анализу. Ему надо было обработать какие-то большие массивы экспериментальных данных. Его вопросы дали мне тогда понять, что он чувствовал себя довольно свободно и в прикладной статистике.

* * *

Итак, мы заняли первое место. Каждому из нас была выдана грамота Комитета по физкультуре и спорту при Совете министров Эстонской ССР. Эстонцы устроили небольшой банкет. Там мы с ними, возможно впервые, общались в неформальной обстановке, и они смогли, может быть, за всеми этими разговорами понять, чем мы дышим. Так что потом они уже могли себя чувствовать с нами более свободно и расслабленно.

EESTI NSV
MINISTRITE NÕUKOGU
JUURES ASUV
KEHAKULTUURI-
JA SPORDIKOMITEE

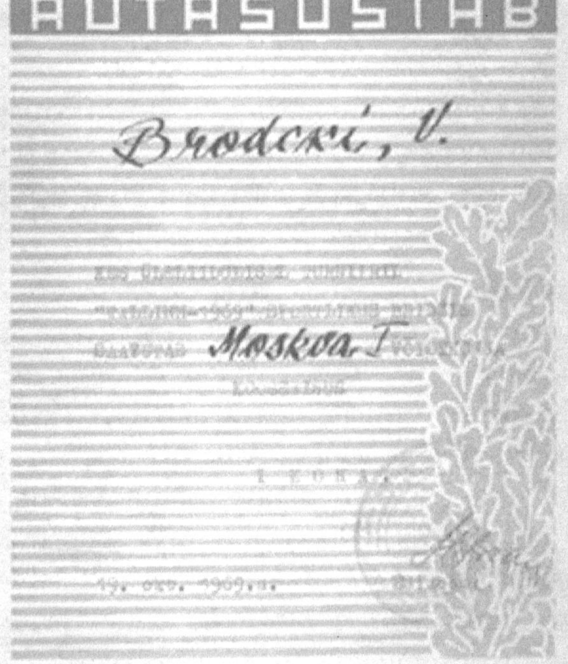
AUTASUSTAB

Диплом Комитета по физкультуре и спорту при Совете министров Эстонской ССР за 1-е место в Таллинском командном турнире по спортивному бриджу (19 октября 1969 года)

Еще до того, как я первый раз поехал в Прибалтику, мне многие говорили, что там плохо относятся к приезжим из России и что я это скоро почувствую. Ну, естественно, к оккупантам местное население всегда относится плохо. Эстония, Латвия и Литва были насильственно включены в состав СССР в 1940 году. Это произошло как логическое следствие подписания Советским Союзом и нацистской Германией двух договоров в августе и сентябре 1939 года, секретные протоколы которых определили, на что могут рассчитывать советские поработители в Восточной Европе. Началась советизация Прибалтики, включающая, разумеется, репрессии против элиты прибалтийского населения.

И вот прошло тридцать лет. И что удивило меня во время моих первых контактов с местным народом, так это то, что после этих тридцати лет дух непокорности и неприятия аннексии не был сломлен.

Однако же должен сказать, что плохого отношения к себе лично я так никогда в Прибалтике и не почувствовал, хотя бывал там часто. Как это объяснить? Помню совершенно отчетливо, что я ощущал какое-то чувство вины, когда находился там. Может быть, это чувство вины было у меня каким-то образом написано на лбу? Может быть, оно как-то проявлялось при первом контакте с местным населением? Думаю, что определенно так и было. Поэтому, возможно, я так и не почувствовал какого-то негативного отношения ко мне местного народа. Кроме того, мы старались при первом посещении какого-то, скажем, кафе идти туда с кем-нибудь из знакомых прибалтов.

* * *

На банкете по поводу окончания турнира Таллин-1969 ко мне подошел Марик и рассказал, что только что разговаривал со Славой-мальчиком. Они говорили о том, как это здорово, что мы заняли первое место. И Слава-мальчик сказал ему: «Слушай, Марик, ведь мы – чемпионы Сове-е-етского Союза!»

Как-то Слава-мальчик сказал мне: знаешь, мол, я – старая лошадь. Я это понял так, что Слава считал, что, возможно, он играет без особого блеска, но уж никаких глупостей от него за столом не дождешься. У меня не осталось сейчас своего мнения об его игре. Мне не приходилось играть с ним в паре, и я не помню эпизодов игры против него. Но, возможно, он был прав, называя себя «старой лошадью». Я никогда не слышал никаких упреков в его адрес. Никогда и ни от кого. Как, впрочем, не слышал и особых похвал в его адрес.

Я никогда не знал, почему Славу-мальчика стали так называть. Хотя, помню, спрашивал об этом кого-то из «мужиков». Но объяснения не последовало. Видимо, никто этого не знал или не помнил. Но что-то трогательно-детское в Славе определенно было. И мне всегда казалось, что он моложе меня, хотя, как и все «мужики», он был намного меня старше.

Одно время мы жили рядом. Я – в 3-м Неопалимовском переулке, Слава – на улице Веснина, недалеко от магазина «Французская книга». Как-то я зашел к нему. Дома у него как будто был ремонт. Все стены были выдолблены. Полно строительного мусора. Он стал показывать мне, какую сделал полочку в нише, которую он выдолбил. Но тут его прервала жена. «При чем тут полочка? – сказала она. – Он клад ищет». И Слава сознался, что он действительно искал клад. Один из его соседей делал в своей квартире ремонт и наткнулся на клад, замурованный кирпичами. И поскольку такие истории в районе арбатских улиц были не единичны, Слава решил простучать кирпичные стены.

Он стал их простукивать. Какие-то места показались ему подозрительными. И в таких местах он выдалбливал громадные ниши (ведь кирпичные стены в наших домах были, наверное, более метра толщиной). Никакого клада он не нашел. Зато понаделал себе удобных полочек…

Помню один рассказ Вилена о Славе-мальчике.

Слава-мальчик был очень вежливым человеком. (Так дословно говорил мне Вилен.) И вот однажды он стоял где-то в состоянии легкого подпития. И обратился к какому-то прохожему с таким вопросом:

– Простите за беспокойство, не будете ли вы так любезны, скажите, пожалуйста, где здесь остановка шестого?

– Автобуса или троллейбуса? – спросил прохожий.

Ну, а Слава-мальчик был очень вежливым человеком, поэтому он ответил:

– Большое спасибо!

Сейчас, когда я пишу эти строки, я вижу лицо Вилена и почти физически слышу его голос: «Большое спасибо!»

* * *

Итак, турнир Таллин-1969 закончился. Мы летели в Москву. Сидели в самолете, расположившись в двух соседних рядах друг за другом. И, конечно, играли в бридж. Помню, самолет ужасно трясло. Карты подпрыгивали на столиках. Мы пили что-то. И среди прочего – ликер Вана Таллин (который мы называли Ванька Таллин). Юрий Константинович пил больше всех. И когда надо было выходить из самолета, то для него это оказалось не совсем простым делом. Я вышел из самолета первым и ждал всех внизу у трапа. Когда появился

Константиныч, ведомый под ручку кем-то из наших, я закричал что-то вроде «слава московским спортсменам, отстоявшим в нелегкой борьбе...». И Юрий Константинович, подыгрывая мне, картинно раскланивался, относя все поздравления, очевидно, на свой счет.

На турнире Юрий Константинович произвел на всех очень хорошее впечатление. В какой-то момент ко мне подошел Витольд Бруштунов и сказал: «Ваш Юрий Константинович...» И он покрутил пальцами вокруг головы, показывая таким образом, что у Константиныча – ума палата. На вопрос, что произошло, Витольд ответил, что Константиныч после открытия противников спасовал с 17 очками. Я не помню, конечно, деталей этой сдачи. Тем более не знаю, каково было решение Константиныча (спасовать с 17 очками), с нынешней точки зрения. Но тогда все это закончилось его контрой и очень хорошей записью.

* * *

Через короткое время после окончания Таллинского турнира в приложении «Неделя» к газете «Известия» появилась маленькая заметка «Турнир за столами». Инициатива в этом деле принадлежала Славе-мальчику. Это именно он вошел в контакт с корреспондентом газеты.

В заметке говорилось о закончившемся всесоюзном турнире по спортивному бриджу, организованном эстонской федерацией бриджа. Далее в заметке говорилось о том, что командное первенство завоевали бриджисты Москвы и перечислялись имена членов нашей московской команды: В. Бродский, М. Мельников, В. Нестеров, Ю. Солнцев, Л. Голдин, В. Пржбыльский.

Корреспондент «Недели» напечатал также отклик на

это событие профессора математики Михаила Романовича Шуры-Буры. Как «Неделя» вышла на Шуру-Буру, я не знаю. Наверное, Слава-мальчик все-таки запомнил наш рассказ о том, как Михаил Романович обучал бриджу первый «Форсинг». Ну и, по всей видимости, навел на него репортера «Недели».

ТУРНИР ЗА СТОЛАМИ

ВСЕСОЮЗНЫЙ ТУРНИР по спортивному бриджу, организованный эстонской федерацией бриджа в Таллине, завершен. Лично-парное первенство завоевали таллинцы Кестнер и Лайдли. Командное первенство принадлежит бриджистам Москвы. В их составе кандидаты физико-математических наук В. Бродский, М. Мельников, В. Нестеров, Ю. Солнцев, сотрудник ВИНИТИ Л. Голдин, инженер-физик В. Пржбыльский. Второе место заняла эстонская команда «Талли», третье — «Вильнюс-1».

Любители статистики подсчитали, что наибольшее число участников турнира — математики и шахматисты. Участие первых свидетельствует о сложности игры, вторых она привлекает как игра ума. Репортер «Недели» просил прокомментировать этот турнир известного советского математика профессора **Михаила Романовича ШУРА-БУРА.**

— Спортивный бридж — глубокая игра, она выгодно отличается от других отсутствием элемента везения,— сказал профессор.— Команда играет как бы сама против себя: у двух ее участников одни карты, у двух других — карты соперников; игра идет за двумя столами, возможности противников уравновешены. Кроме того, в этой игре встают вполне математические проблемы передачи информации. Спортивный бридж воспитывает выдержку и умение «посчитать варианты»; он полезен юристам, военным, конструкторам, словом, людям, которым в своей деятельности приходится принимать решения в различных ситуациях.

Публикация в приложении «Неделя» газеты «Известия» осенью 1969 года

Эстонские бриджисты к этому известию о заметке отнеслись скептически и даже враждебно. И они оказались правы. Потом они говорили нам, что вот, мол, мы играли тут в бридж десятилетиями и никто нас не трогал, а теперь у нас будет полно проблем.

* * *

Проблемы начались у них почти сразу после публикации в «Неделе». На следующий год они уже не выдавали грамоты Комитета по физкультуре и спорту при Совете Министров Эстонской ССР. А чуть позже вышло постановление Всесоюзного комитета по физкультуре и спорту. Его тогда возглавлял бывший комсомольский вожак Павлов. В постановлении Комитета от спорта отлучались карате (вызывающее травматизм), женский футбол (вызывающий нездоровый ажиотаж), атлетическая гимнастика (вызывающая непропорциональное развитие личности), занятия по системе хатка-йога (основанные на чуждой идеологии) и спортивный бридж (как не являющийся видом спорта).

Тот факт, что бридж не признавался спортом официальной федерацией спорта, не должен был бы (казалось) как-то отрицательно отразиться на развитии бриджа. Поддержка государства была бы, конечно, весьма кстати, но мы могли бы существовать и без нее. Беда заключалась в том, что существовал некоторый заведенный большевиками порядок. Этот порядок заключался в том, что если со страниц большевицких газет было сказано нечто отрицательное о чем-то, то это «что-то» было обречено на погибель. Миллионы людей разворачивали каждый день большевицкие газеты и искали (иногда между строк), кого теперь надо будет травить. Поэтому постановление о том, что бридж не будет теперь считаться видом спорта, было сигналом всем шавкам советской власти. Надежды на какие-то помещения для игры стали быстро таять. Милиция и КГБ начали устраивать на нас облавы.

* * *

В 2004 году, более чем через десять лет после смерти Павлова, его наградили почетным знаком за большой личный вклад в развитие спорта и олимпийского движения. Ну, что такое олимпийское движение в бывшем Советском Союзе, – это особый разговор. Оно включало полную поддержку государства тем спортсменам, которые могли принести стране медали с Олимпийских игр. Основным моментом развития олимпийского движения было – обмануть мировую общественность и выдать профессиональным спортсменам липовую справку о липовой должности на каком-то заводе или в институте. И самое интересное, что вся страна знала об этой липе. Но *homo sovieticus* с исковерканными советской властью душами полагали, что это совершенно нормально.

Считается, что одним из самых ярких событий пребывания Павлова на посту руководителя Комитета по физкультуре и спорту была «Олимпиада-80» в Москве, проведение которой стало возможным только благодаря организаторскому таланту Павлова. Ну, «организаторский талант» Павлова, конечно, не смог вернуть к играм 1980 года 65 стран, бойкотирующих Московскую Олимпиаду из-за вторжения советских в Афганистан. А все остальное ему было по плечу. И самое главное – выхолостить одну из основных идей Олимпийских игр – общение спортсменов, участвующих в играх.

У советских после проведения Молодежного фестиваля 1957 года было над чем поразмыслить. Тогда по Москве бродили толпы улыбающихся людей всех национальностей. А улыбающиеся люди в Москве – это просто нонсенс. Это вообще противоречит основным принципам большевицкой власти. Человек на московской улице не должен улыбаться.

А тогда простые советские люди могли запросто встретиться на улице с иностранцами. Могли с ними поговорить (на языке жестов, конечно), обменяться значками. Вид человека, вся куртка которого была увешана значками, был вполне обычен в те дни.

Тогда, на выставках, проходивших в рамках фестиваля, московские живописцы смогли увидеть абстрактные картины зарубежных художников. Это послужило импульсом для создания своих нефигуративных работ, или, скажем так, работ, выполненных в технике, отличной от господствующего тогда стиля «социалистического реализма».

И девушки советские оторвались тогда. (Ну и слава Богу!!) Сколько младенцев, весьма отдаленно напоминающих по виду русских, было рождено в апреле и мае 1958!

Все эти «ошибки» фестиваля 57 года надо было предотвратить в 80-м. И вот тут-то организаторский талант очень был нужен. Прежде всего, и еще задолго до начала Олимпиады, из Москвы стали выдворять людей, которые были у гэбэшников на плохом счету. Ну, а если по-другому сказать, из Москвы стали выселять лучших людей столицы.

Потом по всем каналам телевидения (которых, как известно, было четыре) стали передавать распоряжения о том, что все машины, находящиеся в личном пользовании, должны быть поставлены на прикол.

Я ослушался этого приказа. И могу засвидетельствовать следующее. Во время олимпиады, когда я выезжал на улицу на своих «Жигулях», я ни разу не увидел еще какую-то другую машину, кроме машин ГАИ, гэбэшников и московских такси. Проехать по улицам в то время и не быть остановленным гэбэшниками было невозможно. Они меня останавливали, как только я проезжал мимо них. А стояли они везде. И сразу спрашивали, слышал ли я распоряжение о том, что никто не должен выезжать на улицы Москвы на личных автомобилях. А когда я пожимал плечами, они бросались к моей машине и пытались к чему-то придраться. Что было не так-то просто, поскольку я к такому обороту дел был подготовлен. Машина моя была сравнительно новая (ей не было и трех лет), и я еще не успел раздолбать ее на черноземе пасеки. Перед каждым выездом я обдавал свои «Жигули» водой из ведра. Это имело большой смысл. Когда меня останавливали гэбэшники и выясняли, что придраться не к чему, они начинали говорить, что машина не помыта. И тут я показывал на капли и говорил, что только что выехал с мойки. Они с сожалением отпускали меня, правда, требуя с меня обещание (честное комсомольское?), что я тут же поставлю машину в гараж (которого у меня никогда не было) и не выеду оттуда до окончания олимпийских игр.

На самом деле, не очень понятно, зачем надо было запрещать автомобильное движение на московских улицах. Вот если бы они запретили людям выходить на улицы до конца Олимпийских игр, тогда это было бы мне понятно.

Но они сделали всё по-другому. Они объявили культурную программу для всех иностранных спортсменов. Все свободное время спортсменов было расписано со всей тщательностью. Любые свободные часы использовались для того, чтобы увезти этих спортсменов куда-то на экскурсию. (Чему, кстати, иностранные спортсмены были рады.) Куда – неважно, лишь бы эти иностранные спортсмены не были предоставлены самим себе и не могли бы общаться с местным населением.

В 57-м я ходил по Москве пешком, ездил на общественном транспорте и видел тысячи людей всех возможных национальностей. В 80-м я тоже ходил по Москве пешком, тоже ездил на общественном транспорте и еще ездил по Москве на машине, но не смог увидеть ни одного иностранца. Ни одного за все олимпийское лето! Так что гэбэшники своего добились. А песенка про кривобокого мишку «расстаются друзья...» известной комсомольской композиторши могла вызвать слезы умиления только у безнадежно наивных (если говорить мягко) людей.

А вот «большой личный вклад в развитие спорта» – это вообще непонятно что такое. В стране заниматься спортом можно было только, если ты подавал надежды стать олимпийским чемпионом. Ну, бегать по улицам ты мог в любом случае. А если тебе для занятий спортом нужно было какое-то оборудование или особые условия, тогда твое дело было «труба». Поэтому и непонятно, какой такой большой вклад мог внести Павлов в развитие спорта. Развить – в смысле вдохнуть что-то новое в какой-то вид спорта – это бывшему комсомольскому запевале было не по зубам. А вот развить – в смысле написать донос на какого-то спортсмена (такой, как он, скажем, написал в ЦК КПСС на Бориса Спасского – кстати, сочувственно и с поддержкой относившегося к московским бриджистам) – это Павлов мог сделать запросто. Или развить – в смысле запретить что-то – это Павлов тоже мог легко сделать. И, значит, вот такие его действия – в частности, запрещающие какие-то виды спорта, – это как раз, надо полагать, и было то самое, за что его наградили посмертно. А почему у Павлова вызывал этот нездоровый ажиотаж, скажем, женский футбол, – тайна, покрытая мраком. И почему шахматы (где надо было защищать своего короля) не вызывали у него негативной реакции, а карты с теми же королями – вызывали, – это тоже никому не известно. Но факт остается фактом – бридж был отлучен от спорта и, в соответствии с большевицкими порядками, запрещен везде и во всех его проявлениях. Поэтому все наше дальнейшее существование было полностью подпольным.

* * *

Вскоре после окончания Таллинского турнира состоялась защита моей и Таниной диссертаций. Секция ученого совета, где мы защищались, состояла из девяти членов. Одним из них был секретарь секции Юрий Константинович Солнцев, член нашей команды по бриджу. Другим членом секции был Михаил Романович Шура-Бура, который научил нас играть в бридж. Еще одним членом секции был Борис Самуилович Митягин, которому я не раз сдавал экзамены, будучи студентом мехмата, и с которым играл в пристеночку и казеночку во дворе Московского университета. Кстати, много позднее, но еще до того, как я уехал из России в 91-м, до меня дошли слухи, что Митягин уехал в Израиль, где стал заниматься финансовой математикой. И хотя я до сих пор не знаю, насколько достоверны были эти слухи, но тем не менее слова «финансовая математика» звучали для меня очень привлекательно. И я подумал тогда (уж не знаю, почему), что такое приложение математики мне бы подошло. Но, к сожалению (подумал я тогда), заниматься этим мне, конечно, никогда уже не придется. К счастью, я ошибался тогда. «Этим» (то есть финансовой математикой) мне пришлось профессионально заниматься всю мою трудовую жизнь в Америке.

На защите диссертации в ЦЭМИ Юрий Константинович старался мне помочь. И это выглядело очень трогательно. В некоторый момент он стал зачитывать отзыв головной организации на мою диссертацию, в котором было сделано замечание о том, что оформлена диссертация была небрежно, некоторые формулы не были вписаны в текст. На этом месте Юрий Константинович прервал чтение отзыва и сказал буквально следующее: что он, когда ехал на заседание секции совета, еще раз (!) перечитал диссертацию Бродского и что все формулы были на месте. «Может быть, – сказал Юрий Константинович, – в головную организацию попал плохой экземпляр диссертации? Ха-ха-ха».

Мне приходилось и раньше бывать в ЦЭМИ, поскольку там работали члены нашего первого «Форсинга» Аркаша Шапиро и Леша Поманский. Меня тогда поразила легкость, с которой там могли вынуть из ящика стола и дать почитать какую-то антисоветскую литературу. Причем создавалось впечатление, что в любом столе подобная литература есть. И я только удивлялся, почему гэбэшники до сих пор не прижучили местный народ.

К сожалению, у меня оказался черный глаз на это дело. Местный народ был все-таки прижучен. И я стал случайным свидетелем одного такого действа.

Наши диссертации после рассмотрения на секции ученого совета пошли на утверждение на большой совет. И вот когда мы прибыли на заседание большого ученого совета, оказалось, что в повестке дня было еще несколько вопросов. И среди них – переаттестация научного сотрудника Юлиуса Телесина, известного диссидента и правозащитника. Он был активнейшим распространителем самиздата, принимал участие в составлении различных сборников антисоветской направленности, подписал множество правозащитных петиций. За эту свою деятельность он подвергался жестким внесудебным преследованиям. Гэбэшники его задерживали, допрашивали, приходили с обыском и изымали рукописи и личные вещи.

Переаттестация Юлиуса Телесина была по существу самой настоящей политической расправой, которая проводилась довольно цинично. На ученом совете эту расправу возглавлял академик Н.П.Федоренко, который был и председателем совета, и директором ЦЭМИ.

Юлиус Телесин отчаянно боролся на совете, пытался представить материалы, показывающие его состоятельность как научного сотрудника. Но все шло к вполне определенному заранее концу. Тогда Юлиус сказал, что хочет сделать официальное заявление для занесения его в протокол. Он сказал, что все происходящее на совете является преследованием за политические убеждения. На что академик Федоренко пытался выразить свое «искреннее удивление», заявив, что никогда не знал ни о каких политических моментах, связанных с именем Телесина. Но никто не сказал тогда академику: «Поздравляю вас, гражданин, соврамши!» И представление продолжалось.

Юлиус Телесин не был аттестован как научный сотрудник. Ему пришлось покинуть ЦЭМИ. И в 1970 году он уехал в Израиль.

В ЦЭМИ работало много талантливых людей. И я не сомневаюсь, что были у них интересные идеи. Но работали они в рамках заданной установки. А установка эта состояла в том, что надо было создавать экономические модели для советского социализма (который, как считал

Федоренко, «невиданно ускорил темпы социально-экономического развития страны»). Ну и весь институт, таким образом, работал в целом как бы в песок советской экономики.

Принадлежал ли Юлиус Телесин к числу тех, кто честно отрабатывал свой хлеб в ЦЭМИ? Я не знаю. Возможно, что он к их числу не принадлежал (хотя бы потому, что голова у него была занята другими мыслями и идеями). Является ли это существенным для того процесса переаттестации, который гэбэшники затеяли над ним (а их рука здесь проглядывается со всей очевидностью)? Нет, конечно, не является. Ведь в советской стране можно было не ударить палец о палец, спокойно «проработав» на одном месте пятьдесят лет, и быть с почетом отправленным на «заслуженный» отдых.

После расправы над Телесиным совет перешел к более мелким вопросам. Дошло дело и до наших диссертаций. И они были утверждены единогласно. Ведь никто не знал, что та антисоветская литература, которую распространял Юлиус Телесин, читалась нами от корки до корки.

* * *

После окончания Таллинского турнира 69-го года, уже где-то в начале 70-го, Вилен увиделся с Таней. Она зашла повидать своих друзей в ГАИШ. Там они и встретились. Зашла речь о Таллинском турнире. И Вилен сказал, что все это произошло потому, что Таня свела наши две компании, за что ей, мол, большое спасибо. И что теперь Таня будет считаться «бабушкой московского бриджа».

Таня рассказывала мне об этой встрече со смешанными чувствами. С одной стороны, я видел, что ей было приятно, что Вилен присвоил ей такое «почетное звание». Но с другой стороны, Вилен явно насмешничал над ней, намекая на Танин, можно сказать, преклонный возраст (особенно по сравнению с моим). Ведь ей тогда было уже 35 лет!

Таня Голикова
– «бабушка московского бриджа»

Окончательно Вилен расстроил Таню тем, что когда провожал ее, уже в дверях, сказал: «Привет Славе», а потом добавил: «Смотри… Ведь у него двое детей».

Московские турниры

За короткое время 1968 – 1969 годов нам стали известны, пожалуй, все или почти все группы московских бриджистов. В воздухе стала носиться идея организации московских соревнований. Я выступил с предложением проводить командные соревнования по квартирам, то есть играть там, где жили участники турнира.

Мысль моя была навеяна наблюдениями над тем, как художники-нонконформисты Москвы противостояли запретам властей на проведение выставок их работ.

Они выставляли свои картины у себя, в их московских квартирах. И по выходным дням умеренно многочисленные группы энтузиастов живописи ездили по Москве. И если ты каким-то образом узнавал о выставке картин хотя бы в одной квартире, то потом все было довольно просто: в каждой очередной квартире ты находил объявление с адресом следующей квартиры.

В январе 1967 года состоялась первая широкая выставка картин московских художников-нонконформистов. В выставке приняли участие двенадцать художников, почти весь цвет московского андеграунда: Оскар Рабин, Владимир Немухин, Лидия Мастеркова, Николай Вечтомов, Евгений и Лев Кропивницкие, Эдуард Штейнберг, Дмитрий Плавинский, Анатолий Зверев, Валентин Воробьев, Ольга Потапова, Валентина Кропивницкая. Выставка проводилась в клубе «Дружба», который принадлежал «почтовому ящику», где я тогда работал. И я, естественно, принимал участие в организации этой выставки. Был я и на открытии этой выставки, которое состоялось в воскресенье, 22 января. Хотя можно, наверное, сказать и так, что я был на закрытии этой выставки, поскольку она просуществовала всего несколько часов. Выставка была разогнана гэбэшниками в тот же день.

Я подозревал о разгоне еще накануне дня открытия. Поэтому-то и поехал в свой «ящик» в воскресенье, а не стал ждать до понедельника, когда я смог бы спокойно походить по залам в рабочее время. Но в воскресенье я уже был уверен на все сто процентов в том, что выставка будет немедленно закрыта, причем с большим скандалом. Думал я так потому, что около нашего сверхсекретного «ящика» в тот воскресный январский день удобно припарковались в большом количестве машины с вычурными иностранными очертаниями. И я ожидал, что гэбэшники должны были действовать тогда решительно и жестко.

После разгона «выставки двенадцати» в клубе «Дружба» московские художники-нонконформисты приуныли, но не сдались. И квартирные выставки стали вполне стандартным и проверенным на практике мероприятием. Поэтому-то тогда моя идея с проведением турниров по бриджу по квартирам казалась мне вполне реальной.

Но так казалось только мне. Мой замысел поначалу вызвал скептическое отношение к нему у всех, с кем я говорил. Все считали это слишком сложным и практически неосуществимым. Альтернативные идеи предполагали какие-то помещения, которые нам начинали где-то «светить». Но я, видно, был более реалистичного мнения о советской власти, чтобы надеяться на то, что какие-то помещения у нас будут достаточно постоянными.

Поэтому я все-таки решил попробовать «квартирный» вариант.

Идейная сторона была мне тогда уже ясна, и я начал с технических проблем. Сами карты, хотя и были в общем-то запрещены, изготовлялись и продавались повсеместно. Перебои (а точнее сказать, хроническая нехватка) могли возникнуть с чем угодно, включая ученические тетради, авторучки, школьные учебники. Но карты продавались везде и бесперебойно. Но вот чего у нас не было – это планшетов для карт.

Конечно, о том, чтобы достать такие же планшеты, какие были в Прибалтике, не могло быть и речи. Стало ясно, что их надо было каким-то образом изготовить самим.

Я тогда любил заходить в хозяйственные магазины. Просто так, на всякий случай. И вот как раз в это время, когда я раздумывал о том, как изготовить планшеты, я наткнулся в хозяйственном магазине на дерматин. Там оказалось несколько громадных рулонов коричневого и черного цвета. Я долго стоял около них, соображая, подойдут ли они для изготовления планшетов. Я стал прикидывать, как я буду их изготавливать. И наконец понял, что это действительно то, что мне нужно.

Что надо было делать дальше? Единственным правильным решением тогда было бы – мчаться немедленно домой, собирать по сусекам необходимые для покупки деньги, мчаться обратно и покупать этот дерматин. Если немного помедлить, то дерматин этот мог бы запросто исчезнуть и второго такого случая могло бы уже никогда не быть.

Но я еще какое-то время был в нерешительности. И вот почему. У решения «с сусеками» был один-единственный недостаток. Сейчас трудно, наверное, объяснить кому-то, что значит жить от получки до получки. Никто такое объяснение сегодня не поймет буквально. Но если бы я купил дерматин, то мне надо было бы потратить все свободные деньги, которые у меня в тот момент были. Хотя я мог, конечно, надеяться на то, что собрать с каждой команды по трешке не будет очень обременительным. Полтинник или даже рубль с человека, хотя и пробивал какую-то брешь в личной экономике, но представлялся вполне реальным взносом.

Но я думал – а что, если моя идея действительно провалится (как предвещали мне многие), то что я тогда скажу нашему бриджевому сообществу? Что я, мол, несмотря на все предупреждения, которые мне народ делал, пошел в хозяйственный и закупил там дерматин, истратив какую-то астрономическую сумму денег?

На счастье, я колебался недолго и купил все-таки этот дерматин. Я закупил все, что было в магазине. Притащил рулоны домой и стал мастерить планшеты.

Я вырезал прямоугольную полоску дерматина. Отгибал слева и справа кармашки и закреплял их канцелярскими скрепками. Я использовал с левой стороны две скрепки сверху, две в центре и две снизу. И так же с правой стороны: две скрепки сверху, две в центре и две снизу. Всю разметку планшетов делал с помощью трафаретов. Их я изготовлял из карт с краевой перфорацией. Они выпускались в Прибалтике и предназначались для механической поисковой системы библиографических источников. Эти карты я активно использовал в своей работе. Ну и, естественно, бракованные карты я не выбрасывал. (Мы тогда вообще ничего не выбрасывали.) Делались карты из какого-то плотного, но тонкого картона изумительного качества. Они выдерживали многократное использование. Краску, слегка разбавленную пиненом (вот где пригодились сделанные в Гурзуфе закупки!), я наносил губкой. Я изготовил трафареты для нанесения букв N, E, S, W, а также трафареты для номеров раздач – и наносил эти номера дважды: сверху и внутри на кармашке сдающего.

Каждая карта с краевой перфорацией имела два ряда небольших дырочек. И я использовал эту часть карт как трафарет для обозначения зональности.

Масляная краска сохнет долго. Поэтому в какой-то момент вся моя квартира была завалена сохнущими планшетами. Планшеты лежали на всех книжных полках, на полу, на столах – всюду. И весь этот процесс изготовления планшетов на всю московскую ораву бриджистов занял, наверное, несколько недель.

Первый московский значок по бриджу

Примерно в то же время я решил выпустить памятный значок по бриджу, приуроченный к моменту зарождения спортивного бриджа в Москве. В то время вместе со мной в «почтовом ящике» работал Володя Баранников – молодой человек с художественными способностями. Его я попросил помочь мне изготовить эскиз московского значка по бриджу. И мы с ним такой эскиз изготовили. Используя какие-то свои связи, он даже реализовал этот эскиз и выпустил малую партию самих значков. Один из таких значков я сохранил в своей коллекции.

Несколько позднее (и уже без моего участия) были выпущены другие (похожие на медные) значки 1971 - 1974 годов.

Московские значки 1971 – 1974 годов

Пока планшеты сохли, я разработал технические правила командных соревнований. Они должны были проводиться по круговой системе и были рассчитаны на продолжительное время. На каждый тур отводилась целая неделя. Только так, как мне казалось, можно было обеспечить проведение всех игр турнира в срок. Основным моментом технических правил было то, что команда-хозяин должна была предоставить свое помещение для игры и предложить на выбор команде противника два дня - субботу, воскресенье или вечер будней. Вторая команда должна была выбрать один из этих дней. После окончания встречи капитан команды-хозяина должен был прислать мне по почте или передать по телефону результаты встречи.

Изготовленные мной планшеты получились очень удобными и выглядели достаточно нарядно. Через много лет я видел подобные планшеты (и уже не только в Москве), изготовленные из других материалов. Например, из клеенки. Выглядели они не так замечательно, но использовали ту же самую конструкцию.

Когда первые планшеты были изготовлены и их увидел народ, то в этот момент все как-то поверили, что идея московских квартирных турниров должна сработать. И вот тут-то я стал получать большую помощь со всех возможных сторон. Я получал многочисленные звонки от уже знакомых мне людей, а также и от незнакомых, которых ко мне стали направлять все наши. Команды образовывались одна за другой. Я созванивался с капитанами команд. Стал с ними встречаться. Передавал им комплекты планшетов и собирал с них по трешке на дерматин. Потом я составил расписание игр и разослал его всем по почте.

Турнир начался. Перед каждым очередным туром я рассылал всем результаты предыдущих встреч и напоминание о текущем туре. По окончании каждого тура мне звонили капитаны команд и передавали результаты игр.

Даже самые первые чемпионаты Москвы проходили на удивление дисциплинированно. Все оказалось лучше, чем я даже мог предположить. Практически все матчи были сыграны (даже среди аутсайдеров).

* * *

Все московские матчи «Форсинга» проходили в основном на Преображенке. Там же я устраивал иногда и парные турниры на десять пар. Три стола я ставил в «большой» комнате (17 квадратных метров), один стол – в маленькой комнате (10 квадратных метров) и один стол – на кухне (6 квадратных метров). В большой комнате, где стояло три стола, торговля писалась на листке бумаги. И таким образом мы умудрялись ликвидировать передачу нелегальной информации от одного стола к другому.

До недавних пор я считал своим большим достижением, что мог уместить пять столов и 20 человек в двухкомнатной квартире. Но потом я прочитал уже цитированные мною воспоминания Валерия Седова. Там он, в частности, пишет о парных турнирах, которые устраивал в Ленинграде в своей двухкомнатной квартире Витольд Бруштунов. Когда я прочитал об этих парных турнирах, мне стало немного стыдно. Рекордное число столов в двухкомнатной ленинградской квартире было равно двадцати одному! И, следовательно, в парном турнире Витольда принимали участие 84 игрока! Думаю, что такое дело можно было бы зарегистрировать в Книге рекордов Гиннеса. Жаль, что такая возможность была упущена. Надо было Витольду тогда подать заявку на рекорд. Можно, кстати, было бы подать сразу две заявки. Одну – на максимальное число столов для бриджа в двухкомнатной квартире. Вторую – на минимальное время от подачи первой заявки до ареста владельца квартиры.

Первые годы во время игры все нещадно дымили. И этот дым невозможно было вывести, даже когда все уходили и квартира проветривалась. На соревнованиях в Прибалтике тоже поначалу курить разрешалось. А начиная с какого-то года Прибалтика курение запретила.

В это время и я объявил бриджистам, что курить у нас на Преображенке нельзя. С куревом я велел выходить на балкон. А тем, кто не мыслил игры без курева, я советовал брать в рот сигарету и даже зажигать спичку, но не зажигать саму сигарету и так ее и мусолить во рту незажженной.

Вилен на это дело прореагировал мгновенно: «Курить нельзя – сосать можно!»

* * *

Те протоколы очередных туров, которые присылались мне капитанами команд, включали всю информацию по восьмеркам (то есть участников от каждой из команд и набранные пункты). Такая информация мне была нужна для одной моей идеи – я стал вести рейтинг игроков и пар.

В вычислительном отношении идея была проста. Предполагалось, что интерпретация рейтинга каждого бриджиста – это количество пунктов, которое он выигрывает у среднего игрока. Тогда результат каждой восьмерки должен быть близок к разности между суммой рейтингов пары из одной команды и суммой рейтингов пары из команды противников (участвующих в данной восьмерке). Таким образом задавалась как бы модель происходящего.

В качестве метода обработки наблюдений был выбран метод наименьших квадратов регрессионного анализа. Каждое наблюдение для этого метода ассоциируется с результатами одной восьмерки. Выигранные пункты – это значение зависимой переменной. Независимые переменные принимают значение только -1, 0 или +1. Значение +1 принимается переменной, если данный игрок участвовал в данной восьмерке и выигранные им пункты отражались в зависимой переменной со знаком плюс.

Значение -1 принимается переменной, если данный игрок участвовал в данной восьмерке и выигранные им пункты отражались в зависимой переменной со знаком минус. И, наконец, значение 0 принимается переменной, если данный игрок не участвовал в данной восьмерке. Таким образом, количество столбцов матрицы независимых переменных равно числу игроков. Количество строк этой матрицы равно количеству сыгранных восьмерок. Каждая строка матрицы независимых переменных состоит из двух +1 и двух -1. Остальные ее элементы равны нулю.

Такой способ ведения рейтинга, очевидно, приводил к тому, что рейтинг игрока, успешно выступившего в турнире, повышался, а неудачно выступившего в турнире – понижался. Это коренным образом отличалось от всех других предложений, которые основывались на начислении игрокам премиальных очков за выигрыш верхних мест в турнире. При таком подходе (премиальных очков) преимущество получали игроки, которые сыграли большое количество турниров. При этом они не «наказывались» ни за какие срывы и провалы в состязаниях.

При обработке результатов турниров по моему методу мог возникнуть трудный момент из-за того, что регрессионная задача могла оказаться с сингулярной матрицей независимых переменных. Такое очень даже могло произойти, если хотя бы два игрока играли в турнире только в одной паре. (Таких игроков я называл связанными.) Эта сингулярность легко разрешалась двумя возможными способами. Первый состоял в нахождении оцениваемых параметрических функций (которыми в данном случае являлись пары и не связанные игроки). Второй способ состоял во введении дополнительных ограничений на параметры для связанных игроков.

Если игра шла не по восьмеркам, а, скажем, по 16 сдач, то это обстоятельство легко корректировалось введением соответствующих весов (что являлось довольно стандартной процедурой метода наименьших квадратов).

После проведения некоторого числа командных туров у меня была написана соответствующая программа и накопилось уже достаточно данных для тестового просчета. И я такой расчет выполнил. Оставалось только довести мою идею до членов «хунты» – так мы стали называть наш орган, который образовался стихийно для решения общих вопросов (в основном, вопросов отбора на выездные турниры). В «хунту» в разное время входили разные люди. Но на первых порах Константиныч и я были постоянными и, как мне казалось, наиболее авторитетными ее членами. Я просил Вилена принимать участие в наших заседаниях, но Вилен не захотел участвовать, как он выразился, в «говорильне хунты».

Когда на очередном заседании «хунты» я стал рассказывать о рейтинге, который стал вести, я надеялся на поддержку Юрия Константиновича, как человека наиболее технически образованного. К моему большому удивлению, моя идея вызвала у него (единственного из всей «хунты») отрицательную реакцию. Он стал задавать мне массу вопросов: как будет учитываться вот это и как будет учитываться вот то. А я ему отвечал, что это все автоматически учитывается при обработке данных с помощью метода наименьших квадратов. На что он сказал, что еще не известно, учитывает ли метод наименьших квадратов все такие моменты или нет.

Я пытался убедить его в целесообразности моего предложения. Тем более, говорил я, что это все делается абсолютно «бесплатно». Капитаны команд подают данные без всяких проблем. Программа готова. Тестовый прогон прошел успешно. Я также говорил, что принципиально возможно включать в расчеты и результаты парных турниров, хотя сбор данных может представить собой некоторую проблему. Но в вычислительном отношении все будет почти то же самое.

Константиныч не соглашался со мной. В процессе нашего обсуждения он стал называть все это дело «рейтингом Бродского» (что у него звучало как-то очень обидно для меня).

Этот наш разговор меня очень расстроил. И тут я оценил решение Вилена не участвовать в «говорильне хунты». Начиная с этого момента, я стал все менее и менее активно участвовать в ее заседаниях.

* * *

В эти первые годы было много славных команд и много славных имен. Трудно перечислить все их и трудно установить принадлежность игроков и пар каким-то определенным командам, поскольку пары очень часто распадались, образовывались новые и переходили из команды в команду. А иногда кто-то мог играть в одной команде, а с другим партнером – в другой. Но я все-таки постараюсь дать список команд и игроков и в каких-то случаях проследить, каким образом мы все в конечном итоге собрались в одном месте.

Я уже описал историю встречи нашего старого «Форсинга», команды МГУ и команды «мужиков». В какой-то момент я предложил Вилену с Леоном влиться в нашу команду. Это предложение было сделано с согласия всех наших (включая Марика). Я ожидал, что Вилен и Леон захотят по крайней мере подумать над моим предложением. Но, к моему удивлению, они его приняли тут же, на месте, без всяких раздумий. Я предложил оставить наше название – «Форсинг» – для объединенной команды. И тут я уже совсем не был уверен, что «мужики» захотят выступать под флагом «Форсинга». Вилен, однако, не возражал. Леон скривился и сказал, что «Форсинг» ему не очень нравится и что ему больше нравится название «Рислинг». Это была шутка.

Так был образован новый «Форсинг». Это был «Форсинг», который запомнили все и члены которого добились наибольших успехов среди всех представителей славных московских команд на «выездных» (читай – всесоюзных) турнирах.

За новый «Форсинг», кроме нашей с Мариком Мельниковым пары, играли Леша Поманский с Валей Вулихманом. Они, правда, играли не очень продолжительное время. Вилен Нестеров играл за нас в разное время с Леоном Голдиным, Петром Александровичем Сластениным и, позднее, с Оскаром Штительманом. Еще позднее за нас играли Леня Орман с Петром Александровичем.

Жена Марика Мельникова, Лена Ефимова, была участницей Университетского студенческого театра, и она познакомила нас с коллегами по театру, Славой Деминим и Алексеем Рогаткиным, которые тоже уже несколько лет играли в бридж. Команда Славы Демина «Ладья» включала его пару с Алексеем Рогаткиным, а также пару Володи Иванова с Феликсом Французовым. Одно время там играл Миша Стрижевский с разными партнерами: Марком Глушаковым, Славой Пржбыльским, Рогаткиным и Стояновским.

Студенческие связи дали нам большие группы. Одних только математиков с мехмата Московского университета было четыре группы. Одну из групп представлял наш старый «Форсинг» (выпуск мехмата 1965 года). Вторую группу – команду «МГУ» (выпуска 1967 года) – образовывали в основном две пары: Аркадий Дьячков с Сашей Одуло и Юра Малиновский с болгарином Петровым.

Еще одна университетская команда математиков (выпуска 1970 года) – «Дипломник» – возглавлялась Васей Стояновским и включала его пару с Мишей Стрижевским и пару Миша Донской – Миша Кронрод.

Были еще две мехматские команды – «Кварц» и «Луч», но они просуществовали недолго и объединились в команду «КЛ-72». Там играли выпускники мехмата 1971 года Аня и Володя Кирьянковы с Андреем Замерхановым (во всех трех комбинациях), а также Боря Меников и Алик Харлап. Аня Кирьянкова была первой женщиной в московском бридже. Вернее, она была первой играющей женщиной в московском бридже. Потому что в другом смысле первой женщиной все-таки была «бабушка московского бриджа» – Таня Голикова.

Другая многочисленная группа представлялась физиками и химиками. Вот как описывает первые шаги бриджа на химфаке Московского университета Саша Рубашов:

«Бридж появился на химфаке МГУ, на котором я учился, приблизительно в 1965 г. Кто-то из нашей преферансной компании познакомился с учившимся в МГУ индонезийцем, и тот объяснил основы робберного бриджа... После окончания МГУ первого поколения игроков бридж на химфаке угас. Но след от первой волны остался. Еще в те времена к нам примкнула группа младшекурсников. И летом 1969 г. Борис Бутаев в университетском лагере "Джемете" познакомился со студентами мехмата Одуло и Дьячковым… Благодаря этой встрече начались наши контакты с цивилизованными бриджистами. Мы приходили в общежитие мехмата смотреть, как играют болгары. А торговали они сильно искусственную польскую релейную систему Ченсковского, по которой можно было выяснить полный расклад партнера (впоследствии эту систему никто не играл, но ее элементы использовали в своей системе Бродский и Стояновский)».

Было несколько «физтеховских» команд, представляемых студентами (в основном бывшими) Московского физико-технического института («Физтех-1», «Физтех-2» и «Пульсар»). «Физтех-1» и «Физтех-2» были первыми физтеховскими командами. Но когда появился «Пульсар», возглавляемый Марком Глушаковым, многие члены команд «Физтех-1» и «Физтех-2» разъехались, а оставшиеся влились в «Пульсар».

Марк Глушаков

За физтеховские команды играли Алик Макаров, Марк Глушаков, Гарик Агроник, Толя Соляник, Яша Хазан, Толя Гудков, Женя Дижур, Женя Веденяпин, Вячеслав Сафронов. Алик Макаров приводит еще имена других членов этих команд, которых я не помню:

Арик Мамян, Бельдюгин, Виленкин, Железняков, Анатолий Балашов, Марк Молдавский, Гайдукин, Василий Каюров, Валерий Демин, Алексей Прудкогляд, Юрий Малашенко. По всей видимости, наибольшей силы команда «Пульсар» достигла, играя в таком составе: Марк Глушаков – Оскар Штительман, Слава Демин – Алексей Рогаткин, Женя Веденяпин – Алик Макаров.

Оскар Штительман (лицом к камере) играет в паре с Марком Глушаковым

За команду «Черемушки» играли Аркадий Белинков с Леней Орманом и, в разных комбинациях, Александр Соколов, Миша Кацман, Рудик Киммеьфельд, Лева Аснович. Вот как описывает процесс вхождения в бридж членов этой команды Аркадий Белинков:

«В бридж мы начали играть в 1970 году. Произошло это так. Мой коллега по работе – Лева Аснович – натура увлекающаяся и эмоциональная, отдыхал на даче на Николиной горе по соседству со Славой Бродским. Это один из отцов московского бриджа, известный математик, сейчас живет в Нью-Йорке. Слава объяснил нашему Леве правила игры и показал, как играют. Восторженный Лева, очарованный игрой, приехал в институт, где мы тогда вместе работали, и начал обучение всех наших коллег и друзей, в том числе и меня. Я, в свою очередь, начал внедрять бридж в преферансную среду. Так одновременно со мной пришли в бридж Леня Орман, Миша Кацман (ныне покойный), Леня Бизер, Рудик Иоффе (сейчас живет в Нью-Йорке), Саша Соколов.

Я помню, как мы все приходили на смотрины домой к Славе Бродскому, и он нас пригласил участвовать в первенстве Москвы. Мы организовали команду, в которую входили я с Соколовым, Орман играл с Рудиком Кимельфельдом, а Аснович с Кацманом. Команду назвали "Черемушки", поскольку я, Борман [Леня Орман. – С.Б.] и Кимельфельд тогда жили в Черемушках».

Была еще команда «Вега», возглавляемая парой Генриха Грановского и Володи Ткаченко. Она включала также пару Левина с Любановским и, позднее, – пару Аркадия Белинкова с Леней Орманом.

За команду «Арбат» играли Павел, Света и Леша Зенкевичи, Леня Бизер с Рудиком Иоффе, Миша Кацман, Леня Каретников и Сергей Солнцев с Лешей Злотовым (который пришел из команды «Терц»).

Еще была «химическая» команда «Бериллий», возглавляемая Сашей Рубашовым. Он играл в ней в паре с Борисом Бутаевым. Потом Рубашов перешел в команду «*Sign-Off*», которая, в свою очередь, образовалась из команды «Рубин», где играли Сережа Андреев с Завалко. В команде «*Sign-Off*» еще играли Наташа Каретникова, Леонтьев и, позднее, Павел Зенкевич, Леша Зенкевич,

Сережа Солнцев.

Команду «Сокол» возглавлял Юрий Константинович Солнцев, играя в основном в паре со своим сыном – Сережей Солнцевым. Также там играли еще пары Миши Рейзина с Павликом Маргулесом и Бориса Бутаева с Сашей Рубашовым.

Время от времени у нас образовывались какие-то помещения для игры. И каждый раз казалось, что эти помещения – надежные и на долгое время. Но потом помещения исчезали. Причин никто никому не объяснял. Но они и так были ясны: тот, кто давал разрешение, рисковал своей головой. И даже какие-то деньги, которые бриджисты собирали на компенсацию риска, не оправдывали себя.

Первым таким помещением был Вычислительный центр Академии наук СССР. «Устроил» нам это помещение Александр Абрамов. Сам он играл за команду «ВЦ» в паре с Курочкиным. В этой команде играли еще Сидоров и Бочек.

Миша Рейзин был заметной фигурой в московских строительных организациях. Он постоянно находил какие-то помещения для игры в бридж. Это были и строящиеся объекты, и подвалы зданий. Несколько парных турниров прошло во временной столовой строителей недалеко от станции метро «Коломенская».

Начиная с 72-го года играли парные турниры в так называемом «курчатнике» – в подвале клуба «Малахит» Курчатовского института. Это помещение возникло благодаря Николаю Шапкину, Игорю Русанову и Ивану Гладких – сотрудникам института. Они же образовали тогда команду «Малахит», которую возглавил Шапкин. В «курчатнике» произошел инцидент с гипсовым бюстом первого предводителя большевиков, который являлся обязательной принадлежностью любого официального советского помещения. Володя Кирьянков пробегал мимо бюста, чем-то махнул, бюст упал и разбился. Собрали деньги и купили другой бюст – взамен разбившегося. Тащила его из магазина в клуб Аня Кирьянкова. И хотя новый бюст был меньших размеров, чем разбитый, весил он довольно прилично. Так что Аня хорошо запомнила этот эпизод, и она рассказала мне о нем, когда мы созвонились с ней в начале 2014-го.

Пару раз мы играли в Московском областном шахматном клубе в Воротниковском переулке (недалеко от станции метро «Маяковская»). Играли мы там по протекции Бориса Спасского, чемпиона мира по шахматам, который в это время готовился к матчу с Робертом Фишером. Со Спасским вел переговоры Леон Голдин, который был с ним знаком.

Были еще какие-то кратковременные помещения в Мытищах и на Щербаковской. Какое-то количество парных турниров прошло в кафе «Ласточка». Там бриджисты Москвы подверглись набегу гэбэшников, которые не придумали ничего другого, как конфисковать карты.

После этого инициативная группа бриджистов писала письмо протеста и просила возвратить спортивный инвентарь.

В разное время за разные команды играли такие игроки и пары, как Толя Гуторов, Саша Рубашов – Юра Соколов, Аркадий Белинков – Саша Рубашов, Юра Соколов – Сережа Солнцев, Леня Каретников – Наташа Каретникова, Юра Борисенко – Леша Злотов, Володя Кузнецов.

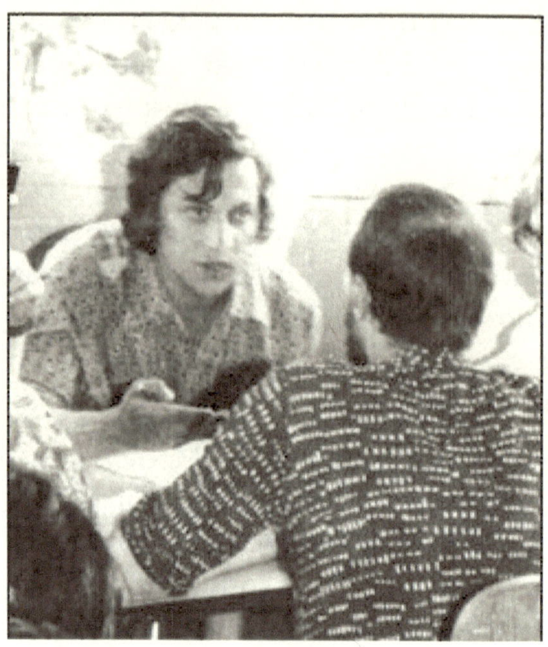

Сережа Солнцев выговаривает что-то своему партнеру Юре Соколову

* * *

Несмотря на то, что мы жили как бы в вакууме, информация извне все-таки как-то к нам поступала. И в первую очередь это относилось к печатным изданиям по бриджу. Самыми первыми среди них для меня были фотокопии, сделанные Виленом Нестеровым. Он фотографировал оригинал книги, печатал фотокопии и сам изготовлял переплет.

Мне как-то попался в магазине набор «Юный переплетчик». Я его купил. Показал Вилену. Он криво усмехнулся, прочитав название набора, но содержимым заинтересовался. И даже взял у меня кусочек каптала. Через какое-то время после этого он подарил мне копию книжки *"Bridge Squeezes Complete"* (автора *Glyde E.Love*). Твердый переплет с капталом и все остальное было изготовлено, можно сказать, с любовью. На титуле – собственноручное оформление Вилена: надписи, каемочки, цветной рисунок. Эта книжка до сих пор хранится у меня.

Позднее до конечного пользователя бриджевые издания доходили, как правило, уже в виде переводов на русский язык, выполненных внутри нашего бриджевого сообщества. Вилен Нестеров перевел «Гроссмейстерский бридж» Х.Кэлси, Саша Рубашов с помощью Вилена перевел книгу Д.Парсона «100 задач». Большую работу в этом направлении делали Миша Рейзин и Александр Рожков. С их именами связана мощная издательская деятельность.

Вот как говорил об этом Александр Сухоруков, один из организаторов московского бриджа более поздних лет:

«В середине 70-х он [Михаил Абрамович Рейзин. – С.Б.] наладил выпуск бриджевой литературы в Москве. Технология: текст набирался на большом листе формата А3 (на специальной машинке), для красоты приклеивались карты, затем снимался ксерокс с уменьшением до А4 и А5. А с полученного макета делали ксерокс или ротапринт и брошюровали. В конце 70-х он перевел "типографию" в Ригу (все-таки в Москве было несколько опасно) и передал "редакцию" Александру Рожкову. В 1980 году в Юрмале он взял меня за руку, подвел к Рожкову и сказал: "Вот он будет заниматься распространением литературы в Москве", чем и определил мою дальнейшую бриджевую судьбу».

Рожковым было сделано большое количество переводов бриджевой литературы с английского. Миша

Рейзин знал польский и переводил бриджевую литературу с польского. Переводы книг по бриджу стали выходить одна за другой. Конечно, все бриджисты были довольны наличием таких изданий. Но с самого начала вся эта деятельность, безусловно, носила пиратский характер.

Советский Союз присоединился к Всемирной конвенции об авторском праве (ВКАП) в июне 1973 года. Наверное, кто-то из большевиков сообразил, что присоединение к Конвенции принесет им только пользу. Все это давало возможность получать какие-то деньги с зарубежных стран.

Мне о присоединении к ВКАП сообщили в редакции журнала «Заводская лаборатория», где я был членом секции «Математические методы исследования» практически в течение всей моей трудовой жизни в России. У нас в секции был довольно мощный коллектив. Возглавлял секцию академик Борис Владимирович Гнеденко, его заместителем был Василий Васильевич Налимов. Членами секции были такие известные люди, как Рафаил Самойлович Гутер, Соломон Менделевич Райский, сотрудники Колмогоровской лаборатории Лев Мешалкин и Юрий Благовещенский. Еще одним членом секции был однокурсник Вилена Нестерова и Тани Голиковой – Сергей Айвазян. Сообщила мне о факте присоединения к Конвенции Галина Борисовна Преображенская – единственный штатный сотрудник секции. Она сказала, что я мог бы получать валютные отчисления за переводы моих статей в США. Она рассказала, как я мог бы это физически сделать, и добавила, что передает мне просьбу своего начальства никому об этом не говорить.

Из тех долларов за мою первую статью (после

присоединения к ВКАП), которые поступили из США, мне досталось около девяноста центов. Это составляло около двух процентов гонорара, переведенного из США. А всего до моего отъезда в США в 1991 году я получил около 50 долларов. И, значит, около двух с половиной тысяч «моих» долларов исчезли в недрах советской системы. Так что должно быть ясно, почему Советский Союз присоединился к Всемирной конвенции об авторском праве и почему должностных лиц, причастных к этой деятельности, вынуждали хранить всю эту кухню в секрете.

Поддержание секрета о присоединении к ВКАП распространялось в стране на оба потока: на авторские права советских за рубежом и на зарубежное авторское право в Союзе. Что касается зарубежных авторских прав, то тут в стране практически ничего не изменилось. Во всех государственных организациях пиратское копирование продолжалось. Такое копирование входило в официальные планы деятельности советских организаций, вплоть до организаций высшего уровня, и даже было частью программ Государственного комитета по науке и технике при Совете министров Советского Союза. Большевицкие власти всегда поддерживали в народе представление о том, что страна находилась во вражеском окружении. Поэтому уворовывание всего от врагов должно было считаться делом нормальным. И поэтому-то и воровалось все подряд, начиная от мелодий пионерских песен до атомных секретов.

Несоблюдение Советским Союзом всех норм международного права стало очень привычным для его жителей. Поэтому такие уродливо-причудливые названия, как «Советское шампанское» или «Армянский коньяк», никого не удивляли. Все понимали, что это вовсе не означает, что советские войска оккупировали Францию и включили ее в состав союзных республик.

Люди по-разному относились к пиратскому копированию на государственном уровне. Но в быту пиратское копирование не только не считалось противозаконным, но даже не считалось зазорным. И я думаю сейчас – это было правильно, что в быту оно не считалось зазорным. Представьте себе, что вы находитесь в тюрьме в компании людей, приговоренных к пожизненному заключению. Информация извне практически до вас не доходит. Или доходит, но с большим опозданием. И вот каким-то чудом в вашу камеру попадают машинописные листки с переводом книги какого-то иностранного автора, рассказывающего о том, что интересует всех в камере. Ну, скажем, о положении заключенных в советских лагерях. И эти листки предлагаются вам к прочтению. Откажетесь ли вы их читать только на том основании, что это будет противоречить Всемирной конвенции об авторском праве?

* * *

В начале 70-х я изготовил тренировочный планшет-самоучитель «Автобридж» для разыгрывания контрактов. Мне показалось, что нужно было переключиться на что-то более активное по сравнению с чтением книг по бриджу. Конечно, сейчас техническая реализация подобного самоучителя гораздо проще могла бы быть осуществлена на компьютере. Но тогда компьютеров ни у кого не было. Мой первый персональный компьютер появился у меня только в начале 88-го года. Так что тогда механическое устройство – это было то единственное, что я мог сделать.

Мой самоучитель был размером примерно с

современную *e-book*. В левом верхнем углу планшета располагалась информация о торговле. Остальная часть планшета состояла из четырех отделений для каждого игрока – N, E, S, W. Основная задача, для которой использовался «Автобридж», – как разыграть контракт. При этом предполагается, что разыгрывающий сидит на S, видит свои карты и карты своего партнера и, по мере того как он разыгрывает контракт, он видит, какие ходы делают противники. Все, что нужно делать разыгрывающему, – это убирать заглушки одну за другой в естественном порядке.

Проще всего объяснить, как работает «Автобридж», на следующем примере, который показан ниже. Первое, что надо сделать, – убрать заглушку первого хода от W. И вы сразу увидите, что первый ход был сделан королем червей. Теперь вы должны сыграть картой от N, то есть пятеркой червей, – и, следовательно, вы должны убрать вторую заглушку из второго ряда. Когда вы эту заглушку уберете, вы увидите там число 1 (которое означает, что данная карта должна была действительно быть сыграна на первом ходу). Значит, пока все идет правильно – на первом ходу вы положили правильную карту. Теперь вы должны убрать заглушку первого хода от E. После этого вы увидите, что E на втором ходу сыграл двойкой червей.

Теперь вы должны сыграть картой от S. И если вы сыграете тузом червей (то есть уберете первую заглушку во втором ряду от S), то увидите восклицательный знак. Это означает, что для данного расклада решение задачи закончено, и вы с ним справились успешно.

На обороте написано полное решение задачи. Там сказано, что первую черву пропускать нельзя, поскольку переключение противников на пику может закончиться

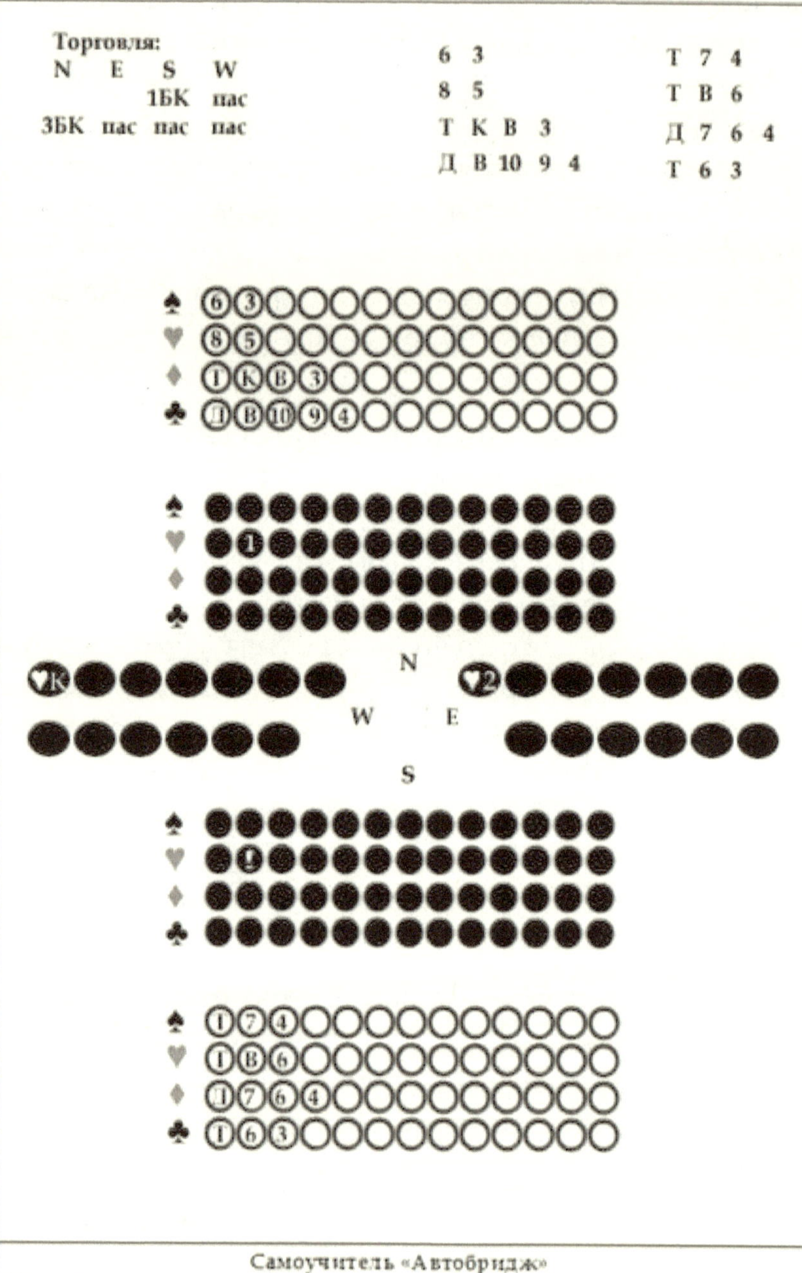

Торговля:
N E S W
1БК пас
3БК пас пас пас
6 3
8 5
Т К В 3
Д В 10 9 4
Т 7 4
Т В 6
Д 7 6 4
Т 6 3
N
W
E
S
Самоучитель «Автобридж»

фатально для разыгрывающего. В то время как первая взятка на туза червей гарантирует выигрыш контракта.

Сам планшет был изготовлен из плотного картона, а вставки, которые и составляли основу самоучителя, – из уже упоминавшихся мною карт с краевой перфорацией. Таких вставок у меня было заготовлено около двухсот. Они содержали не только задачи для начинающих (типа той, которая была показана на примере), но и довольно серьезные и сложные проблемы. И мне лично такой тренажер был очень полезен. Но я не помню, чтобы кто-то еще, кому я его показывал, высказал какие-то особые восторги.

Как-то я дал планшет Вилену на непродолжительное время. Он его попробовал и вернул мне, похвалив. Возможно, только из вежливости.

* * *

Народ у нас был довольно разношерстный. Были и люди с партийными билетами. И, по всей видимости, были и зарегистрированные осведомители (считалось, что в любой группе людей было какое-то количество осведомителей). Однако по какой-то причине я не чувствовал, что надо быть осторожным в разговорах на всякие скользкие темы. Мне казалось невероятным, чтобы кто-то стал «стучать», скажем, на меня. Притвориться, что ты один из нас, было невозможно. А те осведомители, которые у нас были, по логике вещей, не должны были докладывать начальству о том, что могло бы повредить нашему общему делу. На такое, как мне кажется, никто из наших (да, из НАШИХ) способен не был. Во всяком случае, так мне это представлялось тогда (в смутных, правда, чертах). Поэтому я никогда особенно не осторожничал в разговорах, как, например, я осторожничал в разговорах на работе. А здесь, за бриджевым столом, и я, и все остальные (как мне казалось, конечно) вели себя расслабленно и допускали всякого рода шутки-прибаутки.

* * *

Время было беспокойное. И играли мы беспокойно. Резкие упреки в адрес партнера можно было услышать практически на любом турнире. «Юрий Константинович соку дал» – эти слова, принадлежащие Вилену, были, пожалуй, одними из самых мягких в ряду обвинений товарищу по команде. А вот «…слил все подряд» – это уже было нечто более серьезное, означающее, что матч, скорее всего, проигран с треском.

Вася Стояновский всегда очень нервничал, когда ошибался его партнер – Миша Стрижевский. «За что ты подкладываешь меня через сдачу?» – это был обычный рефрен Васи, обращенный к Мише. Когда Вася волновался, голос его немного вибрировал, и это «за что ты подкладываешь…» не могло не вызывать улыбку любого, кто это слышал (за исключением его партнера, разумеется).

Однажды мы играли какой-то матч на квартире у Марика – на Мясницкой улице (тогда эта улица имела другое название – большевики любили переименовывать улицы). У него там была комната в коммуналке. Но комната была большая, в старом добротном доме с высоченными потолками. Часть комнаты была под антресолями, на которые вела лестница. Так что эти антресоли образовывали как бы второй этаж комнаты, поэтому вполне спокойно можно было играть на двух столах. И мы часто там играли, поскольку в какой-то период комната не использовалась семьей для проживания. Думаю, через эту комнату прошло много бриджистов того времени.

И вот во время одного из матчей там играла против нас пара Стояновский – Стрижевский. Дела у них шли как-то не очень хорошо. Вася все больше и больше раздражался. «За что ты подкладываешь меня...» стало звучать все громче и громче. И Марик был вынужден вмешаться. Он попросил Васю вести себя потише, поскольку он уже несколько раз имел нарекания от соседей за слишком большой шум. Но Вася не обращал на слова Марика никакого внимания. Более того, он все громче и громче распекал своего партнера.

Марик Мельников (в темной рубашке) разыгрывает контракт против Миши Стрижевского (лицом к камере) и Васи Стояновского

Тогда Марик попросил Мишу Стрижевского как-то урегулировать свои отношения с Васей. Миша подошел к Васе, который в этот момент рассказывал кому-то еще, что натворил Стриж. Миша попробовал привлечь Васино внимание, но это ему долгое время не удавалось. «Вася,

Вася!» – все громче и громче говорил он. Марик уже просто не знал, что ему делать. И тут Вася наконец повернулся к Стрижу и уже совершенно не сдерживая себя закричал: «А пошел ты…» При этом Вася очень громко и отчетливо произнес то место, куда он посылал Мишу. Мне кажется, что после этого на Мясницкой мы уже больше никогда не играли.

Были и другие, быть может, более мягкие конфликты между партнерами. Я был счастливым свидетелем такого диалога между Андреевым и его аспирантом Завалко (думаю, что должно быть ясно, кто обращался к партнеру на «ты», а кто – на «вы»):

– Почему ты не вышел бубной?

– Потому что вы просили пику.

– Я просил тебя выйти пикой?

– Да, вы просили пику.

– Ты знаешь, кто ты?

– Нет.

– Ты просто идиот.

– А вы кто такой?

Вилен, когда играл с Патей, переругивался с ним постоянно, но беззлобно, однако с помощью таких непечатных выражений, которые я не могу решиться привести здесь. Один из их разговоров (на отвлеченную, правда, от бриджа тему) я запомнил. Как-то Патя в позднем междусобойчике сказал что-то о том, сколько раз он мог иметь секс за ночь. И у него там прозвучало число восемь. На что Вилен мгновенно прореагировал: «Вы, наверное, Петр Александрович, считали туда и обратно?»

* * *

Помню еще один интересный и памятный турнир того времени – в Дубне, в Доме ученых при Объединенном институте ядерных исследований. Там играло всего 8 пар. Но среди них – почти все сильнейшие пары Москвы и пара мастеров из Польши. Участие польских мастеров и было основным стимулом для того, чтобы мы с Мариком поехали в Дубну. Для нас это было единственной возможностью встретиться за бриджевым столом с мастерами из других стран.

Мы были с Мариком, по терминологии *homo sovieticus*, «невыездными». За десять лет до турнира в Дубне, в 1959 году, когда мы заканчивали с ним школу и готовились к поступлению на мехмат Московского университета, проводилась первая Международная олимпиада по математике. Она проводилась в Румынии. И мы с Мариком были включены в команду от Советского Союза (по результатам олимпиады Московского университета).

Мы стали заниматься сбором документов, на что ушло довольно много времени. Времени достаточно дефицитного – ведь надо было готовиться к поступлению в университет. В какой-то момент мне должны были выдать характеристику в райкоме комсомола. И я там чуть не провалился. На стене у них висела картина, где тот самый вождь Советов, бюст которого раскокал в «курчатнике» Володя Кирьянков, выступал на съезде комсомола. Они спросили меня, что это за картина. И я сказал, что это сцена после взятия Зимнего дворца. Они там надо мной посмеялись. А их главный сказал мне: «Сейчас везде к нашей стране пробуждается большой интерес. А вот ты поедешь в Румынию, тебя там начнут расспрашивать, а ты, оказывается, ничего не знаешь».

Меня спасла какая-то девушка. Она сказала, что я ошибся, потому что на картине кто-то был в матросской форме. И в этой моей ошибке улавливается положительная символика. И с этим объяснением все согласились и выдали мне характеристику.

Марику выдавали характеристику в горкоме комсомола. И он там увидел список нашей команды. Напротив всех еврейских фамилий карандашом была поставлена галочка. Галочками, помимо меня и Марика, были отмечены Володя Сафро, Саша Хелемский и Гена Хенкин.

Я в тот момент об этом списке с карандашными пометками не знал. И думал, что все идет хорошо. И что мой отец, наверное, был неправ. Ведь он, когда впервые узнал об олимпиаде, сказал мне, чтобы я даже не надеялся, что меня пустят в Румынию.

Но отец мой оказался все-таки прав. На олимпиаду никто с карандашной пометкой не поехал. Мне позвонила какая-то женщина и сказала, что команда от Советского Союза не будет участвовать в олимпиаде, потому что было очень мало времени на оформление документов. Это было чистой воды вранье. Команда от Советского Союза на олимпиаду поехала, но была укомплектована только наполовину.

Мне эта история отбила навсегда охоту даже думать о поездке за границу. Тем более что мой отец работал на сверхсекретном предприятии, и я, таким образом, был привязан крепким якорем ко дну советской России.

Марик, быть может, впоследствии и мог бы попытаться вырваться за границу и поиграть в каком-то международном турнире. Но таких попыток, насколько я знаю, он никогда не делал. Ведь каждый выезд за границу был связан с большим количеством унизительных моментов.

Самое главное – надо было каким-то образом получить разрешение на выезд. Это надо было уметь делать. Стандартные процедуры тут не работали. Для успешного оформления выезда за границу нужны были хорошие знакомства, или, как говорили тогда, связи. В воспоминаниях о Лене Ормане (я продолжаю приводить здесь свидетельства с сайта www.bridgeclub.ru) написано, что он в 1980 году *«вместе с М.Рейзиным, А.Белинковым, В.Гришканом, Р.Иоффе и В.Таневским совершил первый прорыв российских бриджистов за границу: они сыграли в "Кубке Дружбы" (первенство соцстран) в Будапеште»*. Как же был осуществлен этот «прорыв»? В воспоминаниях Саши Сухорукова дается ответ на этот вопрос – сработали хорошие связи Миши Рейзина: *«Рейзин организовал первые бриджевые поездки за рубеж – в Венгрию, оформляя командировки от своего управления. В 1980 г. на "Кубок Дружбы" в Будапеште, а в 1981 на фестиваль на Балатоне»*.

Получение права на выезд еще не решало всех проблем выезжающих. Надо было как-то справиться с бытовыми проблемами проживания за рубежом. И самыми главными из них были две: по возможности снизить расходы на проживание и на питание. Расходы на питание легко сводились практически к нулю. Народ вез в своих чемоданах консервы, которые обеспечивали более-менее нормальное пропитание на все время нахождения за границей. Проблему с проживанием было решить значительно труднее. И здесь тоже было несколько наработанных приемов, которые я описывать не буду. Но все они были сопряжены с довольно унизительными моментами.

Что дальше? Теперь надо было найти подходящий

арбитраж советской командной экономики. Что я имею в виду? Поскольку советская экономика была полностью административно-командная, то цены тоже были не рыночные. И поддерживать командным образом эти цены так, чтобы они хоть как-то соответствовали мировым ценам, было практически невозможно (да никто и не старался это сделать). Следовательно, должны были существовать значительные вилки в ценах хотя бы на какие-то товары. И вот эти-то товары надо было принципиально обнаружить. К счастью для выезжающих, такие «вилки» были достаточно постоянными. И поэтому хорошо известными. Выезжающий из России вез с собой так называемый «джентльменский набор»: пару бутылок «шампанского», электродрель, фотоаппарат «Смена». Это были те товары, которые стоили в России сравнительно дешево, а за рубежом – сравнительно дорого. И потом там, как говорили тогда «за бугром», надо было это богатство кому-то и как-то сбагрить. Для этого надо было иметь хорошо налаженные контакты за рубежом. Потом надо было уже, наоборот, найти то, что за рубежом стоило сравнительно дешево, а в России – сравнительно дорого. Таким бесспорным фаворитом среди зарубежных товаров была дубленка.

И, наконец, надо было эту дубленку продать по возвращении в Союз. Этот заключительный этап был самым простым. Дубленку эту покупали знакомые (или, чаще всего, знакомые знакомых). На худой конец, дубленку сдавали в комиссионный магазин. И в результате этой последней акции возникали деньги, которые превышали все расходы на поездку.

Для нас с Мариком возможность поехать за границу, чтобы участвовать в каком-то турнире, была практически закрыта. Так что и для меня, и для Марика Мельникова поиграть против мастеров из других стран было, в общем-то, уникальной возможностью. Ну и поэтому мы, конечно, в Дубну поехали.

* * *

Немного о Марике Мельникове. Он блистал талантами в любом деле, за которое брался. Но в этом «любом деле» он был своеобразен. Конечно, у него было солидное образование. Тем не менее, он любил подходить к любой проблеме как самоучка. Началось это все с самого первого его шага как математика. На свою первую олимпиаду (для семиклассников) в Московском университете он пришел, не имея никаких специальных тренировок в решении задач олимпиадного типа. Не ходил он в тот год и в математический кружок при Московском университете. И взял на своей первой олимпиаде первую премию. Кстати, на первой Международной олимпиаде в Румынии одна из задач (на делимость, основанная на алгоритме Эвклида) оказалась задачей с той самой нашей первой Московской олимпиады. Поэтому у нас с Мариком было большое преимущество перед всеми другими участниками. И хоть и не совсем честно, но по существу мы уже имели в кармане какое-то приличное место. Однако большевицкие «отбиралы» на олимпиаду подходили к этому делу с другими критериями. Они браковали народ по кривизне носа. Этот критерий (в соответствии с их интеллектуальным уровнем) казался им наиболее существенным для решения математических задач.

Примерно в таком же ключе (как самоучка) подходил Марик и к бриджу. Ведь на те свидания с венгерской девушкой в высотное здание на Котельнической набережной Марик не ходил.

Марик по-любительски неплохо играл на гитаре и аккордеоне, хотя в музыкальной школе никогда не учился. На аккордеоне он мог сыграть такую непростую вещь, как «Карусель» Фоссена (в переработке Шахнова).

Марик Мельников

Однажды Марик по транзитивности выиграл у чемпиона страны по настольному теннису. Что значит «по транзитивности»? Марику и мне случилось как-то быть в трехзальном спортивном комплексе Московского университета. И там мы увидели Геннадия Аверина – тогдашнего чемпиона страны по настольному теннису. Он учился на географическом факультете университета. На одном из столов он играл со своим спарринг-партнером. Мы подошли к ним и попросили разрешения сыграть с ними «на победителя». Они согласились. Аверин своему партнеру проиграл. Тогда в бой вошел Марик. И следующую партию выиграл. Вот это и означает, в моей терминологии, что Марик выиграл у Аверина «по транзитивности». То есть он выиграл у того, кто выиграл у Аверина. А дальше произошло следующее. Я стал играть с Мариком и выиграл у него. И тогда уже возник довольно серьезный философский вопрос: а кто в этот день отличился больше – Марик или я? С одной стороны, Марик выиграл у того, кто выиграл у чемпиона страны, в то время как я выиграл всего лишь у того, кто выиграл у того, кто выиграл у чемпиона страны. И в этом смысле мое достижение кажется менее значительным. И, следовательно, можно было бы считать, что Марик отличился больше, чем я. Но, с другой стороны, как же тогда можно было поставить Марика впереди меня, если он мне партию проиграл?

В математике Марик отличился еще больше, и уже без оглядки на всякие там философские вопросы. Буквально через пару лет после окончания мехмата он решил одну проблему, над которой много лет безуспешно ломали голову самые известные математики того времени. Проблема считалась настолько важной, что за ее решение была обещана Чебышёвская премия.

Марик подошел к решению проблемы в своем стиле. Когда он был еще студентом, он стал пытаться ее решить, так сказать, с наскока. Это не значило, конечно, что он мало знал о том, что окружало эту проблему. Конечно, его знания были обширны. И все-таки он не стал тратить много времени на «окучивание» проблемы, то есть на изучение всего вокруг. Он просто сел за чистый лист бумаги и стал пытаться эту проблему решить. Совсем уж «с наскока» справиться с этим было, наверное, все-таки невозможно. Но года через четыре он проблему добил. А это сулило и Чебышёвскую премию, и, конечно же, диссертацию.

Чебышёвскую премию Марику почему-то не дали. Возможно, те, кто ее давал, тоже принимали во внимание кривизну носа. И с диссертацией тоже поначалу были проблемы. Марик мне жаловался, что когда он написал диссертацию, оказалось, что она содержала всего восемь страниц. Его решение, к всеобщему удивлению, было изящным и коротким. Но все-таки, помучившись немного, он смог дописать еще какие-то страницы. Так что в итоге у него оказалось двадцать страниц. Ну и вообще потом с диссертацией все было в порядке.

После этого я спросил у Марика, над чем он теперь будет работать. Он ответил, что теперь будет думать над проблемой полуаддитивности, что это гораздо более тяжелая задача и вряд ли он или кто-то другой когда-либо в ближайшем будущем с ней справится.

Наверное, всем известна шутка о проводниках и полупроводниках. Так вот, после этого разговора с Мариком я у него часто спрашивал, справился ли он с проблемой полуаддитивности. И когда он говорил, что еще не справился, я ему замечал, что это очень плохо, поскольку в его годы давно надо было бы уже взяться за проблему аддитивности.

Все эти шутки продолжались более сорока лет. В течение этих сорока лет Марик получал какие-то результаты, которые приближали его к решению проблемы. И вот совсем недавно Марик сказал, что они там у себя на Барселонщине (а Марик долгое время был профессором в Барселонском университете) проблему полуаддитивности добили. Последнюю точку в этом деле поставил один из его местных учеников. Но в целом решение всей проблемы оказалось все-таки Марикиным выдающимся достижением.

* * *

На турнире в Дубне Леон Голдин играл с Юрием Константиновичем Солнцевым, а Вилен – с Тарасом Прохоровичем. Эти две пары, наряду с парой польских мастеров, считались фаворитами турнира. Мощь Леона, Юрия Константиновича и Вилена была мне к тому моменту хорошо известна по тем встречам, которые мы уже имели с ними. А вот о силе Тараса Прохоровича я знал только по рассказам о нем других.

Тарас был, пожалуй, самой колоритной фигурой тех времен в московском бридже. Обладая многогранными талантами, он был также и мастером спорта по шахматам. Поэтому его хорошо знали в шахматных кругах. Вот что пишет о нем в своих шахматных воспоминаниях «Клуб на Гоголевском» Генна Сосонко:

«Его имя и фамилия произносились обычно на одном дыхании – от них веяло раздольем степей и казацкой вольницей. Он и был родом из казацкой семьи. Отец его, Ермолай Прохорович, главный врач знаменитой Морозовской больницы, богатырского сложения человек, был похож на тех, кто изображен на знаменитой картине Репина, и здоровье было у Тараса в генах…

Он был всеобщим любимцем, красивым, доброжелательным и остроумным, и при виде его все улыбались. В Университете Тарас Прохорович учился на различных факультетах, он избывал талантами, и это видели все, кто тогда общался с ним... Тарас Прохорович всегда был желанным гостем в домах известных ученых, писателей и актеров Москвы, и двери их домов всегда были открыты для огромного обаятельного человека, сразу заполнявшего собой все пространство.

Тарас Прохорович разделил участь многих талантливых людей того, как, впрочем, и любого времени в России: он начал пить и, как это нередко бывает на Руси, не мог остановиться... Бутылку водки он мог легко опорожнить одним духом из горлышка, а личный рекорд – шесть бутылок ликера кряду теплым московским вечером в компании таких же бойцов, как и он сам, – может вызвать недоверчивое поднятие бровей, если бы не оставались еще в живых свидетели этого действа».

Да, действительно, нечто в том же духе мне рассказывал о Тарасе и Вилен. И по этой причине на Московских бриджевых встречах Тараса Ермолаевича можно было увидеть нечасто. В один момент Тарас принял решение лечиться. Но почти тут же я узнал от Вилена, который с ним встречался, что Тарас опять начал пить.

– А как же его эспераль? – спросил я у Вилена.

– Я тоже спросил его об этом, – сказал Вилен. – И он ответил: «Я пробовал раздражать свою эспераль одеколоном».

– Что это значит? – спросил я Вилена.

Вилен пожал плечами. Хотя, на самом-то деле, что это означало, было более-менее понятно и Вилену, и мне.

* * *

Возвращаюсь к рассказу о турнире в Дубне.

Думаю, что он был организован по инициативе Славы-мальчика, хотя и не очень в этом уверен. А думаю я так только потому, что из наших лишь Слава-мальчик был связан с ядерными делами. Правда, Алик Макаров в своих воспоминаниях написал: «*Припоминаю, что были и Вилен, и Леон, и Юрий Константинович. Сомневаюсь, что присутствовали ограниченные в то время в правах Патя и Пржбыльский (контакты с иностранцами)*».

Ну, тогда надо было бы сомневаться в том, что присутствовал там я. Мне нельзя было не только встречаться с иностранцами напрямую, но даже нельзя было появляться в тех местах, где можно было столкнуться с иностранцами с большой вероятностью. Так, мне можно было пойти на спектакль, скажем, в Дом культуры завода «Каучук», поскольку туда иностранцы вряд ли пошли бы. Но мне запрещалось ходить в Большой театр, где появление иностранцев было вполне ожидаемым. Этот запрет я пытался всеми силами нарушить, но безуспешно. Когда я был еще совсем ребенком, мы договорились с моей мамой, что я поведу ее на «Лебединое озеро» в Большой театр с моей первой получки. Но с моей первой получки, какие только усилия я не предпринимал, купить билеты на «Лебединое» мне не удалось. Не удалось мне это сделать и с моей второй, и со всех следующих получек. Поскольку распределение билетов было сосредоточено в цепких руках партийных функционеров. И вообще, свободное посещение театров и филармоний для меня было «отложено» почти на тридцать лет, вплоть до моего отъезда из советской России.

Итак, в Дубне собралось восемь пар. В то время сбалансированные схемы парных турниров не были еще общедоступны. Хотя у нас в запасе уже были какие-то из них. Но в момент турнира в Дубне я сообразил, что наука, которой я занимаюсь (планирование эксперимента), имеет прямое отношение к составлению схем парных турниров по бриджу. И мы играли там по составленной мной схеме для 8 пар, в которой было 7 кругов, по четыре раздачи в каждом. Любая из пар встречалась с каждой из оставшихся пар на своем столе ровно в одном круге (в четырех раздачах). Во всех семи кругах каждая из пар играла как бы в одной команде с каждой из других пар ровно три раза и как бы против каждой из пар ровно четыре раза. Такая схема, как потом выяснилось, конечно же, была известна цивилизованным бриджистам и имела название *"8-Pair Howell Master Sheet"*.

Нам с Мариком удалось занять в Дубне первое место, на втором были Генрих Грановский с Володей Ткаченко, на третьем - польские мастера. Алик Макаров в своих воспоминаниях пишет, что первое место в этом турнире заняла венгерская пара. Правда, он оговаривается, что помнит это «смутно». Возможно, конечно, что в Дубне был еще какой-то турнир, о котором я не знал или забыл. Но мне это представляется маловероятным. Так что, я думаю, Алик здесь ошибся.

Еще одну ошибку в воспоминаниях московских бриджистов я отношу к Львовскому турниру. Там, правда, все произошло наоборот. Нам с Мариком было приписано первое место в турнире 1972 года, чего в нашем активе не было. Но об этом будет еще идти речь впереди.

* * *

А мои планшеты из дерматина долго были в ходу. Както, перед самым отъездом из России в 1991 году, я играл в парном турнире, к организации которого уже не имел абсолютно никакого отношения. И среди других увидел и свои планшеты (кстати, довольно сильно потрепанные). Может быть, и сейчас еще кто-то ими пользуется?

Голубая каемочка

На Таллинский турнир 70 года мы собрались почти в том же составе, что и в 69-м году. У нас была единственная замена – вместо Славы-мальчика с Юрием Константиновичем должен был играть Юра Малиновский. Общее мнение было таково, что Юра – очень крепкий игрок. Поэтому мне казалось, что мы определенно будем бороться за первое место. Наверное, так думали и все остальные члены нашей команды.

Я приехал в Таллин последним. Все уже были там. Меня встретил Леон и ошарашил заявлением, что команды у нас нет. И что завтра никакой игры не будет. На мои вопросы, в чем дело, отвечал как-то сбивчиво. Я только понял, что его обидел Юрий Константинович, не поддержав какую-то Леоновскую шутку. И что Вилен тоже был в этом замешан. Но главным виновником был Константиныч.

Прошло несколько минут, и Леон стал мне понемногу выдавать какие-то подробности. Кто-то вызвал его вниз, в фойе гостиницы. Но там никого не оказалось. И он понял, что его решил разыграть Юрий Константинович. Поэтому он вернулся в номер и сказал, что его вызывали организаторы турнира и что нужно срочно собрать со всех по десять рублей. Но ни Константиныч, ни Вилен на это не прореагировали. И Леон завелся. Он, Леон, поддержал шутку Константиныча, а Константиныч его шутку не поддержал!

Мы пришли в гостиницу. Обстановка там была

тяжелая. Ни Константиныч, ни Вилен не могли объяснить мне, что происходит. Леон вел себя очень агрессивно. Отрицал всякую возможность игры в команде. И называл Константиныча и Вилена гов..м.

Я предложил Леону и Константинычу прогуляться и выяснить отношения. Они согласились. Мы пошли бродить по ночному Таллину. Леон продолжал сыпать оскорблениями в адрес Юрия Константиновича, а Константиныч уверял Леона, что вообще не понимает, о чем тот говорит.

И тут Леон неожиданно и без всякой видимой причины резко развернулся и ударил Юрия Константиновича в лицо кулаком. Константиныч в этот момент курил. И удар Леона пришелся прямо по горящей сигарете. Посыпались искры. Юрий Константинович взвыл. «Вон из команды!» – заорал он Леону.

* * *

К сожалению, это был не единственный случай, когда Леон пытался силовым образом разрешить конфликт. Еще об одном случае свидетельствует Сережа Андреев в своих воспоминаниях. Дело происходило в Доме культуры Института им. Курчатова во время одного из парных турниров. На этом турнире Леон схватил гипсовый бюст предводителя русской революции 17-го года и пытался ударить им Константиныча. В дело вмешался Генрих Грановский и предотвратил конфликт. По всей видимости, это уже был тот небольшой бюст, который притащила в клуб Аня Кирьянкова взамен разбитого большого бюста.

Я был косвенным свидетелем еще одного эпизода. На одном из Таллинских турниров Леон поспорил с Виленом и, видно, хотел даже как-то применить силу. Деталей этого конфликта я не знаю, потому что не стал особо допрашивать ни Вилена, ни Леона. Знаю только, что Вилен как-то увернулся от Леона и схватил его за руку, а потом за палец. И за палец он его схватил как-то очень удачно. Так что Леон в конце концов вынужден был сдаться.

Когда я увидел Леона с перевязанным пальцем, не зная еще, что произошло, спросил у него, что с пальцем. Леон ответил: «Вывихнул палец, пытаясь разыграть большой шлем». Это было очень в духе Леона – шутить в ситуации, близкой к трагичной.

Когда Леон был в благодушном состоянии, он вел себя сдержаннее. И если обижался на своего партнера или на товарища по команде, говорил: «Я объявляю тебе контру!» Этим все, как правило, и ограничивалось. Я был свидетелем такого «объявления контры» много раз. Все понимали, что это шутка. И шуткой все и заканчивалось.

Слава Демин недавно рассказал мне об одном таком эпизоде. Они играли в паре с Леоном в Таллинском турнире. Как-то вечером Слава пошел куда-то с кем-то выпить. Когда он вернулся в гостиницу, Леон ему сказал, что полагает, что Слава ходил куда-то выпить без него. Слава подтвердил это, а Леон заметил, что такое Славино поведение – это нарушение атмосферы товарищества в паре. И тут же объявил Славе «контру». А когда Слава спросил, что это значит, Леон ответил, что завтра на турнире вместо привычных для Славы позиций на *North* и *East* он посадит его играть на *South* и *West*.

* * *

После того как Леон ударил Константиныча, надежд на примирение больше не оставалось, и мы потянулись обратно к гостинице.

В гостиничном номере Леон опять стал говорить, что его пытался разыграть Константиныч. В это время там уже был Юра Малиновский. Юра слушал всю эту историю и поначалу ничего не понимал, но потом стал прислушиваться к словам Леона все внимательнее и внимательнее. И вдруг Юра сказал, что это он вызвал Леона вниз. Какая-то была на это причина. Но внизу он Леона не дождался. И потом забыл ему об этом сказать. Подозревать Юру Малиновского в том, что он хотел подшутить над Леоном, не стал бы никто. Даже Леон.

Юра Малиновский (за столом). Саша Одуло наблюдает за его игрой.

Поэтому Леон, по-видимому осознав, что он был неправ по отношению к Константинычу и к Вилену, сменил тональность разговора. Он сказал, что если ему сейчас же будут принесены извинения, то он, возможно, даст свое прощение. Только извинения эти должны быть принесены Константинычем и Виленом на блюдечке с голубой каемочкой и обязательно вместе.

Я бросился разыскивать блюдечко с голубой каемочкой, Марик бросился к Вилену. А у Вилена была такая особенность: в минуты сильных переживаний («тягостных раздумий») он что-то такое делал во рту, из-за чего складывалось впечатление, что он жует язык. Так вот, когда Марик бросился к Вилену и стал ему что-то нашептывать на ухо, тот стал усиленно жевать язык.

Вилену, видимо, стоило больших усилий разыгрывать дальнейшую сцену. Он и Константиныч стояли перед Леоном, держа вместе блюдечко с голубой (условно) каемочкой, и попеременно говорили: «Леон! Прости, если мы чем-то обидели тебя».

«Вместе!» – командовал Леон.

Они пытались сказать то же самое вместе: «Леон! Прости, если мы чем-то обидели тебя». Но «вместе» получалось плохо.

А Леон продолжал жестко требовать: «Вместе!»

Была уже поздняя ночь. Наутро надо было начинать серию победных матчей. Но моральный климат команды «Москва-1» был пока еще не на самом высоком уровне.

Вот и здесь, в ситуации, когда Леон уже, по логике вещей, должен был осознать, что был неправ, и то, что он ударил Константиныча, было непростительной ошибкой, он продолжал настаивать на своем. И вдобавок ко всему это его «Вместе!» определенно было элементом какой-то жуткой шутки!

В этот момент Марик заметил: «Леон, это уже становится как-то совсем..." И тут Леон вдруг сказал: «Аут!»

Я не сразу понял, что означает это «Аут!». Но Константиныч, видно, знал Леона лучше. Он бросился к нему, и они стали обниматься. Юрий Константинович (по-моему, со слезами на глазах) шлепал Леона по спине и говорил: «Левка! Левка!»

Вилен вел себя сдержаннее и обниматься с Леоном не стал.

* * *

Мы с Мариком отправились к себе в номер спать. И наутро первым делом пошли опять в номер Леона – проверить, как там дела. К нашему ужасу, Леон встретил нас заявлением, что команды у нас нет. И что виновником этого является Константиныч. На вопрос, в чем дело, Леон объяснил, что Константиныч, находясь утром в туалете, слишком громко пукнул. Не сразу, но постепенно мы поняли с облегчением, что это была шутка. Команда у нас все-таки была. Можно было идти завтракать.

Завтракали в кафе, с шутками и прибаутками. Как будто ничего и не было. Я заказал себе какую-то булочку и три чая с молоком и вареньем. Моя булочка, три чашки чая, три блюдечка с вареньем и три кувшинчика с молоком занимали почти весь столик. Но никого это не раздражало. После блюдечка с голубой каемочкой все остальное уже казалось полнейшей ерундой.

Кто-то из наших заказал кашу. А Вилен сказал, что кашу он есть не может, потому что не знает, что с ней надо делать, когда он кладет ее себе в рот. Жевать ее бессмысленно. А проглотить ее не жуя он не может.

На следующее утро мы с Мариком поспешили опять в номер к Леону проверить, не случилось ли там чего-то плохого. Ничего плохого не случилось. В этот момент в номер вошел Миша Кронрод (он с Мишей Донским выступал там за команду «Москва-2») и сказал, что ему всю ночь снился один и тот же сон. Будто он приходит в магазин и просит нарезать ему колбасы. И продавщица начинает нарезать: туз, король, дама, валет…

Леон Голдин наблюдает за игрой
Леши Поманского (с сигаретой) и партнеров
Миши Кронрода (с картами) и Миши Донского

Этот рассказ Миши Кронрода произвел на меня большое впечатление. Потому что мне тоже всю ночь снились сны, где, что бы я ни делал, все время получалось одно и то же: туз, король, дама, валет. Если я во сне шел, то ноги шли так: туз, король, дама, валет. Если я что-то ел, то ложка брала что-то с тарелки обязательно в той же последовательности: туз, король, дама, валет…

* * *

Турнир продолжался. Мы одерживали одну победу за другой. Наши противники, напуганные нашими успехами, нервничали и делали массу ошибок. Весь турнир прошел для нас как легкая прогулка. Казалось, что и напрягаться нам не обязательно. Противники делали все за нас.

После очередного выигранного матча ко мне подошел довольный, улыбающийся Вилен и спросил: «Что вы там с Мариком сделали с литовцами?» «А что такое?» – спросил я его. «Да сидят два ваших литовца, лоб ко лбу, и один из них говорит другому: "У меня дамас, шестеркас, двойкас, а ты, мудакас, с валетаса ходишь!"»

Вилен Нестеров

В заключительном матче с командой Таллина мы с Мариком сидели против Тобиаса с партнером. В одной из последних сдач, имея согласование 4-4 и в пиках, и в червах, мы заказали 7 пик – большой шлем в пиках. Партнер Тобиаса сконтрировал. Мы (естественно!) реконтрировали. Тобиас имел на руках непрорезаемую четвертую даму червей. Но он дисциплинированно (после контры партнера) вышел червой. Это был единственный ход, который выпускал шлем.

Наша команда выиграла турнир с приличным отрывом от второго места. Мы с Мариком стояли еще около нашего стола, что-то обсуждали. Тобиас вернулся нас поздравить. «Вы хорошие ребята, – сказал он. – Но с вами за один стол я больше не сяду». Тобиас явно преувеличивал наши заслуги тогда. Нам приходилось еще не раз сидеть с ним за одним столом. Приходилось и терпеть от него поражения.

* * *

Уже после окончания турнира Вилен подошел ко мне:

– Сейчас разговаривал с Тобиасом. О меня спросил: «Скажите, Нестеров, что такое таплёнка?»

– Что? – спросил я у Вилена.

– Вот, вот, – сказал Вилен, – я тоже у него спросил: «Что?» «Таплёнка», – говорит он. Потом, в упорной борьбе, выяснилось, что речь идет о дубленке. Я стал объяснять, что это такая овечья шуба и прочее. «А, – сказал Тобиас, – тогда скажите Генриху Грановскому, что у нас эттаго нетту».

Генриху очень хотелось сделать что-то приятное для своей жены Дианы. Но добыть дубленку без «прорыва» за рубеж было очень трудно.

* * *

Когда на этом турнире мы с Виленом только еще вошли первый раз в зал для игры, мы увидели группу эстонцев. Они были и устроителями, и участниками турнира. И кто-то из них, вспоминая, по-видимому, наши разговоры на банкете турнира прошлого года, спросил нас: «Ну как там у вас в Крэмлэ?» На что мы с Виленом развели руками и почти в один голос стали говорить, что мы, мол, не виноваты и что мы ничего не можем с этим поделать. «Да мы знаем, мы знаем», – услышали мы в ответ. И это «мы знаем, мы знаем» звучало для меня чертовски приятно.

И-и-опаньки!

Следующим был турнир в Вильнюсе в июне 1971 года. Я опять играл с Мариком, Вилен – с Леоном. По-моему, Малиновского там не было, и с кем играл Юрий Константинович, я не помню. В основном, командном, турнире мы стояли не очень хорошо. Не очень удачно мы сыграли и парный турнир. Но Вилен с Леоном парный отыграли неплохо. И даже были очень близки к тому, чтобы занять там первое место. Одна сдача их подвела. Почти на всех столах игрался малый или (чаще) большой шлем в пиках или без козырей. В пиках было согласование 4 – 4 и отсутствовал только валет. Этот валет оказался у противников четвертым. Половина пар, играющая большой шлем, садилась без одной. В числе проигравших большой шлем был и Вилен. И он мне на это пожаловался и сказал, что если бы он «угадал», где лежит валет, то они бы заняли первое место. Вилен спросил меня, что мы играли в этой сдаче и кто у нас разыгрывал. Я сказал, что я разыгрывал большой шлем в пиках. «Угадал» ли я, где был валет пик? Нет, не угадал, а отобрал сначала старшую пику с той руки, где были два старших онёра, и посмотрел, кто снес самую маленькую пику, и отобрал вторую старшую с руки против часовой стрелки от этого игрока. Вилен задумался лишь на пару секунд. «А! – сказал он. – Буду теперь знать». И мы оба расстроились. Вилен – потому что не выиграл этот шлем, а с ним и первое место. А я – потому, что мы, выиграв этот большой шлем, не заняли вообще никакого приличного места.

На самом-то деле, я предполагал, что на первый ход

пикой противники положили по самой маленькой карте. И предположение это было довольно обоснованным. И вот по какой причине. Не знаю даже сейчас, была ли известна эта проблема (как поймать четвертого валета) «цивилизованным» бриджистам. Но если уж Вилен никогда не задумался над такой проблемой до тех пор, пока я ему об этом не сказал, то следует заключить, что нашему сообществу эта проблема тогда известна не была. И вряд ли кто-то стал бы сносить не самую маленькую карту. Я, кстати, тоже об этом никогда не задумывался, пока эта проблема не встала передо мной за игрой. И то решение (буду называть его «вильнюсской стратегией»), которое позволило мне выиграть большой шлем, было найдено мной, как говорят шахматисты, прямо за доской (в нашем случае – прямо за столом).

Похожее рассуждение я встретил в бриджевой литературе только один раз. Это была книга "*The Complete Book of Bols Bridge Tips*". И там была пара страниц автора *Max Rebattu,* голландского бриджиста, который многократно выигрывал национальные турниры и занимал высокие места на международных соревнованиях. В турнире "*Open Pairs*" в 1982 году (*Biarritz, France*) он со своим партнером был объявлен чемпионом мира. Однако это была компьютерная ошибка, после исправления которой ему было присуждено второе место. Упомянутые страницы в книге "*The Complete Book of Bols Bridge Tips*" были написаны им в 1988 году, через 17 лет после Вильнюсского турнира 1971 года. Там *Max Rebattu* тоже рекомендовал в некоторых ситуациях следить за тем, какие маленькие карты сносятся в масти, чтобы увеличить свои шансы. Он отметил, что до сих пор в бриджевой литературе не видел рассуждений на эту тему. Хотя, я думаю, то, что в литературе эти приемы не были описаны, еще не означает, что над этим никто не задумывался.

Совсем недавно, когда я рассказывал о том, как поймать четвертого валета, одному своему знакомому бриджисту, он сказал, что знает об этой проблеме. И понимает, что нельзя класть автоматически самую маленькую карту от четвертого валета. Он всегда кладет другую карту. Он добавил, что сейчас уже все об этом знают. И все, как ему кажется, кладут не самую маленькую от четвертого валета.

Ну что ж, возможно сейчас уже многие знают об этой проблеме. Но тогда, в далеком 71-м, как мне кажется, об этом вряд ли кто-то еще из наших знал. И поэтому все сносили автоматически самую маленькую от своего четвертого валета. В такой ситуации «вильнюсская стратегия» дает возможность выиграть шлем в трех случаях из четырех. Действительно, если, скажем, картами противника были 3, 5, 7, 9 и В, то в трех вариантах шлем выигрывался (5 – 379В, 7 – 359В, 9 – 357В), а в одном (3 – 579В) проигрывался. Можно сказать и иначе: если были снесены 3 и 5, шансы выиграть и проиграть шлем одинаковы; в других случаях, шлем выигрывается. Поэтому, строго говоря, надо смотреть не только на то, кто сносит самую маленькую карту, но и на то, какая карта была снесена вторым противником. Если эти две карты – самая маленькая и следующая по старшинству, то, как мы только что видели, наши шансы выиграть шлем равны 50 процентам. В остальных случаях шансы равны 100 процентам. Тем не менее, «вильнюсская стратегия» оптимальна в любом случае (в предположении, что противники сносят самые маленькие карты в масти). В соответствии с этой стратегией надо сначала отобрать старшую пику с той руки, где два старших онёра. Затем надо отобрать вторую старшую с руки против часовой стрелки от игрока, который снес самую маленькую в масти. Можно, конечно, посмотреть на то, что снес второй противник. Но это уже делается, так сказать, из любопытства, поскольку уже на этой стадии можно понять, что тебя ожидает впереди.

В 71-м весь зал в Вильнюсе (если действительно никто тогда не додумался до такой стратегии) играл на 50-процентные шансы. Поэтому-то тогда 13 взяток брали только половина всех пар и садились без одной около половины всех пар, игравших большой шлем.

Однако на самом-то деле эта проблема несколько более сложная, чем представлял ее себе мой знакомый бриджист. В чем же он был неправ, когда говорил о «противоядии» – сносить не самую маленькую карту от четвертого валета?

Представим себе, что в Вильнюсе 1971 года все придерживались бы стратегии моего знакомого бриджиста и всегда сносили не самую маленькую карту от четвертого валета, а одну из двух оставшихся с равной вероятностью. Является ли такая стратегия «противоядием» от вдумчивого разыгрывающего? Нет, не является. В такой ситуации надо отбирать старшую карту с руки не против часовой стрелки, а по часовой стрелке от самой маленькой карты (если она появилась на столе). И тогда шансы выиграть шлем будут равны пяти к трем (то есть равны 62.5 процентам). Это, конечно меньше, чем 75 процентов, но, тем не менее, гораздо больше 50 процентов. То есть прием моего знакомого «съедает» половину от дополнительных (сверх половины) 25 процентов. Но остальные 12.5 процентов остаются.

Существует ли действительно «противоядие» в данной ситуации? Да, оно существует, и решением является, по терминологии теории игр, смешанная стратегия. Это означает, что иногда надо сносить самую маленькую карту, а иногда – не самую маленькую. Только если вы будете их сносить с равной вероятностью (скажем, в половине случаев – самую маленькую карту, а в другой половине случаев – равновероятно две оставшиеся), то разыгрывающий все равно получит преимущество. Он сможет «угадать», где лежит валет, с шансами 9 к 7 (то есть с вероятностью 56.25 процента). Для того чтобы разыгрывающий не мог получить никакого преимущества, вам надо сносить три маленькие карты в масти с вероятностью 1/3.

Так что если когда-то случится нам встретиться за бриджевым столом и я буду разыгрывать контракт в пиках на согласовании 4 – 4, где у вас будет четвертый валет, то посмотрите (незаметно для меня!) на секундную стрелку своих часов. И если она находится после 12 и до 4, снесите самую маленькую пику; если секундная стрелка находится после 4 и до 8 – следующую из маленьких; если секундная стрелка находится после 8 и до 12, снесите верхнюю из маленьких. При такой вашей стратегии я не смогу получить никакого преимущества, и мне придется играть на 50-процентные шансы. Однако здесь есть один подводный камень: снос верхней из маленьких может иногда стать критической ошибкой. Например, если эта карта – десятка. Или если эта карта – девятка и перед ней лежит десятка. Или если эта карта – восьмерка, перед ней лежит десятка (девятка) и на первый ход партнер снес девятку (десятку).

Что же касается рекомендаций голландского чемпиона в книге "*The Complete Book of Bols Bridge Tips*", то там было не все в порядке. В общем виде его рекомендация звучала следующим образом: "*Expect a missing high card to be held by the opponent possessing the most worthless low card in that suit"*. Один из примеров, который он приводит, – это когда у противников в масти имеются КД2 и вы ходите тузом, который выбивает онёра и двойку. Автор считает, что второй онёр принадлежит тому игроку, который снес двойку (самую маленькую карту). Здесь автор прав (если, конечно, после того как вы пошли тузом, у вас осталась еще хотя бы одна карта в этой масти). В этом случае, правда, пример голландского бриджиста является одной из модификаций известного принципа ограниченного выбора Теренса Риза (*Terence Reese*) и очень близок к его примерам.

Еще в одном своем примере *Max Rebattu* обсуждает следующую ситуацию. Вы, как разыгрывающий, имеете в масти карты ТКД3, а на столе – 45. На ваши три хода старшими картами в этой масти противники сносят по три карты каждый. Автор утверждает, что тот из противников, кто снес самую маленькую карту в масти (то есть двойку), имеет недостающую тринадцатую карту с шансами 4 к 7 (то есть с вероятностью 57 процентов). Судя по тому, какие рекомендации дает автор, он относит эти 57 процентов не к «средней» ситуации, а к каждой конкретной раздаче.

Я показал эти странички своему доброму приятелю Илье Богуславскому, с которым мы работали вместе и в России, и в Америке. Он недолго думал и привел контрпример, который показывал, что *Max Rebattu* не был прав в своем анализе. Этот контрпример относится к случаю, когда противник слева сносит 6, а затем 7 и 8, а противник справа сносит 2, а затем 9 и 10. Илья также привел простую формулу, которая подсчитывает вероятность того, что недостающая карта лежит слева: X/(X+Y), где X – вероятность того, что если недостающая карта слева, то она не будет снесена, а Y– вероятность того, что если недостающая карта справа, то она не будет снесена. Тогда для контрпримера Ильи X=1, Y=1/3 (при условии, что 9, 10 и В могут быть снесены равновероятно). Следовательно, вероятность того, что недостающая карта находится слева, равна 3/4. И, значит, можно сказать, что недостающая карта лежит там, где снесена двойка, с вероятностью 25 процентов. Что сильно противоречит выводу голландского чемпиона о том, что такая вероятность равна 57 процентам. И даже если предположить, что правый оппонент должен сносить сначала 9 и 10, чтобы помочь своему партнеру запутать разыгрывающего, то и в этом случае вероятность того, что недостающая карта находится слева, будет равна только 40 процентам (X=1/2, Y=1/3).

Этот пример показывает существенную разницу между «вильнюсской стратегией» и стратегией, которую предлагает *Max Rebattu*. В «вильнюсской стратегии» не только средняя вероятность значительно выше 50 процентов, но и вероятность успеха в каждой конкретной сдаче, во-первых, не менее 50 процентов и, во-вторых, очень высока. В стратегии голландского чемпиона средняя вероятность того, что недостающая карта находится там, где лежит двойка, выше 50 процентов. Но нельзя сказать то же самое про каждую конкретную сдачу. Поэтому в «вильнюсской стратегии» достаточно посмотреть, кто сносит самую маленькую карту, а потом следовать описанной стратегии. В случае, рассмотренном голландским бриджистом, для того чтобы делать надежные выводы, надо анализировать всю информацию.

Почему я так долго пробирался сквозь чисто технические моменты бриджа в своих воспоминаниях, где я совсем не предполагал уделять много внимания техническим аспектам? Дело в том, что Илья Богуславский никогда не играл в бридж и знает только формальные правила этой игры. Тем не менее, он чуть ли не с ходу привел контрпример к утверждению голландского чемпиона и, на мой взгляд, осветил всю ситуацию несравненно лучше. Это, я думаю, должно казаться удивительным во всей описываемой истории. Как такое могло произойти? Свои соображения по этому поводу я дам в конце своих воспоминаний, когда буду говорить о профессионализме в бридже.

* * *

В командном турнире в Вильнюсе мы с Мариком играли неудачно, в связи с чем Леон даже выразил нам свое неудовольствие. Вернее, он не выразил его прямо, но стало ясно, что нашей игрой он недоволен. Поэтому, когда командный турнир закончился и надо было образовывать четверки для игры в «Паттоне», стало ясно, что команду должны были покинуть именно мы с Мариком.

Мы объединились с парой Пржбыльский – Сластенин из второй московской команды. При этом мы сказали им, что нас из команды выгнали и мы хотим взять реванш. Слово «реванш» прозвучало в разговоре несколько раз. И мы начали играть в боевом настроении.

Тем не менее поначалу мы играли без блеска. Примерно так же неудачно начала и первая московская команда, с Виленом и Леоном. Обе наши команды долгое время находились где-то в середине турнирной таблицы. И только ближе к концу мы постепенно стали пробиваться к первым столам. К финальному матчу обе наши команды оказались в группе лидеров. И вот мы, наконец, в последнем туре встретились в решающем поединке на первом столе.

Я сел за стол против Вилена и Леона. Марик

запаздывал. Он проверял рассадку. Марик всегда беспокоился: а вдруг наша команда сидит на одной и той же линии в обеих комнатах? И независимо от того, играли ли мы в открытой или закрытой комнате, он шел в другую комнату и проверял там рассадку.

Наконец появился Марик. Все как-то явно нервничали. До самого последнего момента не было ясно, кто же выиграет этот микроматч. В последней сдаче в обоюдной торговле мы назначили три без козыря, которые Леон сконтрировал. Он сконтрировал их без всякой паузы, с некоторым раздражением, что было абсолютно ему не свойственно. И я объясняю это только тем повышенным напряжением, которое вдруг возникло между нами. Кстати, когда я разыгрывал этот контракт, я поймал себя на том, что у меня немного дрожали руки.

Три без козыря были нами выиграны. Вместе с этим мы выиграли и матч. Выигрыш последнего матча на первом столе в «Паттоне» обычно приносит команде первое место. Но в тот раз этого не произошло. Выиграв последний матч на первом столе, мы заняли только второе место. Нас обогнала команда со второго стола, победившая с крупным счетом. С командой Вилена и Леона все получилось еще обиднее. Они даже не попали в тройку призеров и оказались на четвертом месте. Их обогнала еще одна команда, победившая с крупным счетом на третьем столе.

Мы с Мариком получили по диплому Комитета по физкультуре и спорту при Совете министров Литовской ССР за выигранное второе место в Вильнюсском турнире по спортивному бриджу.

ANTROJO
LAIPSNIO
DIPLOMAS

KŪNO KULTŪROS IR SPORTO KOMITETAS
PRIE LIETUVOS TSR MINISTRŲ TARYBOS

APDOVANOJA
drg. BRODSKIJ V.
MASKVOS komandos dalyvį
užėmusį 1971m. Vilniaus
tarpmiestinėse sportinio bridžo
turnyro "Potton" varžybose
a n t r ą j ą v i e t ą.

PIRMININKAS

1971 m. birželio mėn. 6 d.

Диплом Комитета по физкультуре и спорту при Совете министров Литовской ССР за 2-е место в «Паттоне» в Вильнюсском турнире по спортивному бриджу (6 июня 1971 года)

* * *

После «Паттона» мы с Мариком зашли в пивной бар. Выпили там пива с какой-то копченой рыбой. Видимо, эта рыба как-то не очень прошла контроль моего желудка. И когда мы пришли в гостиницу и сели играть, мне стало худо. Я еще играл. Но чем дальше, тем мне становилось все хуже. По всей видимости, я отравился вполне серьезно: рыба объявила мне контру! В какой-то момент я сказал, что играть не буду, и лег на кровать. Это обеспокоило всех. У меня был жар. И хотя я весь просто горел, у меня стали коченеть и неметь руки.

И тут в бой вступил Слава-мальчик. Он потащил меня в туалет и стал промывать мне желудок тем способом, которому был, по всей видимости, хорошо обучен. Он наполнял бутылку водой прямо в туалете. Разжимал мне зубы руками, помогая горлышком бутылки, и вливал ее содержимое в меня. Потом обхватывал меня сзади и, нажимая на живот со всей силой, приговаривал «и-и-опаньки! и-и-опаньки!» Потом наполнял бутылку еще и еще раз и опять делал мне «и-и-опаньки!» Я висел у него на руках, не в силах сопротивляться. И в конце концов он притащил меня в номер и уложил на кровать. Все продолжали играть.

Через какое-то время я почувствовал себя лучше. И спросил, есть ли у кого-нибудь кусочек хлеба. Мой вопрос вызвал неожиданную для меня реакцию. Все повскакали с мест, издавая какие-то радостные звуки. Меня тут же вытащили из кровати и посадили за стол. Так мы и проиграли до самого утра.

Мы возвращались в Москву вместе с Виленом и Леоном. В поезде весь остаток дня и всю ночь играли против них. Находясь еще под впечатлением от нашей победы над ними в «Паттоне», мы продолжали наступать. Марик был в ударе и играл безошибочно. А они играли без энтузиазма. Вилен пил коньяк и все время сокрушался: «Марик, почему ты ТАМ не играл так?»

* * *

Эпизод с отравлением имел продолжение со зловещим развитием. Вилен как-то не явился на Преображенку, когда там была назначена какая-то игра. Это могло означать только одно: с ним случилось беда. И действительно, в это время он был на грани между жизнью и смертью (у него был перитонит). К сожалению, мой вильнюсский опыт сыграл отрицательную роль в этой истории. Когда ему стало совсем худо и живот у него стал каменным, он все отказывался вызывать «неотложку» и говорил, что, вот, мол, у Славы тоже было плохо с животом, а он перемогся. На счастье, Вилена спасли тогда, и он вскоре вернулся «в строй».

Дело было во Львове

Львовский турнир 1972 года («конгресс» – так называли этот турнир его устроители) был знаменательным для московского бриджа. Знаменателен он был не только тем, что первая московская команда заняла там первое место. Львовский турнир оказал заметное влияние на развитие московского бриджа. Во-первых, москвичи познакомились с польской системой торговли «Общий язык», впоследствии известной под названием *"Polish Club"*. И после этого многие московские пары стали играть по этой системе или, по крайней мере, стали заимствовать какие-то ее элементы. А во-вторых, на Львовском турнире москвичи узнали о существовании польского журнала «Бридж». Кто-то оформил подписку на этот журнал, кто-то достал старые его номера. И журнал стал ходить в Москве по рукам.

Значок Львовского конгресса 1972 года

Даю здесь слово Саше Рубашову. Вот что он пишет о влиянии Львовского турнира на московский бридж:

«Западная Украина близка к Польше и многие ее жители владеют польским свободно, наиболее популярной системой у львовских бриджистов был "Общий язык". После львовского турнира большое количество московских пар перешло на эту систему, тем более что она была к этому времени опубликована в польском "Бридже". Лет примерно через пять (в конце 70-х или в начале 80-х) появилась "Березка". История ее создания такова. Зимой, обычно в студенческие каникулы, многие московские игроки (пионеры этого мероприятия Белинков и Орман) выезжали в дом отдыха покататься на лыжах, поиграть в бридж, попить всяких напитков и для прочих развлечений. Для того чтобы каждый раз не оговаривать систему с новым партнером по робберу, была составлена общая система на основе "Общего языка" с открытием 2С из "Precision". Поскольку все это происходило в пансионате "Березка", так систему и назвали».

Да, действительно, эта московская система завоевала бешеную популярность. Может быть, это случилось потому, что слово «березка» имеет для русских какую-то магическую силу. Ведь вся страна распевала выбивающую слезу патриотическую песню про березовый сок. Который, кстати, никто никогда не пил. Ну, не то чтобы совсем никто и никогда, но я, во всяком случае, как ни старался, за свои пятьдесят лет пребывания в России так и не смог его попробовать. И когда я спрашивал у народа про этот сок, все лишь пожимали плечами. И только однажды мне кто-то сказал, что зря я так стараюсь попить этот сок, потому что он мало чем отличается от воды.

Первая московская команда заняла в 1972 году на турнире во Львове 1-е место. *«Самая сладкая победа в бридже в моей жизни»*, – такими словами говорит о Львовском турнире Миша Кронрод. И продолжает: *«Дело было во Львове, где мы выиграли турнир с фантастическим результатом, кажется, мы набрали 82%. Нам все удавалось, а если и были отдельные неудачи, то они с избытком покрывались блестящей игрой партнеров. Если не ошибаюсь, это были Марик со Славой и Вилен с Патей».*

Вот в этом Миша Кронрод ошибается. И та сдача,

которую Миша Кронрод называет самой феерической сдачей в его жизни, где они с Мишей Донским выиграли 6 пик под контрой с лишней и где, как он считает, мы с Мариком на другом столе защитились семью бубнами, сев без одной, нами с Мариком не игралась.

Мы с Мариком не принимали участия в этом турнире. А мне вообще никогда не удалось даже побывать во Львове. За первую команду от Москвы тогда выступали Генрих Грановский с Володей Ткаченко, Миша Донской с Мишей Кронродом и Вилен Нестеров с Петром Александровичем Сластениным.

Саша Рубашов называет участников «побочного» турнира во Львове. Это были пары Бутаев с Рубашовым, Веденяпин с Макаровым и Глушаков с Сафроновым. Команда, по свидетельству Саши, заняла там третье место. Парный турнир выиграла харьковская пара Штительман – Селезнев. По всей видимости, это был последний турнир, в котором Оскар Штительман играл за Харьков. Потом этот талантливейший игрок и очень симпатичный человек переехал в Москву. Сначала он играл с Марком Глушаковым. А вскоре стал играть за наш «Форсинг» с Виленом Нестеровым.

Даю опять слово Саше Рубашову:

«Еще я хотел отметить огромное влияние на наше развитие журнала "Бридж". Другой литературы у нас практически не было. Известный московский игрок Гарик Грановский познакомился на одном из турниров с тогдашним редактором журнала Недзвецким, и тот ему устроил подписку. Некоторые другие бриджисты также получали этот журнал. В журнале было описание систем торговли, задания "кто умеет разыгрывать", "кто умеет вистовать", "кто умеет торговаться". Был в журнале раздел "Бридж у пани Жули", в

котором Мастер, играя в компании слабых игроков, давал им полезные советы, хроника турниров, по которой мы узнали об успехах польского бриджа, в особенности их первой профессиональной пары Вилкош – Лебеда. Но наибольшей популярностью пользовался раздел "Поединки мастеров", в котором были приведены руки E и W и надо было выторговать правильный контракт, оцениваемый по 10-балльной системе (8 или 10 сдач)».

Оскар Штительман

Саша Рубашов в своих воспоминаниях тоже делает некоторую ошибку, описывая этот турнир. Он относит его к 1973 году. Я решил на всякий случай уточнить этот момент и обратился к Витольду Бруштунову – организатору турнира. Витольд подтвердил, что память меня в этом случае не подвела: львовский турнир, на котором победила московская команда, состоялся в 1972 году.

Шведские бутерброды

В 1972 году Москва на основном турнире в Таллине была представлена двумя командами. Это произошло потому, что в 1971 году обе московские команды выступили довольно успешно.

В 1971 году я не смог поехать в Таллин. В Первой московской команде играли в 71-м Вилен Нестеров с Леоном Голдиным и Патя (Петр Александрович Сластенин) со Славой-мальчиком (Славой Пржбыльским). Кто играл в третьей паре, я точно не помню (наверное, потому, что призового места тогда команда не заняла). Возможно, это как раз и был тот год, когда Марик ездил без меня и играл с Ковригиным. Ковригин был тоже из компании «мужиков», но на бриджевой сцене появлялся не часто. Он был морским капитаном.

Я запомнил рассказ Марика об одном игровом эпизоде. Вистуя против какого-то контракта противников, Ковригин «задумался над синглем» (то есть думал в ситуации, когда имел один единственно возможный ход). Был вызван судья. Он спросил Ковригина, над чем тот думал. На что Ковригин, не моргнув глазом, ответил, что он считал, сколько вышло козырей.

Второй московской командой в 1971 году был «Дипломник» (Миша Донской с Мишей Кронродом и Вася Стояновский с Мишей Стрижевским). Первая московская команда не заняла призового места, но выступила достаточно успешно. «Дипломник» играл во второй лиге и занял там первое место. В итоге Москва получила в 72-м в Таллине два места в основном командном турнире.

* * *

В это время общее мнение в Москве было таково, что отбор на выездные турниры надо проводить на основе парных состязаний. Мне казалось это не совсем правильным. Ведь если на любом выездном турнире основным является командный турнир, то и отбор было бы естественно проводить командный. Вилен был со мной в этом согласен. Однако ни у меня, ни у Вилена не было желания активно отстаивать эту точку зрения. А Вилен мне сказал, что может нравиться та или иная форма отборов, но, в конце-то концов, самым главным он считает, чтобы у всех были равные шансы. И если отбор такой, что все имеют одинаковые права, то это его вполне устраивает.

Трудно было не согласиться с такой точкой зрения. И в 72-м отбор на Таллинский осенний турнир проводился на основе парных состязаний. Вот что об этом пишет Саша Рубашов:

«Летом 1972 г. в Москве стали проводить отборочные турниры за право поехать на Таллиннский турнир, в котором участвовали лучшие бриджисты страны… Так как Бутаев уехал летом на заработки, я играл с Лешей Злотовым (Тим Злотов ходил тогда пешком под стол). Желающих принять участие в отборе оказалось очень много (!), отбор проводился долго и в 2 стадии; на 2-й стадии к отбору присоединились сильнейшие пары Москвы: Голдин – Нестеров, Мельников – Бродский, Солнцев – Пшебыльский [Пржбыльский. – С.Б.]…

Первая команда Москвы в составе Голдин – Нестеров, Донской – Кронрод и Стрижевский – Стояновский выиграла командный турнир [в Таллине. – С.Б.] и завоевала кубок, из которого в поезде на обратном пути дружно пили водку. Голдин с Нестеровым показали очень высокий результат и в парном турнире (2-ю сессию выиграли с огромным отрывом)… С нашей же командой начались приключения еще до начала турнира. Я, Злотов и Мельников вылетели в Таллинн заблаговременно, Слава Бродский мог начать турнир только на второй день, а Ю. К. Солнцев с Пшебыльским решили лететь в последний момент и попали в нелетную погоду. Слава Пшебыльский, перенервничав, вообще поехал из аэропорта домой, а Юрий Константинович изрядно опоздал к началу турнира, и мы остались втроем. Пока он добирался, мы получили уже изрядный штраф и заняли в итоге последнее, 8-е место».

Да, Первая московская команда выступила на Таллинском турнире 1972 года отлично. Отлично выступили и Вилен с Леоном в одной из сессий парного турнира, выиграв ее с большим отрывом от второго места.

Вилен рассказал мне такую историю. В парном турнире они с Леоном сидели на линии N-S. И вот в какой-то момент к ним за стол пришли супруги Бабаджан. Пара Нестеров – Голдин могла внушить страх кому угодно. Поэтому, увидев за очередным столом Вилена с Леоном, Бабаджан сказал: «О-оо! Пришли в логово к волку».

Бабаджаны начали с того, что в первой сдаче не поставили очевидный шлем, который игрался практически всеми, но который у всех шел без одной из-за плохого расклада.

Во второй сдаче после торговли «1 пика – 2 пики» Бабаджан сказал: «Когда жена приглашает – я всегда принимаю». И поставил 4 пики.

А дальше пошел такой диалог:

– Кто тебя приглашал?

– Ты же сказала – три пики.

– Я сказала – две пики.

В этой сдаче все импасы проходили и все, что нужно, было пополам. Итого Вилен с Леоном заработали два чистых нуля.

С тех пор, когда случалось мне в парном прийти за стол, где сидел Вилен, я всегда говорил: «О-оо! Пришли в логово к волку». Вилен всякий раз при этом посмеивался. Но посмеивался он как-то кривовато. Во-первых, потому, что это вызывало у него неприятные воспоминания. А во-вторых, потому, что я явно намекал – то, что произошло с ним когда-то давно, может сейчас повториться. Я знал – то, что я говорю, Вилену не очень нравится. Но я не мог отказать себе в этом удовольствии и продолжал говорить: «О-оо! Пришли в логово к волку».

* * *

Мы с Мариком ничего хорошего в Таллинском турнире 1972 года не показали. Поэтому все приятные воспоминания о поездке были связаны только с тем, что к бриджу никакого отношения не имело.

Нас поселили в открытой в мае того же года новой гостинице «Виру». Это была первая высотная гостиница города. Говорили, что в ее строительстве принимали участие финны. Внутри все выглядело для нас необычно и шикарно.

В мой первый игровой день мы попали в «Виру» довольно поздно. На втором этаже еще работал буфет. И мы пошли туда. Сказали, что мы очень голодны. Официантка предложила шведские бутерброды. Я попросил принести мне десять бутербродов. Остальные решили заказать по пять. Девушка спросила, знаем ли мы, что такое шведские бутерброды. Никто, разумеется, не знал. Она сказала, что это очень большие бутерброды, и посоветовала заказать только по одному. Тогда я сказал, что если это очень большие бутерброды, мы возьмем по четыре на человека. В итоге препирательств мы заказали по два бутерброда, и этого оказалось вполне достаточно. Выглядели шведские бутерброды так: большая буханка черного хлеба разрезалась вдоль на громадные куски, и на этот кусок в разных его частях клалась всякая всячина – салат оливье, шпроты, креветки, яйца, помидоры, огурцы. Это было неплохим гастрономическим утешением от неудач командного турнира.

Не показали мы ничего хорошего с Мариком и в парном турнире. Несмотря на то, что «Малый БУКС», казалось, должен был бы давать нам хорошее преимущество в парных турнирах, становилось очевидным, что парные турниры «на макс» мы играем плохо. Быть может, потому, что я, например, рассматривал их как тренировочные для командного турнира. Что, естественно, не могло привести к хорошим результатам. Надо было пересматривать свое отношение к парным турнирам. И это нам удалось сделать на следующий год в Таллине, где мы с Мариком превзошли достижение Вилена и Леона в турнире 72-го года.

Раз везение, два везение...

Не знаю, почему спасовали энтузиасты парного отбора в 1973 году, но отбор на Таллинский турнир 1973 года был командным. Вот как описывает заключительный этап этого отбора Алик Макаров:

«Последний турнир мы в паре с Марком [Глушаковым. – С. Б.] *сыграли осенью 73-го, <это был> отбор к Таллину, который теперь был командным. Компанию нам составил переехавший в Москву Оскар Борисович Штительман в паре с Юрием Константиновичем Солнцевым. Мы разделили выходящее место с "Форсингом", за который играли Вилен – Леон и Мельников – Бродский. Дополнительный матч играли в одном из "домов" Мельникова – комнате в коммуналке на ул. Кирова (ныне Мясницкая). "Закрытая комната" в этой комнате с потолком высотой метров в пять располагалась на антресоли со входом в виде лестницы. Этот матч был интересен тем, что 32 положенные сдачи завершились вничью и победитель (увы, не мы) определился лишь в 5-й или 6-й по счету дополнительной сдаче».*

Итак, «Форсинг» выиграл отбор и поехал на турнир в Таллин.

Командный турнир мы отыграли неважно. А вот в парном мы с Мариком Мельниковым выступили неплохо.

* * *

К этому моменту, чтобы жизнь не казалась противникам медом, я поменял в БУКС'е значения первых открытий пас, **1♣** и **1♦** по круговому циклу: **1♦** вместо паса, пас вместо **1♣**, **1♣** вместо **1♦**. И мы стали использовать

«Малый БУКС» после своего же «фиктивного» первого открытия **1♦**. Я полагал, что «Малый БУКС» был разработан достаточно подробно и надежно. Поэтому моя идея заключалась в том, что это «фиктивное» открытие будет мешать нам меньше, чем противникам.

Когда мы стали использовать эту круговую перестановку, я понял, что она действительно приносит нам дивиденды. И тогда я пошел дальше. Я оставил круговую перестановку первых заявлений пас, **1♣** и **1♦** только для случая, когда мы были в зоне. Когда все были вне зоны, я стал использовать в БУКС'е круговую перестановку с первыми заявлениями пас, **1♣**, **1♦** и **1♥**. И мы стали применять «Малый БУКС» после своего «фиктивного» открытия **1♥**. А для случая, когда мы были вне зоны, а противники в зоне, я стал использовать в БУКС'е перестановку с первыми заявлениями пас, **1♣**, **1♦**, **1♥** и **1♠**. И, естественно, с использованием «Малого БУКС'а» на «фиктивное» открытие **1♠**.

Все это – круговая перестановка и «Малый БУКС» – мешало нашим противникам чрезвычайно сильно. Противники, у большинства из которых были наработаны свои сложные и эффективные системы, практически не могли их использовать против нас. Мы либо открывали торговлю «нормальными» заявлениями (быть может, немного запутанными круговыми перестановками), либо открывались «фиктивными» заявлениями. В случае, когда противники имели право первого слова в торговле и использовали его эффективно, мы вступали «Малым БУКС'ом» даже со сравнительно слабой картой в ситуациях, когда все остальные («нормальные») пары пасовали, поскольку такое вмешательство мы делали от четверок.

* * *

БУКС (в том числе круговая перестановка и «Малый БУКС») разрабатывался с прицелом на командные турниры. Но он представлялся мне достаточно эффективным и для парных состязаний. И это было подтверждено в Таллине в 1973 году.

Парный турнир в Таллине в 1973 году состоял из четырех сессий и длился два дня (по две сессии в день). Первую сессию мы отыграли довольно средне. А вот во второй заняли второе место. Настал второй день и третья сессия. Всю эту сессию меня не покидало чувство какого-то жуткого невезения. Вроде бы и играли мы достаточно неплохо, но заняли место где-то чуть выше середины.

И вот наступила последняя, четвертая сессия. Здесь все изменилось. Никогда потом в жизни не было у меня такого везения, как в этой сессии. Казалось, наши противники только и думают о том, чтобы заработать с нами чистый ноль. Когда нам оставалось играть только еще на двух столах, я сказал Марику, что мы определенно идем на первом месте с большим отрывом, поэтому хорошо бы отыграть оставшиеся четыре сдачи спокойно, по-среднему. Марик со мной согласился. Но отыграть «по-среднему» оставшиеся сдачи нам не удалось. Во всех четырех сдачах наши противники, хоть и разными путями, но умудрились заработать по нулю. В результате мы выиграли первое место в последней сессии с каким-то рекордным результатом и громадным отрывом от второго места. По сумме четырех сессий мы заняли второе место и получили по три приза: за второе место во второй сессии, за первое место в четвертой сессии и за общее второе место. Одним из призов была какая-то сверкающая никелированной красотой фритюрница. Вторым призом, кстати, тоже была фритюрница. И я отдал ее кому-то из наших. А в качестве третьего приза я выбрал себе маленький сувенир: свечку с изображениями карточных мастей.

Сувенир за призовое место в парном турнире 1973 года в Таллине

В тот момент, когда я писал эти строки, я решил позвонить Марику. И спросил его, помнит ли он про парный турнир в Таллине и, в частности, про никелированную фритюрницу. Марик сказал, что про парный турнир он все помнит, а никелированная фритюрница до сих пор у него где-то стоит. Моя никелированная фритюрница исчезла уже давно. Но вот маленький сувенир - свечка с мастями - сохранилась в моей коллекции.

И это всё нам?!

Следующими памятными турнирами для меня были два рождественских турнира в Тарту – в 1974 и 1975 годах. Еще осенью 74-го мы сговорились с Виленом играть в Тарту в паре. И он принял мое предложение играть там по БУКС'у. Нашими партнерами на турнире 74 года были Генрих Грановский и Володя Ткаченко.

* * *

В Тарту мы жили в гостинице достаточно далеко от того места, где играли. Поэтому каждый день мы ездили туда и обратно на специальном автобусе, который устроители соревнований где-то для нас раздобыли.

Как-то мы ехали на автобусе в гостиницу после игрового дня. Вилен разговорился с каким-то местным человеком. Они стали говорить о крепких спиртных напитках, преимущественно о водке. «У вас тут есть такая водка, – и Вилен говорил, как она называется, – так вот, когда ее выпьешь, то чувствуется что-то такое…», – и Вилен мимикой показывал, что именно чувствуется, когда выпьешь эту водку. В это время глаза его собеседника загорались, и он говорил: «Да, да, чувствуется такое…» И потом он спрашивал у Вилена, а пил ли он вот такую-то водку. И Вилен говорил, что пил эту водку, но у нее какое-то послевкусие не то и что-то еще не то. И местный человек говорил с энтузиазмом, что да, мол, не то послевкусие и что-то там еще. А потом Вилен говорил: «У вас, у эстонцев, продается еще вот такая водка. Так вот, она просто вот так – А! – вот тут!» И местный человек говорил, что, мол, да, да, да, вот тут она – А!

Это был разговор двух специалистов! Продолжался он достаточно долго. И привлек внимание абсолютно всех, кто ехал тогда с нами.

* * *

Ночевали мы в гостинице, которая всегда резервировалась для размещения олимпийских команд. В какой-то момент, когда все были заняты разборками со своим партнером, двери гостиницы распахнулись, и мы увидели, как в нее заходят молодые девушки. Это была женская олимпийская команда пловчих. Все девушки были молоды, симпатичны, с точеными фигурами.

Павлик Маргулес, который оказался в этот момент близко к дверям, раскинул руки в стороны и сказал: «И это всё нам?!»

Девушки, которые заходили в гостиницу с невеселыми лицами, вдруг просто расцвели. Они не ожидали увидеть там столько симпатичных молодых людей. Однако их ждало разочарование. Молодые симпатичные люди только на миг повернули голову в их направлении – и тут же обратно к своему партнеру, с выяснениями, почему он назвал пику, а не черву, и почему он не забил трефу на втором ходу.

Тут, наверное, случилось что-то близкое к тому, о чем однажды сказал Уоррен Баффет: *"If I'm playing bridge and a naked woman walks by, I don't even see her"*.

* * *

Здесь я сделал бы такое «лирическое отступление». Где-то я читал в воспоминаниях Алика Макарова о том, что Марик Мельников проводил опрос бриджистов с однимединственным вопросом: что они больше почитают – секс или бридж. Ну и в воспоминаниях Алика это выглядит так, будто все склонились на сторону бриджа и только я один выбрал секс. На самом деле все было совсем не так.

Действительно, Марик проводил такой опрос. И действительно, все выбрали бридж. Действительно, он подошел с этим вопросом ко мне. Но я не выбрал секс. Кстати, слово «секс» не было тогда в ходу. И, наверное, он задал свой вопрос немного по-другому. Но сути это не меняет. Я не выбрал тогда секс. Я вообще ничего не выбрал. Потому что, когда прошло примерно две или три секунды с того момента, как Марик задал мне свой вопрос, а я еще ничего ему не ответил, он сморщился весь и завыл: «У-уууу!» Потом закатил глаза к потолку и пошел прочь от меня. Вот как все было на самом деле.

* * *

А в Тарту в 1974 году мы завоевали «серебро» в командном турнире. Правда, «серебряные» медали, которыми нас наградили, были сделаны из чистого дерева.

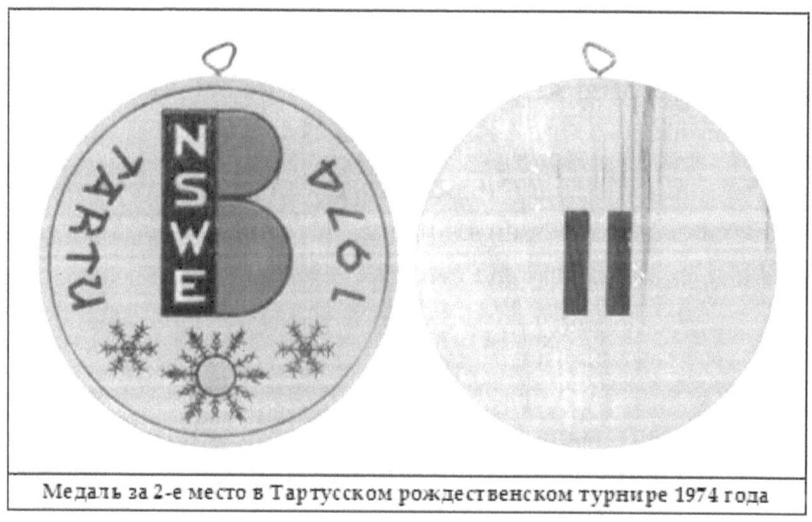

Медаль за 2-е место в Тартусском рождественском турнире 1974 года

* * *

Летом следующего года я ездил на турнир в Отепя. Я приехал туда за день до начала турнира. Многие из наших собрались на берегу озера, играли в бридж и вели всякие разговоры. Там был и один из сильнейших харьковских бриджистов Вася Левенко.

Вдруг кто-то из харьковчан сказал, что, к сожалению, за Харьков не будет играть Раппопорт, поскольку на турнир в Отепя он приехать не может. Вася Левенко, который к тому моменту знал, что Раппопорт уже приехал в Отепя, сказал, что думает, что Раппопорт все-таки будет играть в Отепя за Харьков. Харьковский бриджист возразил: он точно знает, что Раппопорт играть в турнире не будет.

Вася Левенко

Их спор продолжался какое-то время довольно вяло, пока харьковский бриджист не предложил сделать их спор более интересным и поставить по бутылке шампанского. На что Вася ответил, что он с удовольствием поставит бутылку шампанского, но его оппонент должен поставить две. «Почему две?» – спросил оппонент. «Да потому, что ты знаешь точно, а я рискую», – ответил Вася.

Мы все знали и ценили Васю как супернадежного игрока. И, конечно же, его оппонент должен был бы насторожиться, когда Вася стал говорить о риске.

Раппопорт играл за команду Харькова в том году. Так что Вася Левенко спор свой выиграл. А наш матч с командой Харькова я вспоминаю очень болезненно. Он состоялся утром. А поздним вечером накануне мы пошли в финскую баню. Начали мы париться уже за полночь. И закончили только где-то под утро. У меня разболелась голова. А тут еще оказалось, что я сидел не очень удобно – мне в голову пекло солнце. И матч мы этот проиграли очень сильно. Да и вообще выступили в Отепя в целом неважно.

* * *

С командой Харькова был связан один неприятный эпизод. Мне рассказывали эту историю с турнира, в котором я, насколько помню сейчас, не участвовал. Игроки команды были замечены на нелегальной передаче информации. Раппопорт дал этому такое объяснение. Харьковское сообщество бриджа предоставляет какую-то денежную компенсацию расходов для команды Харькова (другими словами, платит командировочные). Однако такую компенсацию оно предоставляет только при условии, что команда занимает призовое место. Вот потому-то, мол, члены команды и пошли на такое дело. Объяснение по какой-то непонятной причине было воспринято многими чуть ли не как оправдательное для команды. Во всяком случае, кажется, никакие санкции против команды Харькова применены не были.

* * *

Продолжаю свой рассказ о турнире в Отепя.

С некоторым опозданием в Отепя приехал Витольд Бруштунов. Он приехал с Ирой Левитиной. Я по его просьбе снял им там дом на те дни, пока проходил турнир.

Как раз тогда из Отепя отъехала хоккейная команда «Динамо». И освободился дом, где жил Аркадий Чернышев – их тренер.

Ирине исполнился тогда только 21 год. Но она уже имела достижения в шахматах на самом высоком уровне. В 71-м она победила в женском чемпионате СССР. В 72-м она выиграла шахматную олимпиаду в составе команды СССР (вместе с Ноной Гаприндашвили и Аллой Кушнир). А в 74-м повторила свой успех, тоже выиграв шахматную олимпиаду (на этот раз – с Ноной Гаприндашвили и Наной Александрией). К тому моменту она уже побеждала несколько раз в международных шахматных турнирах. Но в бридже у нее тогда еще не было самых высоких достижений. Она еще не была тогда пятикратной чемпионкой мира.

Ирина жила в Ленинграде. И в 74-м Витольд покинул Львов и переехал в Ленинград. После этого начался расцвет ленинградского бриджа.

* * *

Мой сосед по Преображенке Володя Воловик, который активно участвовал в московских бриджевых сражениях, очень хотел поучаствовать в турнирах в Отепя. Но не знал, как сказать об этом своей жене Ане. И он предложил ей поехать отдохнуть куда-нибудь летом. Куда? Да хоть в ту же Прибалтику. Куда в Прибалтику? Да куда угодно. И Володя взял первые попавшиеся билеты на поезд. А когда они сошли с поезда, предложил Ане взять первые попавшиеся билеты на автобус. Первыми попавшимися билетами на автобус оказались билеты до Отепя. Когда в Отепя они сошли с автобуса, то попали прямо на меня. И я, ничего не подозревая, объявил им, что они прибыли очень вовремя. И что сегодня, вот прямо через сколько-то там минут, начнется парный турнир.

Аня была шокирована. И, по всей видимости, Володя пережил несколько неприятных минут в домашней разборке. Но вскоре все наладилось в их семействе. Потому что для Ани там нашлась хорошая компания, и она, в конце концов, пребыванием в Отепя была очень довольна. Более того, Воловики на следующий год поехали в Рониши.

В Отепя мы играли новыми колодами карт, которые назывались «оперными». Они назывались так потому, что на них каким-то образом были отражены несколько известных опер. Но это абсолютно не мешало игре. А вот что в этих картах было совершенно ужасным, так это то, что масти на них были изображены как-то диковато, вычурно. Так что человеку непривычному было очень легко спутать черву с бубной.

И вот в середине турнира в открытой комнате с какого-то стола раздался резкий зов: «Судья!» Судья подошел к столу. Игрок, позвавший судью, сказал: «Я не могу отличить черву от бубны!» Судья посмотрел в его карты: «Так у вас же нет бубей». Все посмеялись. Особенно за соседними столами. Потом, когда все отсмеялись, возникло некоторое замешательство. Судью с бранью прогнали вон. Сдача была аннулирована.

* * *

На Рождество в 75-м мы с Виленом опять поехали в Тарту. Нашими партнерами по команде опять были Грановский с Ткаченко. Турнир складывался удачно для нас. Хотя один раз у нас с Виленом произошло нечто вроде размолвки. Что-то он сделал не совсем то, что нужно (на мой взгляд, разумеется). И поэтому вышли мы из закрытой комнаты к ожидающим нас Генриху и Володе молча и с какими-то напряженными и слишком уж сосредоточенными лицами. Не помню уже, «жевал» ли Вилен свой язык, но напряжение между нами чувствовалось. После того как мы подсчитали результат, Генрих спросил меня со смехом, почему вы, мол, вышли с такими странными лицами, это не вяжется с результатом за вашим столом, тем более что вы сыграли семь бубей.

У меня была одна проблема, когда я разыгрывал этот большой шлем. У меня не хватало четвертой дамы в козырях. Если бы я разыгрывал бескозырной контракт, я мог бы себе позволить небольшое расследование. Но тогда мне пришлось немедленно заняться козырями. Я стянул козырного туза, все положили по маленькой бубне. Я вышел маленькой бубной и противник положил опять маленькую. Ситуация абсолютно элементарная. Но я знаю, что многие в таких случаях привлекают к рассмотрению всякие побочные обстоятельства, чего я делать ужасно не люблю. Изучать лица противников я просто ненавижу. Но тогда, признаюсь, я на них смотрел каким-то боковым зрением. Мне это ничего не дало. А может, я не хотел, чтобы это мне что-то дало. И все эти правила – даму под себя, валета под стол – я тоже не люблю. Поэтому я решил поступить так, чтобы потом я смог объяснить товарищам по команде, почему сыграл именно так, а не иначе. Шансы поймать вторую даму за рукой были хоть и с микроскопическим преимуществом, но выше. И я сыграл королем сверху.

Кстати, должен сказать, что Вилен на меня не дулся никогда. Это не значит, что я не делал никаких ошибок за столом. Просто Вилен был гораздо более великодушен.

Последний матч, который определял, кому достанется первое место, мы играли с командой Витольда Бруштунова и Иры Левитиной.

Во второй половине матча мы сидели с Виленом против Иры. Витольд в это время играл за другим столом. Матч был упорным. Но нам удалось его выиграть, а с матчем завоевать медали за первое место. И на этот раз медали (теперь уже «золотые») тоже были изготовлены из чистого дерева.

Медаль за 1-е место в Тартусском рождественском турнире 1975 года

Едьба тортов тимами

Следующие два лета расширенный «Форсинг» играл в Ронишах – в спортивном городке Рижского университета. Он находился в городке Клапкалнциемс на Рижском взморье.

Я решил поехать туда на новом красном «Запорожце», купленном осенью 1975 года. (Кстати, на деньги, одолженные у Кози Олиной и Коли Бахвалова.) А поскольку и водительские права были приобретены мной только в то же самое время, считалось, что ехать со мной опасно. Во всяком случае, все домашние в один голос сказали, что посадить со мной в «Запорожец» мою дочь Аньку будет просто преступлением.

Пожертвовать собой (то есть сопровождать меня в моей поездке) решил Володя Кузнецов, который работал у меня в группе. Он уже какое-то время играл в бридж. Поэтому-то и решил поехать в Клапкалнциемс.

За «Форсинг» играли Вилен Нестеров с Оскаром Штительманом, Леня Орман с Петром Александровичем Сластениным и я с Сашей Рубашовым. Вторая сборная Москвы состояла из таких трех пар: Сережа Солнцев (сын Юрия Константиновича) – Юра Соколов, Володя Иванов – Феликс Французов, Толя Гуторов – Володя Кузнецов.

* * *

Толя Гуторов был моим учителем… по самогоноварению. Однажды он пришел ко мне на Преображенку с бутылкой самогона. Самогон мне показался фантастически хорошим. И Толя предложил мне на пару недель свой самогонный аппарат и, конечно, поделился рецептом. Рецепт был довольно прост. На трехлитровую банку с водой - пачка дрожжей и килограмм сахара. Все это выдерживается в течение двух недель и потом перегоняется в скороварке, которая как будто бы была предназначена для самогоноварения.

Клапкалнциемс (Рониши) – 1976. Стоят (слева направо): Сережа Солнцев, Вилен Нестеров, Оскар Штительман, Петр Александрович Сластенин, Леня Орман, Юра Соколов, Володя Иванов, Феликс Французов, Володя Кузнецов, Толя Гуторов. Сидят: Слава Бродский, Саша Рубашов.

В результате получаются две бутылки самогона при себестоимости около 50 копеек за бутылку (при магазинной цене на водку 3.62). Впоследствии я упростил конструкцию Толиного аппарата (стеклянного змеевика, который он заказывал у химиков). В магазине «Пионер» на Тверской улице (тогда - улице Горького) я купил несколько дюралевых трубок. Вставил их одна в другую. По внутренней трубке шли пары от сусла, а по внешней, противотоком, – холодная вода.

Самогон получался отменный. А я еще настаивал его на коре дуба, которая тогда продавалась в аптеках. Однажды я попробовал настаивать самогон на полыни. А на полыни я его стал настаивать, потому что мне в то время нравилось пить вермут, который к полыни имеет некоторое отношение. Так вот, когда я попробовал свой самогон настаивать на полыни, получилась ужасающая гадость. И я эти две гадостные бутылки пожалел выбрасывать, куда-то их засунул, и они у меня долго без дела стояли.

Вилен Нестеров (лицом к камере)
Играет с Оскаром Штительманом

На всех «семейных» играх на Преображенке (в узком кругу с Виленом и Оскаром) самогон мой пользовался большим успехом. Но как-то, когда мы в очередной раз собрались поиграть, самогон у меня кончился. Я сказал об этом Вилену и Оскару. Они, конечно, погрустнели немного. Но мы продолжали играть.

И вот где-то в середине вечера Вилен спросил у меня: а что, мол, вообще ничего нет выпить? И я ответил, что действительно абсолютно ничего выпить в доме нет. «Совсем ничего?» – переспросил Вилен. «Совсем, – сказал я, – правда…» Тут я вспомнил про две бутылки самогона, настоянные на полыни. Вилен с Оскаром посмотрели на меня, ожидая продолжения фразы. «…Правда, – сказал я, – у меня есть две бутылки самогона, настоянные на полыни, но это какая-то…» Естественно, Вилен велел мне немедленно эти две бутылки принести. И когда они попробовали мой полынный самогон, то сказали, что ничего лучше в своей жизни не пили. Мне показалось, что они на меня немного обиделись. И мне пришлось убеждать их, что я действительно думал, что этот самогон пить нельзя. Постепенно они, как мне казалось тогда, поверили мне.

* * *

Еще несколько слов о Вилене. В воспоминаниях бриджистов о нем часто стало проскальзывать, что он сильно пил. Что, дескать, пил Вилен так, что это, конечно, сказывалось на его игре, и что его дисквалифицировали за это на какое-то время, и что его партнеру Оскару Штительману приходилось его на руках выносить с турнира, и все такое прочее.

Ну что я могу на это сказать? У меня нет оснований не верить моим товарищам по бриджу, когда они что-то вспоминают. Тем более, когда вспоминают о Вилене, к которому наверняка питали добрые чувства. Но я хочу оставить и свои воспоминания на этот счет.

Я знал Вилена и встречался с ним не только за карточным столом, но и в различных других ситуациях, в течение почти 25 лет. И за это время я ни разу не видел его в социально недопустимом состоянии.

Да, Вилен любил выпить и получал от этого удовольствие. Но если кто-то считает, что это сказывалось на его игре, то я хотел бы спросить этого человека – а приходилось ли ему побеждать Вилена, когда тот играл, что-то выпив. Мне приходилось играть с ним за бутылкой водки или коньяка. Например, в поезде, после турнира. Удавалось иногда и переигрывать его. Подчеркну – иногда. Но удавалось мне это только потому, что я никогда, ни при каких обстоятельствах, не мог и помыслить, что выпитое Виленом могло как-то существенно сказаться на его игре. И если бы я хоть раз подумал, что вот сейчас, когда Вилен расслабился, я могу, скажем, дать легкую контру, вот тогда мне и пришел бы конец. Потому что, если тебе кажется, что Вилен немного расслабился, то это только оттого, что ему так захотелось тебе это представить. Он просто решил немного подурачиться.

Вот таким мне помнится Вилен. И таковы мои о нем воспоминания. И я прошу всех присовокупить их в своей памяти к другим воспоминаниям о нем.

* * *

В 76-м в Ронишах никаких высоких мест мы не заняли. Но вспоминаю я этот турнир с большой теплотой. И я, и все наши чувствовали себя там расслабленными и счастливыми.

Должен сказать, что играть с Сашей Рубашовым мне было очень приятно. До Ронишей мы пару раз играли с Сашей в Москве. Как-то пошли мы с ним к Феликсу Французову. А у Феликса была такая здоровенная собака, черная и вся в кудряшках. В тот момент, когда мы входили

Рониши – 1976. Таня Голикова
и Петр Александрович Сластенин

в квартиру Феликса (напомню, что мы жили тогда все в квартирах), Саша ел мороженое в вафельном стаканчике. И только Саша вошел в дверь, как пес (мне кажется, что это был именно пес) поднялся на него на задних лапах. Возможно, в это время он оказался уже выше Саши. И Саша от неожиданности выпустил мороженое из рук. Пес не дал этому мороженому коснуться пола, он поймал его на лету и мгновенно проглотил. А Саша, который уже в это время успел оправиться от первого испуга, стал шарить глазами по полу, отыскивая свое мороженое. И никак не хотел мне поверить, что его мороженое уже давным-давно в желудке у пса.

Вилен как-то назвал Сашу в каком-то разговоре Гароццо. (Для тех, кому это имя ни о чем не говорит,

Саша (Шурик) Рубашов

скажу, что Бенито Гароццо – десятикратный чемпион мира по бриджу.) Я спросил Вилена, почему он так назвал Сашу. Вилен ответил, что Саша похож на то фото Гароццо, которое Вилен где-то видел. А когда Вилен встречал Сашу перед очередной игрой, он ему говорил: «Гароццо, Гароццо, пойдем с тобой бороться!» Саша на это всегда улыбался своей лучезарной улыбкой.

Последнее, что я слышал о Саше, был рассказ Славы Демина (по телефону из Парижа). Слава приглашал Сашу поиграть летом 2007 года в Рыбинске, в центре Спорта и отдыха «Дёмино». Саша колебался – поездка стоила недешево. Но потом сказал: «Однова живем!», и они туда поехали. Заняли второе место. Конечно, оба были страшно довольны этим. И через несколько месяцев, в том же году, 30 декабря, Саши не стало.

* * *

Возвращаюсь к рассказу о Ронишах. На следующий год к нам присоединился Слава Демин. Но за расширенный «Форсинг» он не играл. Ехали мы в Клапкалнциемс на двух машинах. Я уже считался тогда опытным водителем: в моем активе были две жуткие зимы в Москве. И Таня с Анькой ехали со мной на нашем красном «Запорожце». Слава Демин с Леней Орманом – на Славиных «Жигулях».

Скорости на дорогах в тот год резко возросли. А вор*о*ны к этому еще не приспособились. Они не успевали взлетать. Поэтому на дороге было полно раздавленных ворон. Интересно, что такое явление наблюдалось только в 1977 году. На следующий год вор*о*ны каким-то непостижимым образом приспособились к возросшим скоростям машин.

В «Жигулях» за руль сел Леня Орман. И сказал, что они нас ждать не будут. Договорились встретиться в каком-то маленьком городишке на полдороге. И мы тронулись вслед за ними.

Ехали быстро. Несчастные вор*о*ны встречались все время. Мы говорили, когда их видели, что вот, мол, это Орман*ы* ворон давят. Мой «Запорожец» мог развить скорость 118 километров в час. Но при условии, что на педаль газа будет положен кирпич. Образно выражаясь, конечно. В том смысле, что педаль газа должна была все время быть вдавленной в пол. Она у меня так и была вдавлена в пол.

Когда мы приехали к месту нашей встречи, народ еще не вышел из Славиных «Жигулей». Они сидели там и спорили, через сколько часов я приеду. Доверия к «Запорожцу» тогда не было ни у кого.

* * *

Со Славой Деминым в России я не играл ни в паре, ни в одной команде. Но мы иногда оказывались вместе на выездных турнирах. Мне запомнилось, что он очень серьезно относился к процессу еды как явлению социальному. Слава даже в купе поезда умудрялся как-то очень красиво сервировать стол с нехитрой закуской. А ко мне у него была претензия. Я, в его представлении, слишком быстро проглатывал чай с той порцией закуски, которая мне причиталась. Я пытался оправдываться тем, что это было купе поезда (хотя я и в нормальной обстановке ем быстро). Но Слава продолжал сокрушаться по этому поводу. И говорил, что, мол, бывают же люди, которые не умеют себя вести в приличной компании.

В другой раз, помню, Слава Демин принес к общему столу вяленую дыню. И пока я ее пробовал и ахал, и охал, и говорил, что ничего вкуснее я в своей жизни не ел, и, видно, и не съем никогда уже, в это самое время все остальные члены нашей компании были сконцентрированы на разливании спиртного. И кто-то предложил мне обмен: водку на вяленую дыню. И тут же около меня оказалась вся вяленая дыня. И это осталось одним из самых ярких моих гастрономических воспоминаний того времени.

Рюмку водки мне все-таки тогда налили. Но когда я попытался угостить кого-то «своей» дыней, никто, кажется, так и не попробовал ее. То ли действительно водка была вкуснее, то ли уж все меня пожалели – не знаю. Скорее всего – пожалели. Видно, слишком сильно и неосторожно я выразил свой восторг по поводу вяленой дыни.

* * *

По дороге со Славиной машиной случилась неприятность. На какой-то стоянке у него выломали внутренние и внешние зеркала, панель приборов и прочее. Это случилось, когда он еще не дотянул немного до Прибалтики. В Прибалтике таких неприятностей можно было не опасаться. Однажды я провожал кого-то из наших на своем «Запорожце». Когда я разгружал их вещи на автобусной станции, я поставил свой чемодан на тротуар и обратно в багажник положить его забыл. Так и оставил на дороге. Хватился только под вечер. Вернулся на автобусную станцию. Чемодан стоял на дороге. И никто его за целый день не тронул.

* * *

Я играл тогда в Ронишах в паре с Генрихом Грановским. Он потратил много времени на изучение БУКС'а. И выучил его не так уж и плохо. Но, по всей видимости, не очень хорошо чувствовал его внутреннюю логику и структуру в целом. Поэтому иногда пропускал какие-то заявки, которые можно было сделать по БУКС'у, и нервничал, если я пенял ему на это.

Как-то так получалось в первый день, что те восьмерки, где мы с Генрихом играли, заканчивались с нашим небольшим преимуществом, а когда мы не играли, а играли Вилен с Оскаром и Леня Орман с Петром Александровичем, результат был для нашей команды гораздо лучше. И Грановский стал говорить, что его не устраивает такая игра, когда мы не приносим побед команде.

Леня Орман
и Петр Александрович Сластенин

В таких разговорах закончился первый день. А в конце второго дня Генрих сказал, что снимает нашу пару с соревнований.

Пару матчей мы вообще не играли. А наши стали играть не так уж и блестяще и сползли с первых позиций.

И я сказал Генриху, что глупо сидеть тут и не играть. И он со скрипом согласился продолжить борьбу.

Один из матчей мы с Генрихом заканчивали вместе с Виленом. По окончании Вилен вышел к нам из закрытой комнаты, где он играл с Оскаром, и сказал, что они «продули матч на минус». Когда же мы подсчитали результат, выяснилось, что матч мы выиграли, правда, с очень небольшим преимуществом. Тут Генрих немного успокоился. Но ненадолго. Нервное напряжение чувствовалось до конца турнира. И хотя воспоминания об этом турнире все равно остались приятные, но были они, скажем так, не самыми приятными моими бриджевыми воспоминаниями.

Кстати, изучение БУКС'а, как мне кажется, не прошло даром для Генриха. Он придумал защитные заявки, которые, по всей видимости, были навеяны малым БУКС'ом. Так, «Малый БУКС», в частности, содержит двузначную заявку 1 черва (на мастевое заявление противника), которая означает среднюю по силе карту с

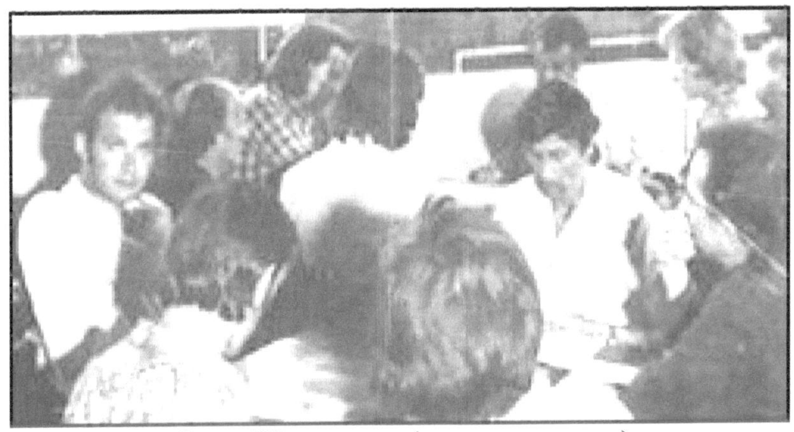

Оскар Штительман (смотрит в камеру)
Играет в паре с Виленом Нестеровым

пикой или более сильную руку. Защитная система Генриха тоже содержит элементы такого подхода. Хотя, может быть, эта идея пришла ему в голову, когда он еще не был знаком с БУКС'ом.

* * *

Несмотря на неважную игру в Ронишах в 1977 году, мы все-таки заработали медали за первое место в общекомандном зачете. Эти медали мы получили по сумме выступлений в командном, парном и индивидуальном турнирах, хотя ни в одном из этих турниров никто из нас не попал в тройку призеров. Только в «Паттоне» мы поделили по очкам третье и четвертое места с какой-то командой. Но по коэффициентам Бергера остались на четвертом месте. И с этим обстоятельством была связана одна история.

Поначалу нам присудили только второе место в общекомандном зачете. При этом разрыв с первым местом был мизерным. Ну и я решил нарушить Виленовское наставление о том, что надо не качать права после окончания игры, а надо играть хорошо. Должен сказать, что Вилен в этом отношении был очень нетерпим. Когда кто-то подходил к турнирной таблице и начинал считать всякие там варианты – например, что будет, если вот эта команда выиграет у тех-то, а эта команда проиграет, – он называл это онанизмом над таблицей. (На самом деле, он выражался еще более грубо.) Когда я читаю где-то, что руководитель или ведущий игрок команды составляет очковый план на следующий день – то есть подсчитывает, сколько очков надо набрать команде завтра, – я не вижу в этом ничего плохого. Но тогда, давным-давно, Вилен считал всякие такие неигровые действия онанизмом. И поэтому они у нас были не в почете.

И все-таки тогда в Ронишах я стал проверять все расчеты. И я обнаружил, что в положении о турнире было сказано, что при распределении мест используются коэффициенты Бергера, но для общекомандного зачета считается, что места были поделены. А нам для общекомандного зачета засчитали четвертое место в «Паттоне». Я об этом сказал своим и пошел разбираться с судьями. Патя хотел было мне помочь, но Вилен не пустил его помогать мне. «Не надо мешать Славе», – сказал он.

Медаль за 1-е место в общекомандном зачете на турнире в Клапкалнциемсе (Ронишах) в 1977 году

Я уговорил судейскую бригаду очень быстро, и первое место досталось нам. За первое место мы получили медали, а также нас наградили какими-то фантастически красивыми тортами. На них карточные масти были выложены малиной и черникой. Каждый член команды получил по торту среднего размера. И еще один громадный торт был вручен нашей команде. Естественно, мы позвали всех к нам на чай. И справиться со всеми этими тортами было не так-то просто. Это мероприятие Вилен определил как «едьба тортов тимами».

За второе место давали ящики с пивом. Что заставило меня подумать, стоило ли мне качать права за первое место. Ведь народ наш командный явно предпочитал прибалтийское пиво сладким тортам. Но никто мне никаких претензий не высказал. Вернее, конечно, все высказались по этому поводу. Но упрекали меня только в шутку. Патя особенно был доволен тем, что мы заняли первое место, и за чаем выразил мне свое одобрение. А я ему говорил, что раз мы с Генрихом плохо играли, то должен же я был помочь команде хоть в чем-то. Патя в ответ только добродушно посмеивался.

* * *

Патя добродушно посмеивался всегда – и когда его хвалили, и когда ругали, и когда намекали на, скажем так, сомнительность его поведения за столом. На одном из турниров в Прибалтике он открыл торговлю пятью пиками, заблокировав пуленепробиваемый шлем противников. Сам Патя так объяснил потом нам свое открытие: «Я открыл карты. Смотрю, у противника слева не менее 17 очков и у противника справа не менее 17 очков. Поэтому я и сказал 5 пик». Петр Александрович, конечно, не мог видеть сквозь рубашки карт (хотя я и не положил бы голову на плаху в подтверждение этого). Просто он был неплохим психологом.

После его заявки 5 пик репутация Пати была не то чтобы как-то уж подмочена, но все-таки почему-то все стали относиться к нему настороженно. Я, кстати, всегда выговаривал Марику, когда он выражал какие-то сомнения по поводу Пати. И только спустя много лет произошел один эпизод, который показал, что прав все-таки был Марик, а не я.

Вот что пишет Аркадий Белинков об этом эпизоде:

«Где-то в середине 80-х, после расставания с Орманом, Полковник начал играть с Кацманом. Мы создали команду, в которую входили также я с Аликом Макаровым и Володя Иванов с юным Ладыженским, он тогда еще учился в школе. Команда успешно выступила в полуфинале командного первенства СССР и вышла в финал, куда ваш покорный слуга по объективным причинам поехать не смог.

О том, что случилось на финале, узнал только из рассказов своих одноклубников. Местным бриджистам (дело было в Эстонии) показались подозрительными некоторые сдачи, которые разыгрывал Петр Александрович. За ним начали следить и обнаружили, что он достает готовые сдачи (по-преферансному, "сменки") из кармана, заготовленные заранее. Разразился скандал, нашу команду сняли с соревнований, Полковника и Кацмана дисквалифицировали, по-моему, на год, остальных членов команды наказали менее строго. Самое интересное, что все они были абсолютно не в курсе того, что делал Полковник, и, в сущности, пострадали зазря. Особенно жаль было Мишу, который совершенно не обращал внимания на акции Полковника.

Петр Александрович Сластенин

Оказалось, что Полковник не придумывал расклады, а брал их из старых книжек, причем все они были экзотические, с редкими видами сквизов и впусток. Одному из местных бриджистов сдача, которую разыгрывал Полковник, показалась знакомой, и тогда за Полковником начали следить. Прошло время, и все наказанные вернулись в бридж, и история эта забылась. Я думаю, что Петр Александрович решил таким образом показать, что есть еще порох в пороховницах и что его рано списали из большого бриджа».

Значит, по-преферансному это называется «сменки»! Неплохо было бы мне об этом знать тогда, давным-давно, в Гурзуфе, когда я один сражался против трех харьковских преферансистов.

Примерно то же самое об этом эпизоде в финале командного первенства Союза я услышал и от других наших бриджистов. Надо сказать, что на это первенство наша команда по результатам московского отбора не попала. Причем все решилось в матче с командой, в которой играл Петр Александрович. Он тогда тоже играл с Мишей Кацманом. В одной из сдач Петр Александрович поставил семь без козыря (большой шлем), имея в пиках туза, короля, даму, валета и две маленькие. При этом противники (то есть мы с Мариком) имели в пиках пятую десятку. Петр Александрович разыгрывал этот контракт. Стал отбирать пику. Убедился в плохом раскладе. Сокрушенно вздохнул. Потом задумался. Пробормотал что-то типа «а давай-ка попробую вот так», провел какой-то умопомрачительный внутренний импас в побочной масти и, в конце концов, контракт выиграл. Наша пара на другом столе села в семи пиках. Это стоило нам 17 очков. В результате мы проиграли несколько очков команде Сластенина, проиграли отбор и на первенство Союза не поехали.

После матча Марик мне сказал: «А тебе не кажется, что Патя как-то не очень естественно вел себя за столом во время этой сдачи?» «Что ты имеешь в виду?» – спросил я у Марика. И Марик сказал мне, что все эти вздохи и бормотанье Петра Александровича ему показались наигранными. Мне эти подозрения Марика представились тогда совершенно необоснованными. Вернее, я считал, что мы не можем подозревать нашего товарища по бриджу в таких чудовищных поступках. И я спросил Марика: что же ты, мол, считаешь, что Патя знал расклад? И тут уже Марик не смог сказать мне, что он так думает, и только пожал плечами. Но, видно, Марик все-таки зародил у меня какие-то сомнения насчет Петра Александровича, если я запомнил этот разговор и всю эту историю с пятой десяткой пик.

После того, как стала известна эстонская история, я, конечно, пересмотрел свое отношение к подозрениям Марика. Ну, и к сожалению, победы в парных и командных соревнованиях, в которых принимал участие Патя, надо принимать с большой осторожностью. Сюда я отнес бы и победы первого десятилетия с моим участием: второе место в «Паттоне» в Вильнюсе 1971 года и первое место в Ронишах в общекомандном зачете 1977 года. И хотя Патя играл в Москве за «Форсинг» время от времени (в том числе с Леней Орманом), в «выездных» соревнованиях он не принимал большого участия. И все остальные достижения «на выезде» с моим участием были сделаны без него: первое место в Таллинском турнире 1969 года, первое место в Таллинском турнире 1970 года, второе место в Тартусском турнире 1974 года, первое место в Тартусском турнире 1975 года. Сюда, естественно, относятся и все призовые места в парных турнирах.

Должен здесь заметить, что общее мнение было таково, что Патя стал творить такое только начиная с какого-то момента. Ведь такие сдачи (типа пятой десятки пик) не могли остаться незамеченными.

Кстати, Марик всегда с подозрительностью относился к Петру Александровичу. «Тебе не кажется, - говорил он мне, - что наказующую контру Патя произносит жестко - "Контра!", а информационную - как "Контр"». И иногда, когда Патя давал "Контр", Марик его (как бы в шутку) спрашивал: «Петр Александрович, вы сказали "Контра!" или "Контр"?» Патя в ответ на это только добродушно посмеивался.

Странно, но несмотря на все сказанное, я вспоминаю о Петре Александровиче Сластенине с каким-то грустным чувством. И уж что я совсем не ощущаю, так это какой-то злости. В чем тут дело - трудно сказать. Неужели это возраст играет такие шутки? А может, виной всему вот это Патино обезоруживающее добродушие?

Петр Александрович никогда не возражал, когда его называли Патей или полковником. Хотя обычно так его называли за глаза. А к нему лично обращались с уважительным «Петр Александрович». Мало кто знает, что на самом-то деле Петр Александрович полковником не был. Его последнее воинское звание было подполковник. Звезда, похожая на Звезду Героя Советского Союза и украшающая его грудь, не была Звездой Героя. Он что-то когда-то мне объяснил про эту звезду, но воспроизвести эти объяснения я сейчас не могу.

* * *

Хочется сказать еще несколько слов о Генрихе Грановском. В то время, когда мы играли с ним в Ронишах, мы не были близкими друзьями. Мы сблизились с ним много лет спустя, где-то в середине восьмидесятых. Тогда он мог уже зайти к нам не Преображенку просто так, когда не было никаких игр.

Генрих преподавал математику в Московском инженерно-строительном институте. Он был профессиональным репетитором. Зарабатывал на репетиторстве неплохие деньги. Как-то он сказал мне, что его кто-то там часто спрашивает, откуда у него деньги. И поначалу его такие вопросы раздражали. Но в какой-то момент он придумал, как будет на такие вопросы отвечать. И теперь он говорит, что, мол, знаком с одной очень пожилой балериной, которая его просто обожает. И вот она-то и содержит его. При этом он сообщал некоторые интимные подробности: его балерина любит дарить Генриху всякие дорогие безделушки и часто говорит ему: «Пошелуй меня, шиночек».

Генрих занимался с Анькой математикой, категорически отказываясь брать за это деньги. После восьмого класса мы захотели перевести Аньку в математическую школу. Это была довольно известная в Москве школа #179. Расположена она была в самом центре Москвы. Когда-то там учились обе доченьки Александра Вертинского. А с 1970 года там образовались математические классы. И к тому моменту, когда Анька туда стала поступать, эти математические классы уже считались одними из сильнейших в Москве.

Анька стала сдавать экзамены. Решила пару задач. Но этого было недостаточно, чтобы ее приняли. Но в то же время это было не так уж и плохо, чтобы ее отсеяли после первого тура. И Аньку пригласили на второй тур решения задач.

И вот вечером, накануне второго тура, я решил

немного позаниматься с Анькой математикой. Я подумал, что времени нам хватит только на одну какую-нибудь тему. Поэтому надо было выбрать очень «ходовую» тему. И я посчитал, что если тогда, давным-давно, в Румынии, вопреки правилам математических олимпиад, была дана известная задача (которая у нас была в седьмом классе на Московской олимпиаде), то, наверное, эта тема и есть самая «ходовая».

И я стал рассказывать Аньке про эту задачку. Рассказал ей про алгоритм Евклида. После этого Анька пошла на второй тур. Смешно, но там ей дали ту самую «румынскую» задачу. Ну, если ты знаешь алгоритм Евклида, то решить такую задачку не представляет особого труда. А вот если ты его не знаешь, то тогда надо быть Мариком Мельниковым, чтобы с такой задачкой справиться.

Анька, конечно, сделала эту задачку и решила еще какую-то. И опять кого-то из второго тура приняли в школу, кого-то отсеяли, а Аньку пригласили на третий тур.

И тут до меня дошли слухи, что среди принятых школьников были те, которые выступили не лучше, чем Анька. Я пожаловался на это дело одной своей университетской подруге. Назову ее здесь условно Майей Херц. Так вот, Майя Херц мне на это сказала: а что ты, мол, Слава, хочешь? Ведь в эту школу поступает много ребят, родители которых - известные математики. А если дети известных математиков не очень хорошо выступили на экзаменах, то это справедливо, что их приняли. Потому что их родители смогут им помочь в дальнейшем.

Это, конечно, интересное соображение - принимать в математическую школу не тех детей, которые более талантливы в математике, а тех детей, родители которых стали профессиональными математиками. Но мне такая логика не показалась правильной. Я пожаловался на это дело Марику Мельникову. Марик сказал мне, что он тут же позвонит Шурику Кириллову или Коле Константинову, которые в этой школе играли ведущую роль. И он действительно позвонил Шурику Кириллову и потом перезвонил мне и сказал, что я могу считать, что Аньку уже приняли в школу.

А Анька мне сказала, что раз ей дали ту самую единственную задачу, про которую я ей рассказал, то, может быть, я ей расскажу еще про какую-нибудь задачку? Я напрягся и дал Аньке еще какую-то задачку, которая мне показалась стоящей данного момента. Одновременно я попросил Генриха объяснить Аньке, как геометрические задачи на построение можно решать с помощью аналитики. Генрих позанимался с Анькой. Анька пошла на третий тур. Смешно, но там сработали и прием, объясненный Генрихом, и моя вторая задачка. Кроме того, Анька сделала еще одну задачку уже вполне самостоятельно.

Через пару дней нам позвонили из школы и сказали, что Аньку приглашают на четвертый тур. Три задачки на третьем туре не решил никто, кроме Аньки. Однако после третьего тура еще часть школьников была принята в школу. Тут я позвонил Марику и спросил его, как он объяснил Шурику Кириллову, о чем он его просит. И не понял ли его Шурик Кириллов так, что Марик просит Аньку не принимать в школу, даже если она решит все задачки? Одновременно я позвонил в школу и сказал, что Анька больше ни на какие туры не пойдет. Очень быстро после этого из школы позвонили и сказали, что Анька туда принята.

Тот факт, что Анька смогла на экзамене решить задачку на геометрическое построение, используя при этом некоторую технику, которую ей объяснил Генрих, говорит хорошо не только об Аньке, но и – еще больше – о Генрихе. Видно, он был все-таки классным репетитором. Сам он, кстати, был не очень высокого мнения о том, что делает. Он мне как-то сказал, что есть люди, которые что-то умеют делать, например вот ты (это он сказал про меня). А есть люди, которые сами ничего не умеют делать, например я (а это он сказал про себя), и они могут только учить других. По всей видимости, излишняя самокритичность Генриха была присуща ему не только в бридже, но и вообще в жизненных ситуациях.

Генрих никак не мог сам для себя ответить на вопрос, почему в стране, где мы жили, бридж был запрещен, а, скажем, шахматы и домино не были запрещены. И у него возникла такая идея – а что, если играть в бридж, но на костяшках домино? И он изготовил из домино аналоги карт. Деталей этого изготовления я не знаю, никогда я этого домино не видел, но знаю, что оно было изготовлено, и пробная игра в Парке культуры и отдыха состоялась. (А может быть, на Генриха тоже оказали влияние московские художники-нонконформисты, которые, борясь с запретами властей, примерно в это же время стали устраивать свои выставки на «открытом воздухе»?)

Генрих сказал мне, что назовет свое изобретение «математическим домино». Я предложил назвать это «математическим универсальным домино» (сокращенно – МУДО). Но Генрих такое название не принял.

«Математическое домино» Генриха Грановского не пошло широко. Но идея была неплохой.

Как-то в Горбачевские времена, накануне намечаемой

поездки Горбачева в Вашингтон, Генрих пришел на Преображенку и сказал, что проходил где-то близко от своего дома и там какие-то бабульки в разгар какого-то празднества исполняли в подпитии всякие там частушки. «Ну, – сказал Генрих, – знаешь, как они прокричат таким пронзительным голосом какие-то две или четыре рифмованные строчки и потом крикнут "Ии … их! " и закружатся в каком-то простом танце».

И я сказал, что знаю, о чем он говорит, но, пожалуй, не видел такого в жизни, а только, наверное, где-то на сцене.

«Ну, вот, – продолжал Генрих, – а я ворвался в их пляску и тоже прокричал:

"Мишка, штопаный гандон,

Завтра едет в Вашингтон!

Ии…их! "

Они были очень напуганы этим, и мне пришлось оттуда смыться».

Сейчас, когда я пишу эти строки, я ясно представляю себе лицо Генриха: улыбка, слегка выпученные глаза, слегка возбужденная манера рассказа. Он немного грассировал, и когда рассказывал что-то, то подходил очень близко к тебе, не соблюдая даже ту небольшую дистанцию, которую мы держали в России.

Внешне Генрих чем-то напоминал Горбачева. И ему часто об этом говорили. Однажды он пришел на Преображенку необычайно злой. Ему опять кто-то в автобусе сказал, что он похож на Горбачева. И он меня стал спрашивать, что это все значит.

– Я прросто не понимаю! Рразве у меня шейные позвонки такие же, как у всех этих подонков?!

И он решил отрастить бороду.

Он отрастил бороду, и разговоры о том, что он похож на Горбачева, прекратились. Но вот он как-то опять пришел на Преображенку. И был в какой-то непонятной задумчивости. Я спросил его, в чем дело. И он мне рассказал, что ехал только что в метро. К нему подошла какая-то пожилая женщина и сказала: «Вы знаете, извините…» И Генрих спросил у нее: а в чем, мол, дело. И

Генрих Грановский

женщина продолжила: «…извините, но вот если вам сбрить бороду, вы будете вылитый Горбачев!»

В конце восьмидесятых дела Грановского шли уже не так хорошо. Образование было не в моде. И мало кто хотел нанимать репетитора своим детям. Хуже стало у Генриха и со здоровьем. Он перенес несколько инфарктов. В какой-то момент он попал в больницу. В это время я должен был ехать на пасеку. Но все-таки успел заехать к Генриху. По каким-то причинам меня к нему не пустили. (В советских больницах, если помните, любили не пускать к больному.) Я передал ему записку. И когда уходил, увидел его через какие-то двойные стекла. Пытался помахать ему рукой, но это было бесполезно. Потом я увидел, как ему принесли мою записку и как он ее читал и ел клубнику…

Вот что написал Алик Макаров в своих воспоминаниях о Генрихе:

«Пережив несколько инфарктов, он начал играть в теннис около своего дома в Теплом Стане. Однажды с той же целью он приезжал ко мне в Троицк. Мы провели отличный день и договорились продолжить эти игры. Говорят, что час ежедневной игры в теннис решает кардиологические проблемы. Увы, Генриха это не спасло».

Да, действительно, в последние годы Генрих часто играл в теннис. Один из его учеников имел какое-то отношение к Институту физкультуры. И Генрих получил доступ к теннисным кортам института. Иногда я присоединялся к нему. Генрих носился по корту, совсем не будучи похожим на сердечника. Но Генрих умер не от инфаркта. Так что, я думаю, можно было бы сказать, что он все-таки смог одержать победу над своим сердцем. Но он не мог победить советскую медицину. Он принимал таблетки, разжижающие кровь. В госпитале у него началось кровотечение, которое «прошляпили» врачи. Вот так он и умер. Я узнал об этом на пасеке. Но на похороны все-таки смог приехать.

Это был июнь 1991 года. Из бриджистов на похоронах был еще только Вилен. Когда я увидел его там, печально и медленно бредущего в своей неизменной вельветовой куртке, мне стало совсем муторно.

Это были вторые похороны, на которых мы с Виленом были вместе. Таня Голикова – «бабушка Московского бриджа» – скоропостижно скончалась от инсульта в возрасте 52 лет, 11 марта 1987 года. Когда Василий Васильевич Налимов, Танин босс, говорил на поминках какие-то теплые слова о ней, он, в частности, в соответствии с той философской концепцией, которую он

Вилен Нестеров

исповедовал, сказал что-то примерно в том духе, что не все заканчивается для человека после его физической смерти. На самом деле я не помню точный смысл слов Василия Васильевича. Но дословно запомнил, что добавил к сказанному Вилен. Он сказал: «Но попечалиться все-таки не возбраняется».

Незадолго до смерти Вилена мы разговаривали с ним

по телефону. Он – из Москвы, я – из Нью-Йорка. Он был тогда уже серьезно болен. И я решил, что вот тогда-то я и скажу ему, как я обожал его и как приятно мне было общаться с ним все это время. Но когда мы стали говорить, я не смог выговорить все эти «телячьи нежности». Это было бы, наверное, и супротив его, да и моих принципов. И я только надеюсь, что он знал, что я хотел бы ему сказать и почему не сказал.

И два раскладных короля

Так получилось, что с теми ведущими игроками Москвы семидесятых годов, которые были когда-то моими партнерами, я играл по БУКС'у. Сюда я отношу (помимо Вали Вулихмана, с которым я обкатывал систему и играл самые первые матчи в Прибалтике) Марика Мельникова,

Марик Мельников (в свитере) играет в паре с автором (Славой Бродским)

Вилена Нестерова, Васю Стояновского, Сашу Рубашова, Генриха Грановского, Леона Голдина и Мишу Донского. По этой причине я, наверное, единственный человек, кто плохо знал все остальные московские системы. Я никогда не имел возможности по ним играть (хотя и знакомился с ними по описанию) и ощущал их только направленными против меня за столом.

С Мариком Мельниковым я играл по БУКС'у всю мою бриджевую жизнь в России. Он был энтузиастом БУКС'а, считал его хорошей системой (особенно «Малый БУКС») и продолжает считать так и сейчас. Но вот самоотверженность, проявленная Сашей Рубашовым, Виленом Нестеровым и Васей Стояновским при изучении БУКС'а, меня просто изумила. Система была выучена ими безропотно и досконально. И буквально с первой игры они ориентировались в логике системы довольно свободно. Не лучше Марика, конечно (который чувствовал ее своей печенкой), но ошибок в механизмах БУКС'а они не делали.

* * *

С Сашей Рубашовым мы отыграли по БУКС'у целую неделю в Ронишах. Сам Саша написал, что у него эта система «шла с большим скрипом». Но если кто-то станет трактовать эти Сашины слова таким образом, что он путался в системе или делал какие-то ошибки, то это было бы совершенно неверно. «С большим скрипом» – скорее всего, означало, что Саша не всегда понимал логику системы. Но я ему говорил: играй, мол, как написано, и все будет в порядке. И он торговался дисциплинированно, по системе. Особых его ошибок я не припоминаю.

* * *

По БУКС'у мы играли с Виленом Нестеровым. Когда мы играли против него с Мариком, он часто иронизировал по поводу нашей системы. В БУКС'е очковое содержание сразу включает дополнительные очки за расклад, которые подсчитываются по системе Горена. Так мы и объясняли противникам свои заявки, называя наши очки «раскладными». И когда такое объяснение давалось Вилену или его партнеру, Вилен к словам «столько-то раскладных очков» часто добавлял «... и два раскладных короля». Но когда он играл по БУКС'у со мной, все шло довольно гладко. В частности, оба рождественских турнира в Тарту, в 1974-м и 1975 годах, мы играли по БУКС'у и заняли там второе место в 1974 году и первое – в 1975 году.

* * *

С Васей Стояновским мы играли только в одном турнире в Таллине. Где-то в самом начале турнира Вася сделал какую-то неожиданную и непонятную для меня заявку в торговле. И когда после игры я ему сказал об этом, он мне возразил, что никогда не делает никакой заявки просто так, не подумав. И если мне покажется, что он заявил что-то не то, то я не должен злиться на него, а должен подумать, какая карта (даже самая неожиданная, невероятная) может быть у него. И эта карта у него и будет.

Надо сказать, что после этого разговора играть с Васей было одно удовольствие. И скоро я убедился, что Вася был прав в оценке своих возможностей в торговле. А это было так замечательно – играть с партнером, когда ты уверен на сто процентов, что любое его заявление всегда имело какой-то смысл.

Как-то мы решили с ним отобедать в ресторане гостиницы Виру. Это было на одном из последних этажей. Кажется, на 22-м. А с 23-го этажа русские вели наблюдение за иностранными посетителями гостиницы. В конце 2010 года там открылся музей КГБ. Но мы с Васей ничего про 23-й этаж тогда, естественно, не знали.

Как только мы вошли в ресторан, нас встретила девушка и повела за столик. Васе этот «шик» ужасно не понравился. И он мне сказал вполголоса, что у него в кармане только три рубля.

Мы заказали, как мы думали, скромный обед: литовский холодный суп с горячей картошкой и цыплят табака. Но все оборачивалось как-то очень неожиданно для нас. Литовский холодный суп нам подавали сразу три официанта. Один из них притащил громадную супницу и разливал суп из нее по нашим тарелкам. Причем делал он это как-то уж очень степенно, не торопясь. Второй официант принес казанок с горячей картошкой и раскладывал нам ее на тарелки серебряными (на вид) щипцами. А третий официант тоже что-то делал, непрерывно услужливо кружа вокруг нас.

Вася был в шоке. Он спросил, сколько у меня денег. Я сказал, что у меня есть 25 рублей. Видно было, что это его не успокоило.

Мы закончили с холодным литовским супом. Пришел четвертый официант и стал все убирать со стола. Мы перешли к цыплятам табака. Они были очень вкусными. Я таких никогда не ел. А официанты, которым мы уже потеряли счет, продолжали кружить вокруг нас. Когда мы, наконец, разделались с цыплятами, я предложил выпить еще по чашечке кофе. Вася обреченно согласился. Мы еще не знали, хватит ли у нас денег или нет. Ну а если не хватит, то нас, наверное, все-таки не будут бить. А поэтому – почему бы не выпить по чашечке кофе.

Мы выпили наш кофе. Нам принесли счет. Там было пять рублей на двоих. По два рубля пятьдесят копеек на каждого...

Мы не заняли тогда никакого призового места. Но у меня осталось очень приятное ощущение от игры с Васей.

Сложнее было с Генрихом Грановским. Выучил он БУКС достаточно хорошо. И ошибок по системе делал не так уж много. Но неверие в систему, к сожалению, давало о себе знать. Я об этом уже писал, когда говорил о турнире в Ронишах в 1977 году. Мы заняли там первое место в общекомандном зачете, но это, скорее, произошло благодаря усилиям наших товарищей по команде.

* * *

С Леоном Голдиным я играл по БУКС'у, по-моему, только один раз. И ничего хорошего из этого не получилось.

Леон давал мне почитать его систему, когда мы решили поиграть в паре. Я его спросил, почему у системы нет названия. «Московская особая», – мгновенно ответил мне Леон. Не исключаю, что он это придумал тут же, на месте.

Вот что пишет о нем и его системе Володя Иванов, который общался с Леоном последние годы и сохранил с ним (быть может, один из немногих, если не единственный) хорошие отношения:

«Леон был выдающимся теоретиком. На ровном месте он создал систему торговли, намного опередившую свое время. Принципиальные черты ее можно разглядеть и во многих современных системах.

Хотя эта Система – для Леона она была с большой буквы – давала отличные спортивные результаты, он не переставал работать над ней, все время что-то изменяя, шлифуя, добавляя – и так десятилетиями, даже когда оставил бридж, всю остальную жизнь, до самой смерти.

Я часто просил его передать мне свои записи, но он всякий раз отнекивался, говоря, что "кое-что еще сыровато – вот когда закончу, тогда отдам". Было ясно, что такой момент никогда не наступит. Так оно и случилось, и теперь вся эта работа утеряна».

Ну что ж, очень жаль, что система Леона не сохранилась. Единственное, что я помню сейчас о «Московской особой», – раздел с открытием 5 пик. Там было написано, что такое открытие делается с натуральной пикой, если у каждого из противников есть не менее 17 очков. Это была, конечно, шутка. И никаких пояснений к ней не требовалось. Всем была тогда известна история с Петром Александровичем Сластениным, открывшим торговлю заявлением 5 пик и заблокировавшим шлем противников.

Я не захотел играть с Леоном по «Московской особой». Мне его система показалась достаточно разумной, но гораздо менее агрессивной, чем БУКС. Леон оказался более покладистым и по БУКС'у играть согласился.

Он выучил БУКС достаточно прилично. (Хотя это скорее относилось только к первым заявлениям и ответам, но не к дальнейшей торговле.) Но испытывал к нему плохо скрываемое неприятие. В процессе игры он сделал в адрес системы пару колких замечаний, которые мне ужасно не понравились. Конечно, я бы принял любые нарекания Леона, если бы они были сделаны по существу. Но, к сожалению, Леон намекнул мне довольно прозрачно тогда, что в некоторых ситуациях единственный способ уточнить диапазон очков партнера – подмигивание правым или левым глазом.

Я решил тогда доиграть с ним этот турнир. Но внутри у меня как будто все оборвалось по отношению к Леону. Он это понял и резко изменился ко мне. Конечно, сейчас я жалею, что не согласился играть с ним тогда по «Московской особой». Быть может, наши добрые отношения продлились бы еще на какое-то время…

Сережа Андреев писал, что Леон «имел пунктик о

шулерстве, которое ему везде мерещилось. В частности, он даже написал в ЦК КПСС о "позорной клике шулеров в советском бридже"». Я не знал об этом тогда. И мне очень не хотелось бы верить этому даже сейчас. Но если Леон написал партийцам такое письмо (судя по названию – в истинно советском духе), то, значит, это был уже не Леон Голдин. Хотя… Может быть, он и здесь ерничал? И эти советские штампы были частью его трагикомических упражнений?

Вот что пишет Володя Иванов о последних годах Леона:

«Вообще, Леон жил трудно: в одиночестве, в коммунальной квартире где-то в Люберцах. Однажды он был подвергнут страшному испытанию: по доносу соседа его поместили в психушку. Вытащить его оттуда было некому, и он провел там долгие годы…

Умер Леон совсем один, у себя в комнатке, и о его смерти узнали лишь по прошествии нескольких дней».

* * *

Миша Донской, когда мы решили поиграть с ним в паре, тоже, как мне кажется, испытывал некоторое недоверие к БУКС'у. Но недоверия этого явно не показывал. БУКС выучил и играл по нему достаточно дисциплинированно и со смыслом. Но мы с ним не играли много, сыграли только пару каких-то коротких турниров.

Называл меня Миша не иначе как Бродскис, причем с ударением на втором слоге: «Брод», затем еле заметная пауза и затем «скис». По-моему, потому, что я ему рассказал как-то о табличке на столе в Вильнюсе с моей фамилией на литовский лад: *Brodskis*. Но делая ударение на слоге «скис», Миша вкладывал в это новый смысл. И вообще, он любил надо мной подтрунивать. На каком-то турнире, где мы с Мариком выступили неважно, он спросил меня, купил ли я книгу, которая продавалась в фойе. Я спросил, что это за книга. Это был тот вопрос, которого он ждал. «Как!? – сказал он – ты не знаешь? Книга называется "Почему ты проигрываешь в бридж"».

Миша был моложе меня на шесть лет. Он был школьником, когда я уже учился на мехмате и вел там математический кружок для школьников. Миша ходил ко мне в этот кружок.

Одним из основных партнеров Миши Донского (наряду с Мишей Кронродом) долгое время был Влад Арлазаров. Они и работали вместе. У них там была хорошая, сильная команда программистов. Когда мне понадобилась компьютерная помощь по моей работе, я обратился к Мише. Он меня направил к Владу. Мы заключили договор. И их команда мне что-то там полезное сделала. Ну, полезное, конечно, только с точки зрения нашего министра и, следовательно, директора нашего института. А их точка зрения была основана на выполнении плана Госкомитета по науке и технике СССР, который они же сами и составляли. Поэтому ничего полезного в этом плане в общечеловеческом смысле не было. Не считая, конечно, того, что люди Арлазарова получили за работу вознаграждение.

Миша был одним из авторов знаменитой шахматной программы «Каисса». Он что-то мне рассказывал об идеях, которые были заложены в программе. Но из всего этого я запомнил только то, что «Каисса» обдумывала ходы даже тогда, когда очередь ходить была у ее противника. В 1974 году в Стокгольме состоялся первый чемпионат мира среди шахматных программ. В четырех турах швейцарской системы «Каисса» выиграла все партии и стала первым чемпионом мира, прославив своих создателей – самого Мишу Донского, а также Влада Арлазарова и Георгия Максимовича Адельсона-Вельского.

* * *

Турнир в Ронишах 1977 года был последним «выездным» турниром первого десятилетия московского бриджа. И на нем я заканчиваю свое повествование о таких турнирах. И привожу список всех таких турниров, где московские команды или пары заняли призовое место в основных состязаниях. Так уж получилось, что эти призовые места оказались либо первыми, либо вторыми.

Таллин-1968. 2-е место в командном турнире (Леон Голдин – Вилен Нестеров, Сергей Русецкий – Юрий Константинович Солнцев).

Дубна-1968. 1-е место в парном турнире (Слава Бродский – Марик Мельников).

Дубна-1968. 2-е место в парном турнире (Генрих Грановский – Владимир Ткаченко).

Таллин-1969. 1-е место в командном турнире (Слава Бродский – Марик Мельников, Леон Голдин – Вилен Нестеров, Слава Пржбыльский – Юрий Константинович Солнцев).

Таллин-1970. 1-е место в командном турнире (Слава Бродский – Марик Мельников, Леон Голдин – Вилен Нестеров, Юра Малиновский – Юрий Константинович Солнцев).

Вильнюс-1971. 2-е место в турнире «Паттон» (Слава Бродский – Марик Мельников, Слава Пржбыльский – Петр Александрович Сластенин).

Львов-1972. 1-е место в командном турнире (Генрих Грановский – Владимир Ткаченко, Миша Донской – Миша Кронрод, Вилен Нестеров – Петр Александрович Сластенин).

Таллин-1972. 1-е место в командном турнире (Леон

Голдин – Вилен Нестеров, Миша Донской – Миша Кронрод, Вася Стояновский – Миша Стрижевский).

Таллин-1972. 1-е место в парном турнире (2-я сессия) (Леон Голдин – Вилен Нестеров).

Таллин-1973. 2-е место в парном турнире (2-я сессия) (Слава Бродский – Марик Мельников).

Таллин-1973. 1-е место в парном турнире (4-я сессия) (Слава Бродский – Марик Мельников).

Таллин-1973. 2-е место в парном турнире (общий зачет) (Слава Бродский – Марик Мельников).

Тарту-1974. 2-е место в командном турнире (Слава Бродский – Вилен Нестеров, Генрих Грановский – Владимир Ткаченко).

Тарту-1975. 1-е место в командном турнире (Слава Бродский – Вилен Нестеров, Генрих Грановский – Владимир Ткаченко).

Рониши-1977. 1-е место в общекомандном зачете (Слава Бродский – Генрих Грановский, Вилен Нестеров – Оскар Штительман, Леня Орман – Петр Александрович Сластенин).

Следует отметить, что из ведущих московских игроков мало кто мог себе позволить поехать более чем на один – максимум на два турнира в году. Поэтому можно заключить, что выступление московских бриджистов в это первое для них десятилетие было довольно успешным. Один только 76-й год не принес им побед. Все остальные годы отмечены теми или иными достижениями.

Эпилог

В эпилоге, как и полагается по законам жанра, я хочу рассказать о событиях, не связанных напрямую с моим рассказом, но проливающих свет на дальнейшую судьбу тех, о ком я говорил в моих воспоминаниях.

На одном из Московских турниров в начале 80-х годов ко мне подошел симпатичный молодой человек. Он представился как Володя Флейшгаккер и сказал, что он отказник и что ему нужна какая-то работа. А он слышал про наше пчеловодное хозяйство и хотел узнать, не нужны ли нам работники. И я ему сказал, что с удовольствием позову его на пасеку помочь нам. Но это будет только летом. Володя ответил, что это ему не подходит, потому что ему нужна постоянная работа. На этом мы тогда и расстались.

В 84-м Володя с семьей приехал в США. Обосновался в Нью-Йорке. Поигрывал в бридж с Пашей Маргулесом. В декабре 87-го встретился случайно в Манхэттене, на Лексингтон авеню, со Славой Деминым. Вот как сам Слава (который работал в ООН в то время) описывает эту встречу:

«Меня только что перевели в Нью-Йорк с Островов Зеленого Мыса. Помнится, мы с женой еще даже не сняли квартиру и жили в гостинице. Вечером спустились из номера пройтись перед ужином и почти сразу услышали возбужденный диалог на бриджевую тему на русском языке с обильным использованием ненормативной лексики. Это сейчас плюнь на Манхэттене и попадешь в русскоговорящего, а в 1987-м в его восточной части в районе 50-х улиц русская речь была редкостью. Конечно, я сразу узнал Пашу Маргулеса и Володю Флейшгаккера, которые, как оказалось, направлялись в бридж-клуб "Beverly"».

Потом в клубы Манхэттена Володя ходил играть уже в основном со Славой Деминым вплоть до 1992 года. А в 92-м Слава покинул Нью-Йорк на четыре с лишним года.

В конце 92-го я появился в Нью-Йорке. За год до этого я жил в Кембридже, около Бостона. Искал работу. И там ходил иногда играть в студенческие клубы *MIT* или *Harvard*. Почему-то там всегда происходили какие-то смешные истории.

Как-то я пришел в клуб и попросил директора познакомить меня с тем, кто тоже пришел один. Директор познакомил меня с молодым человеком, который играл в бридж всего два года. Мы начали играть. Все шло неплохо для нас. Нам немного везло. Хотя бы тем, что мне часто приходилось разыгрывать.

За столами у меня, конечно, были проблемы с общением. Я тогда жил в стране всего несколько месяцев и плохо понимал, что мне говорят, а наши противники, скорее всего, плохо понимали меня. Но почти за каждым столом, куда мы приходили с моим партнером, мне обязательно кто-то говорил, что у меня замечательный английский (что, естественно, означало, что английский у меня был ужасный, потому что если бы у меня был хороший английский, то мне бы об этом никто ничего не говорил).

Когда турнир закончился и результаты были подсчитаны, оказалось, что мы заняли первое место, набрав при этом восемьдесят четыре процента очков. Это был абсолютный рекорд клуба за все время его существования. И мне кто-то сказал: жалко, мол, что вы не дотянули до 85 процентов. Оказалось, что у них есть призовой фонд – 25 долларов – но эта премия будет дана тому, кто наберет 85 процентов очков.

Все поздравляли моего партнера. А когда узнавали, что он играл со мной, поздравляли его еще сильнее. Поскольку никто не мог представить себе, что я, обладая таким отвратительным английским, мог что-то соображать в бридже.

Ко мне подошел директор и спросил, понравилось ли мне играть с моим партнером. Я кое-как его понял и кое-как ответил, что понравилось. И директор сказал, что он не обещает, что каждый раз он сможет давать мне такого сильного партнера, но если я буду приходить регулярно, то смогу найти себе какого-нибудь игрока, который будет соответствовать мне по силе. И в заключение директор сказал, что у меня очень хороший английский.

Примерно в таком же ключе были и мои другие посещения этих клубов. И я стал ходить туда реже. А в ноябре 1992 года я нашел работу в Нью-Джерси. Помог мне в этом Гена Иоффе – сын московского бриджиста Руда Иоффе. Сначала Гена устроил мне контракт на проект в компании, где он работал тогда. А потом организовал так, чтобы меня взяли туда на постоянную работу. Так что моя судьба в Америке могла бы сложиться не так удачно, если бы я не играл в бридж.

* * *

В России я какое-то время работал в цветной металлургии. И я взял Гену Иоффе на работу в свою математическую лабораторию. Сделал я это по просьбе Руда Иоффе, поскольку у Гены с распределением на работу не все шло гладко. Примерно в это же время, но чуть позже, в порядке распределения ко мне пришел еще один молодой человек, Илья Богуславский. Как-то так получилось, что в процессе интервью со мной не я экзаменовал его, а он фактически экзаменовал меня. Около двух часов он давал мне всякие олимпиадные задачи по математике. И когда я справился с ними со всеми, он объявил мне, что пойдет ко мне работать.

Мы работали вместе несколько лет. Гена и Илья часто сидели у меня в офисе (по-тогдашнему – в кабинете) и мы вели всякие разговоры. Но о чем бы мы ни говорили, все сводилось к одному и тому же – к вопросу об отъезде в Америку. Инициатором здесь был Илья. Он был настроен особенно решительно. Помню два таких разговора.

Как-то мы сидели в расширенной компании (ко мне могли еще зайти молодые ребята из других лабораторий, но с такими же настроениями, как у Гены и Ильи; часто они приносили мне самиздатовскую или какую-то другую нелегальную литературу). И речь в разговоре тогда зашла о том, имеет или не имеет смысл ехать в поездку за рубеж на короткое время. И кто-то сказал, что ехать на несколько дней совсем нет никакого смысла. На что Илья заметил, что хотел бы поехать в Америку даже на 15 минут. И когда кто-то потребовал разъяснений, Илья сказал, что он думает, что за 15 минут смог бы найти полицейского, чтобы заявить ему, что он просит политического убежища.

В другой раз я высказал некоторое соображение моего отца по поводу отъезда в Америку. Он считал, что, конечно же, уезжать надо. Но полагал, что все может быть не так-то и просто. Его соображения были такими. Конечно, человек, который уезжает в Америку, будет жить там лучше, чем он жил в России. Но по отношению к общему составу населения его положение может сместиться к худшему. Так, если он в России был в верхних 10 процентах, то в Америке он может оказаться, скажем, в верхних 20 процентах. И это обстоятельство может вызвать у него дискомфорт. На это Илья заметил, что он уже находится в состоянии дискомфорта, поскольку знает, что его друзья, которые эмигрировали в Америку, живут там в сто раз лучше, чем он в России.

Илья улетел в Америку в начале лета 1989 года, Гена – в августе того же года. Илья нашел профессиональную работу первым. И скоро стал искать другую работу. Он интервьюировался в компании *Software Options*, которая изготовляла финансовые системы для Уолл-стрит. Илья прошел хорошо все тесты и получил приглашение на работу. Но в это время нашел еще лучшее место в небольшом городке Миллбурн (штата Нью-Джерси). И поэтому от *Software Options* отказался. Но рекомендовал им Гену Иоффе, которому рассказал про все тесты. Гена наверняка справился бы со всеми тестами и без подсказки Ильи. Но с подсказкой он написал их просто блестяще и был принят на работу. Так Илья помог Гене. Потом через пару лет Гена помог мне – взял меня на работу в *Software Options*. А еще через пару лет я помог Илье устроиться на работу в *Chase Manhattan Bank*. Круг замкнулся.

* * *

Примерно в то время, когда я начал работать в *Software Options*, то есть в конце 92-го – начале 93-го, я встретился с Володей Флейшгаккером. И мы стали довольно регулярно играть, в том числе в манхэттенских клубах. Когда мы занимали там второе место (а второе место мы занимали чаще всего), Володя мне обязательно говорил, что вот, мол, с Маргулесом они занимали в этом клубе всегда первые места. Должен сказать, что занять там первое место было труднее, чем на любом региональном или национальном турнире. Кстати, когда я как-то недавно сказал что-то уважительное Паше Маргулесу по поводу первых мест, которые он регулярно брал с Володей в клубах Манхэттена, он очень удивился. Так что я понял, что, по всей видимости, Володя таким образом старался подстегнуть мое самолюбие и мобилизовать меня на более высокие достижения.

* * *

Весной 93-го я приехал в гости к Илье в Миллбурн. Илья познакомил меня там с Наташей Декстер. И мы начали с ней встречаться. А она, в свою очередь, познакомила меня со своими друзьями, Модестом и Наташей Орманами. Когда мы пришли к ним первый раз домой, Модест хлопотал на заднем дворе, готовя барбекю. Стал со мной знакомиться и задал мне три неожиданных вопроса.

– Вы из Москвы?

– Да.

– В бридж играете?

– Да.

– Леню Ормана знаете?

– Да.

– Он мой родной брат.

Следующие 20 лет почти на всех посиделках я был в компании Модеста – родного брата Лени Ормана. (Мир тесен!?)

* * *

Иногда мы с Володей играли в каких-то турнирах в Нью-Джерси. И когда мы собирались туда, я заезжал к нему домой, чтобы потом поехать на одной машине. Володя обычно кормил меня перед турниром всякой вкуснятиной, приготовленной из того, что он либо поймал, либо подстрелил. Его морозильник всегда был забит медвежатиной, олениной, лососиной, красной икрой. У него дома я познакомился с его женой Машей и с его дочками.

Володя был страстным и умелым охотником. Обожал всякие выезды на природу, особенно продолжительные. Как-то он позвал нас с Наташей провести несколько дней на островке реки Святого Лаврентия (той самой, которая соединяет Великие озера с Атлантическим океаном), где-то почти на границе с Канадой. На этом островке мы большей частью были вчетвером – Володя с Машей и я с Наташей. Мы просыпались очень рано. Купались голышом в абсолютно прозрачной воде. Наслаждались тишиной и покоем. Ловили рыбу. Естественно, все снасти и остальное было приготовлено Володей. Поэтому рыба ловилась крупная и в большом количестве. И уметь ловить ее было необязательно. Наташа после первого заброса вытащила более чем полуметрового сома. Было много визга и испуга. И потом они с Машей только наблюдали, как ловили рыбу мы с Володей. Володя сам чистил всю пойманную рыбу, оставляя только филе. Потом жарил ее. И мы ели рыбу, запивая белым вином. А потом опять наслаждались тишиной и покоем.

* * *

В клубах Манхэттена, когда мы ходили туда с Володей, все было не так спокойно. В первый же раз, когда мы пришли туда, я понял, что обстановка там по каким-то непонятным для меня причинам резко контрастировала с обстановкой Кембриджских клубов. И я был этим чрезвычайно удивлен. Никто почему-то не говорил мне, что у меня замечательный английский. Хотя объяснением могло быть то, что мой английский уже перестал быть таким ужасным. Но изменилось абсолютно все. Никто нам не улыбался. Никто не задавал нам всяких не связанных с бриджем вопросов. Более того, при малейшей возможности все норовили немедленно вызвать директора.

В конце концов, я понял, что виной этому было какое-то независимо-отвлеченное поведение Володи за столом. Вот что пишет примерно о том же про Володю Слава Демин:

«Удивительно, но этот высокий, красивый человек с улыбчивыми ироничными глазами и ровным спокойным голосом был совершенно необаятельным противником. Его поведение за столом, манера говорить, невнимание к противникам сразу же настраивали и игроков, и судей против него и – автоматически – против его партнеров. Судья приглашался к нашему столу гораздо чаще, чем к другим, как правило, без серьезной причины. Чаще всего претензии противников не выдерживали никакой критики, но их количество переходило в качество, и судьи делали нам предупреждения, а иногда и наказывали. За нашим столом густела аура отрицательных эмоций».

Я, конечно, согласен со всем, что сказал о Володе Слава Демин. Но только мне кажется, что абсолютно такое же поведение Володи не вызвало бы такой резко отрицательной реакции противников, скажем, в Москве. А следовательно, дело тут не в том, что его поведение настраивало игроков и судей против него, а в том, что его поведение настраивало игроков и судей против него в Манхэттене. То есть дело было просто в громадном различии культурологического поведения. Многие, в том числе я или Слава Демин, были готовы перенимать элементы культуры той страны, которую они себе выбрали для жизни или (как у Славы Демина) для временного проживания. Это касалось и внешнего облика, и манеры общения, и вообще – всего, всего. Мы были готовы положить на отдельную полочку то, что связывало нас со страной, откуда мы уехали, и погрузиться в страну, в которой мы стали жить. Но я знаю людей, которые не торопились с этим. Одним из таких был Володя Флейшгаккер.

В клубах Манхэттена он вел себя так, как если бы играл в бридж где-то в Москве. В его поведении не было чего-то особенно вызывающего. И вообще, для Москвы это было бы совершенно нормально. Но для Манхэттена это было, во-первых, необычно, а во-вторых, не объяснялось тем, что Володя, скажем, приехал недавно в эту страну (в этом случае ему многое бы простили, как прощали мне в Кембридже). Нет, видно было, что он в этой стране чувствует себя достаточно уверенно. И тогда все это вместе начинало людей раздражать.

Так мы с Володей играли вплоть до 1995 года. Хотя в 95-м мы уже играли не столь часто. Володя не всегда отвечал на мои звонки. Я знал, что это означает. Он мог говорить со мной, только когда был «в здравом уме и твердой памяти». А когда он был не в форме, он трубку не брал и, вероятно, не разрешал брать и своим домашним. А домашних он, судя по всему, держал в строгости.

Как-то в Нью-Йорк приехал Леня Каретников. Мы с

Володей сидели у него дома, ожидая Леню. И я почему-то думал, что придет не Леня Каретников, а пара Леня Каретников – Наташа Каретникова. И когда, наконец, Леня вошел, я сгоряча задал вопрос: «А где Наташа?» Вопрос оказался неправильным. Леня и Наташа уже не были парой ни в одном, ни в другом смысле.

Я расстроился. Смотрел на Леню и вспоминал, как однажды я захлопнул дверь на Преображенке, когда случайно не взял с собой ключ. Как раз тогда, когда был назначен какой-то парный турнир у меня дома. Народ собирался, а я стоял около дверей и размышлял, что делать. Тут появился Леня Каретников. У него была сломана нога, и он был на костылях. Он быстро оценил ситуацию, спросил у меня, открыта ли дверь балкона. И когда я сказал, что, скорее всего, открыта, проковылял на пятый этаж и попросился к моему верхнему соседу. Мы все, здоровые бугаи, спустились вниз и с улицы смотрели, как Леня со своей костяной ногой перелез с балкона пятого этажа на мой балкон (сверху ему передали его костыли). А через минуту он уже открывал нам входную дверь.

* * *

Летом 94-го, за пару месяцев до того, как судья муниципалитета города Миллбурна объявил нас мужем и женой, мы с Наташей купили дом в Миллбурне. И как раз в это время в Нью-Йорк прилетел из Гвинеи на неделю Слава Демин. Мы решили собраться у нас в доме, пошлепать (так мы говорили всегда, когда речь шла о бридже). Поехали с Володей за Славой куда-то. Привезли его в Миллбурн. Приехал Паша Маргулес.

И вот в то время, когда готовился какой-то закусон и выпивон, между Славой и Володей как-то постепенно возник спор, который дошел до крика. Флейшгаккер обвинял Славу в том, что тот был в ладах с советской системой и, следовательно, был, по крайней мере косвенно, виновен во всех злодействах советской власти, от которых так натерпелись не только диссиденты (типа Володи), но и вообще все нормальные люди. А Слава говорил ему, что Володино диссидентство было липовым. И что главное – это устремления и поступки. И что он, Слава, скорее всего, принес людям больше пользы, чем такие диссиденты, как Володя.

У меня было явное ощущение, что спор этот начинался как бы в шутку. Однако постепенно все это стало сопровождаться крепнувшим от слова к слову матом. И Слава потом мне признался, что он думал, что теперь его в этот дом больше не пригласят.

В 95-м Володи не стало. Отказала печень. Я поехал помянуть его в его новый, недавно купленный дом, где до этого еще не был. Видел его домашних. Маша к тому времени стояла твердо на ногах: она работала в школе и успела получить необходимое для продвижения по службе образование – бесплатное, поскольку она училась там, где Володя преподавал.

* * *

В 96-м вернулся из Гвинеи в Нью-Йорк Слава Демин. Он поселился на 44-й улице, между 2-й и 3-й Авеню, недалеко от "*Amish Market*", куда я иногда ходил на ланч. Я работал тогда в *Chase Manhattan Bank* на Парк Авеню, между 47-й и 48-й улицами. А Слава работал в ООН на 1-й Авеню.

Как-то Слава устроил мне экскурсию по ООН. Мне это было очень интересно. Мог ли я когда-то предположить, что побываю там?! Я сидел в зале Совета Безопасности и думал: неужели это вот тут когда-то давно Федоренко (но не тот, который выгонял Юлиуса Телесина из ЦЭМИ, а совсем другой) кричал: «Танки идут на Дамаск!». А я слушал это в июне 67-го сквозь непрерывный шум глушилки, припав ухом к моей «Спидоле», модернизированной народными умельцами для приема коротких волн.

Начиная с 1997 года я передвинулся на 200 ярдов ближе к Славе и стал работать в здании *Bear Strearns* на 46-й, между Парк Авеню и Лексингтон Авеню. Это был голландский банк *"Rabobank"*. До того, как я стал работать там, я много раз слышал, что если ты играешь в бридж, то это является определенным плюсом при поступлении в финансовые компании. Но на себе я такого никогда не ощущал. И единственный раз, когда я это ощутил, произошло в 97-м, когда я пытался перейти из Чейза в Рабобанк. Когда я прошел там успешно несколько интервью, меня позвал на разговор глава Нью-Йоркского отделения *Reinier Mesritz*, который также был и первым человеком в Рабобанке по Северной Америке. Рабобанк принадлежал к крупнейшим банкам мира. И позиция первого человека в Нью-Йоркском отделении и в Северной Америке была достаточно высокой. Но держался *Reinier* очень просто (что, кстати, довольно обычное дело в финансовом мире). Первый же вопрос, который он мне задал после того, как мы поздоровались, был о том, играю ли я в бридж. После этого мы почти все время говорили о бридже. И когда прощались, решили, что обязательно поиграем как-нибудь в паре в одном из ближайших клубов. Возможно, меня взяли бы в Рабобанк, даже если бы разговор о бридже не зашел в процессе интервью. Но с бриджем все произошло гораздо быстрее. Уже на следующий день мне позвонили из банка, сказали, что меня приглашают на работу, и просили зайти и обсудить финансовую основу их предложения.

* * *

Слава оказался неправ в своих предположениях, что он больше не будет приглашен в наш Миллбурнский дом. Он стал желанным нашим гостем.

Слава Демин остался верен себе. Как-то, когда он был у нас с Наташей в гостях, я нарезал соленую лососину. И когда он увидел, как я ее режу (а нарезал я ее как-то очень уж по- простому), он тут же затребовал филейный нож и стал сам нарезать, красиво, под углом, и все приговаривал, что, мол, бывают же люди, которые лососину нарезать не могут по-человечески. И тут я вспомнил, как он ругал меня в вагоне поезда за быстрое поглощение пищи. И мне опять стало стыдно.

В первый раз, когда мы со Славой собрались поиграть в бридж в клубе, мы договорились встретиться на углу 46-й улицы и Лексингтон Авеню. А оттуда должны были пойти пешком до 58-й улицы в клуб *"Honors"*. Я подходил к месту встречи вовремя. Ну, то есть я увидел Славу, стоящего на углу, как раз в то время, когда мы договорились встретиться. А подошел я к нему еще через полминуты. Слава пришел (естественно!) на несколько минут раньше. Когда я подошел, он сказал мне угрюмо, что отныне (раз я опаздываю) мы будем встречаться прямо в клубе. Тогда я понял, что мне лучше приходить к месту нашей встречи тоже на пару минут раньше.

Еще Слава Демин неодобрительно относился к тому, что я иногда задумывался над какой-то бриджевой ситуацией за столом. Но прежде чем я выражу свое отношение к этому, я хочу привести одно наблюдение Славы о Володе Флейшгаккере:

«Самым интересным для него было проанализировать сыгранную сдачу. Он мог поднять карты следующей сдачи и продолжать говорить о предыдущей или просто смотреть в потолок и завершать свой анализ молча. Ни мои призывы, ни замечания противников, которые часто вызывали судью, не могли вывести его из этого состояния. Надо сказать, что на качестве его игры дефицит времени никак не сказывался, а я начинал нервничать и допускать ошибки».

Наблюдение интересное и правдивое, но мне хотелось бы добавить к нему несколько своих слов. «Дефицит времени» представляет собой определенную проблему для Славы Демина, потому что он очень организованный человек. Мысль, что какой-то заведенный порядок может быть нарушен, приводит его в состояние дискомфорта. И он часто говорил мне, что когда я думаю долго, он начинает нервничать. Как-то он мне сказал: «Я помню твои слова о том, что если ты думаешь, то, значит, есть над чем подумать. И если ты, не подумав, сыграешь быстро и ошибешься, то одна такая ошибка может стоить дороже, чем все штрафы, собранные вместе за всю жизнь. И я уважаю твою точку зрения».

На всякий случай, для тех, кто живет не в Америке, замечу, что «я уважаю твою точку зрения» обычно говорят, когда с твоей точкой зрения абсолютно не согласны. И хотя я, в свою очередь, не согласен со Славой в том, что я долго думаю (хотя бы потому, что за всю мою бриджевую жизнь меня ни разу не оштрафовали за просрочку времени), но то, что Слава является таким организованным человеком, мне очень импонирует. И я стараюсь взять все хорошее от него. Я уже от него многое перенял. Я стараюсь приходить к месту встречи на пару минут раньше назначенного срока. Я нарезаю соленую лососину красиво, под углом. И на следующее десятилетие я планирую начать есть медленнее. И единственное, что мне хотелось бы оставить своего в себе, – хотя бы иногда, в сложных ситуациях, подумать немного за бриджевым столом.

Кстати, я, видимо, сильно отличаюсь от многих бриджистов отношением к раздумью за столом. Мне становится несколько тревожно, если в какой-то сложной ситуации партнер принимает быстрое решение. Если же мой партнер задумывается надолго, это вводит меня в состояние полного расслабления. И чем дольше мой партнер думает, тем спокойнее становится у меня на душе. А пока мой партнер думает, я обычно трачу мое время на обдумывание своих действий на вероятные продолжения. И в этом смысле я веду себя подобно «Каиссе» Донского и компании – не нервничаю и с толком использую паузу.

После того как Слава Демин переехал в Нью-Йорк в 96-м, мы стали поигрывать с ним в клубах Манхэттена. Тяжелое наследие Володи Флейшгаккера все еще давало о себе знать. И игроки, и судьи относились к нам очень придирчиво. Эта придирчивость порой превосходила допустимые пределы. Так, наше открытие 1 трефа (по Березке) вызывало часто сопротивление у противников. Они вызывали директора, чтобы выяснить, является ли это открытие легальным. Директор, естественно, объяснял нашим противникам, что это открытие вполне легально. Но однажды директор (по имени Соломон), после того, как его вызвали по поводу открытия 1 трефа, сказал нам, что он недоволен тем, что за наш стол директора вызывают очень часто. Это было уж слишком! И мне пришлось поговорить с ним довольно жестко.

* * *

Как-то мы со Славой Деминым навестили Феликса Французова, который жил тогда где-то под Вашингтоном.

В бридж нам поиграть тогда не удалось (не было четвертого). Но мы отлично провели вместе несколько дней. Ездили куда-то ловить форель. Потом ее жарили и вспоминали былое…

Феликс к тому времени уже ушел на пенсию. И он со своей женой, Олей, путешествовал по свету. А я слушал его рассказы об этом с надеждой, что и я вот скоро тоже отойду от дел и стану совсем свободным человеком. Тогда я еще не знал, что моим надеждам не суждено было сбыться так скоро. Как раз когда я уже подумывал об уходе, моего босса уволили с работы. Он нашел другую работу и позвал меня помочь ему на новом месте. Мне трудно было отказаться от его предложения. В результате моя свободная жизнь началась на пять лет позже, чем я планировал, только в сентябре 2013-го.

* * *

В 98-м мы со Славой Деминым играли в двух региональных турнирах (в Атланте и Гатлинбурге) и одном национальном турнире (в Орландо). Начали мы с турнира в Атланте. Там жил Миша Стрижевский. Это он позвал нас на турнир, любезно пригласил остановиться у него дома и организовал команду из четырех человек.

В первых же играх Миша продемонстрировал нам, что он классный игрок. Очень прилично играл и его партнер. И первый же командный турнир мы выиграли. Потом мы играли еще в командных турнирах с Мишей и его партнером, но первых мест уже не занимали. И все остальные первые места были заработаны нами со Славой в парных турнирах.

В одном из командных турниров (из тех, которые мы не выиграли) произошел эпизод, в оценке которого я разошелся со всеми нашими. Один из противников открыл 1БК (одним без козырей), что означало у них 15 – 17 очков. У меня со Славой было 24 очка и были все валеты, кроме бубнового. И местоположение этого бубнового валета оказалось ключевым моментом в розыгрыше контракта. Я положил валета бубей партнеру открывшего 1БК, оказался неправ и контракт проиграл.

В перерыве все меня дружно осудили, поскольку считали, что все 16 очков (включая валета бубей) должны были принадлежать открывшему 1БК. А Миша Стрижевский сказал: «Слава! Ведь ты же статистикой занимался когда-то!» Он тоже, как и Миша Донской, ходил ко мне в математический кружок для школьников в Московском университете. Но узнал (или вспомнил) я об этом только в Атланте.

Надо сказать, что это был не первый и не последний раз, когда я слышал в свой адрес подобные упреки. Буквально за пару дней до того, как я писал вот эти строки, я высказал одному своему приятелю свою точку зрения по поводу результатов встречи на мировом первенстве по футболу между командами США и Ганы. Я сказал, что команде США повезло в этом матче. На что мой приятель мне возразил такими примерно словами. Слава, а знаешь ли ты, что Гана два раза подряд выбивала США в играх на первенство мира. А ты же, мол, статистикой занимался и должен понимать, что теперь выигрыш США, со статистической точки зрения, был вполне ожидаемым.

С валетом бубей это был скорее не статистический, а вероятностный вопрос. А надо сказать, нет ничего коварнее, чем задачи по теории вероятностей. Пять карт (составляющие 15 очков) у открывшего 1БК были известны. И «свободного места» для валета бубей было больше у его партнера. Поэтому шансы найти валета бубей у открывшего 1БК были ниже, чем шансы найти валета у его партнера. И я пытался объяснить это всем там, в Атланте, в 98-м. Но поскольку в реальности валет лежал в «неправильном» месте, мне, кажется, никто тогда не поверил.

Другая сдача, которая вызвала оживленное обсуждение, была тоже связана с определением местонахождения одного из валетов (на этот раз – валета треф). Я вистовал против контракта, который разыгрывал Майкл Лоуренс. (Для тех, кто не знает бриджевых имен, скажу, что Майкл Лоуренс – победитель многих соревнований самого высокого ранга и автор более двадцати книг по бриджу.) И в какой-то момент мне надо было принимать ключевое решение. Все зависело от местонахождения трефового валета. Я долго думал и посчитал, что если бы валет был у Майкла, то получалось, что он должен был разыгрывать не так, как он это сделал за столом. Из этого я заключил, что трефового валета у Майкла нет, сыграл соответствующим образом и контракт выпустил, поскольку трефовый валет на самом деле оказался у Майкла.

Вечером я стал рассказывать об этом эпизоде нашим. Последовало долгое-долгое его обсуждение. Прежде всего, я убедил всех, что оптимальный розыгрыш с валетом треф должен был бы быть не таким, каким выбрал его Майкл. И при этом оптимальном розыгрыше от меня уже ничего не зависело и Майкл должен был контракт выиграть. Все с большим скрипом, но согласились с моими доводами. Но все-таки общее мнение было таково, что раз я выпустил контракт, значит, Майкл меня все-таки переиграл.

* * *

Мы все еще ощущали некоторое давление на нас со стороны судей. Как-то (это было на национальном турнире в Орландо) я спросил противника, что означает заявка его партнера. Он ответил, что они играют по стандартной американской системе. Я сказал, что плохо знаю стандартную американскую систему, и попросил его все-таки объяснить мне заявку партнера. «Зачем же ты приехал на национальный турнир, если не знаешь стандартной американской системы?» – спросил он. И мне пришлось вызвать директора, чтобы все-таки мой оппонент объяснил мне заявку своего партнера. Директор, хоть и поддержал меня в конце концов, тоже какое-то время бурчал что-то неодобрительное в мой адрес.

После окончания турнира я столкнулся с моим оппонентом около таблицы с результатами турнира. И он спросил меня, какое место мы заняли. Я показал ему на самую верхнюю строчку. «Надеюсь, теперь ты не будешь меня спрашивать, зачем я приехал на национальный турнир», – сказал я ему. Это было, конечно, несколько грубовато, но он все-таки вел себя за столом довольно беспардонно.

На каком-то из этих турниров я встретил Иру Левитину. Я не видел ее почти 25 лет после Тартусского рождественского турнира 1975 года. Но она выглядела прекрасно и вполне узнаваемо. Я, видно, тоже был узнаваем. Но все-таки, наверное, не вполне. «А вы – Слава Бродский?» – то ли утвердительно, то ли вопросительно сказала она, когда увидела меня.

* * *

В Атланте, Гатлинбурге и Орландо мы играли, естественно, не в самых престижных турнирах, а только там, куда нас допускали. Я сейчас собрал все жетоны за победу в турнирах. Таковых оказалось шесть: два в региональном турнире в Атланте, три в региональном турнире в Гатлинбурге и один в национальном турнире в Орландо. Это в основном дало мне необходимые баллы для получения звания *"Life Time Master"*. Этим дело и ограничилось. Больше мы со Славой уже никуда не ездили. Хотя играли еще как-то в региональном турнире в Нью-Йорке и заняли там тоже первое место в одном из турниров.

Когда я жил в советской России, я думал, что, возможно, уделял бы бриджу больше внимания, если бы жил в свободной стране. Возможно, так оно и было бы, если бы я жил в Америке с ранних лет. Но я приехал в Америку, когда мне было пятьдесят. А в таком возрасте ты не можешь серьезно играть в бридж и параллельно входить в новый для тебя профессиональный мир.

* * *

В 2001-м Слава Демин уехал в Париж. И я остался без партнера. Кто-то свел меня с молоденьким пареньком, Сашей Перлиным. И мы играли с ним несколько раз в клубах Манхэттена. Он играл очень и очень прилично. И веселил меня тем, что каждый раз, когда разыгрывал контракт, и после того, как я выкладывал свои карты на стол, вместо обычного *"Thank you partner"* говорил мне: *"Thank you partner for the beautiful hand"*.

Как-то я навестил Славу Демина в Париже. И мы пошли поиграть в какой-то местный клуб в парном турнире. Там произошел небольшой инцидент. Электронные устройства тогда еще были не в ходу в Париже. И мы писали результаты на бланках. В какой-то момент я записал результат на бланк. Но наш противник сказал мне, что я не должен записывать карандашом. Почему? Объяснений не последовало, но противник настаивал на своем и просил переписать результат ручкой. Я отказывался, говоря, что привык писать результаты карандашом. Противник не соглашался со мной. А я не соглашался с противником. Тогда он вызвал директора. Я сказал директору, что у себя дома, в Америке, я даже чеки, случается, подписываю карандашом, и в их уважаемом клубе тоже хочу писать карандашом. Директор мои возражения принял и сказал, что писать карандашом можно. Конфликт угас.

* * *

Конечно, есть громадная разница между бриджем в советской России и бриджем в США. В России в массовом бридже играли молодые ребята. Как правило, технически образованные. Это были компьютерщики, математики, физики, химики и другие технари. В США это пенсионеры, которые просто любят проводить за бриджем свой досуг.

Жизнь бриджевых профессионалов в США нелегка. Турниры даже самого высокого уровня им денег не приносят или приносят какие-то небольшие деньги, если такие турниры спонсируются. Поэтому они зарабатывают тем, что играют со спонсорами в клубах или ездят играть с ними на региональные или национальные чемпионаты. При этом ставки довольно невысокие. И на жизнь заработать себе не так уж и легко. Так, скажем, в клубе "*Honors*", в одном из трех лучших клубов Манхэттена, где я играл с Володей Флейшгаккером и Славой Деминым, игра вечером в будний день дает рядовому профессионалу в среднем не более 200 долларов заработка. При этом он должен потратить около трех часов турнирного времени плюс время на то, чтобы добраться из дома в клуб и из клуба домой, плюс время на всякие обсуждения с партнером до и после турнира. Что сравнимо с суммой, которую зарабатывает в день хороший контрактор за ремонт дома – около 350 долларов. И что намного меньше, чем зарабатывает средний консультант-программист. Правда, достаточно известный профессионал может таким образом зарабатывать 500 и более долларов в день. Популярность такой игры в клубах высока. Считается, что около трети пар могут составлять такое партнерство со спонсором. И это объясняет столь большой накал страстей. В частности, объясняет агрессивность игроков против Володи Флейшгаккера. Действительно, представьте себе, что приходит в клуб вот такой Володя Флейшгаккер, про которого никто толком ничего не знает. И вот пара со спонсором садится за его стол и начинает зарабатывать какие-то плохие очки. При этом часто бывает так, что ответственность за эти плохие записи лежит на самом профессионале. А это уже ставит под сомнение его профессиональную пригодность. И поэтому, когда он, что называется, на ровном месте зарабатывает чистый ноль, он просто не может не вызвать судью. К сожалению, судьи часто пасуют перед авторитетами и могут принять довольно сомнительное решение.

На региональных турнирах профессионалы зарабатывают больше. 500 – 1000 долларов в день – за чистое время игры в двух трехчасовых турнирах плюс, естественно, обсуждения происшедшего практически во все остальное время дня. На национальных турнирах профессионалы могут заработать еще больше. Вплоть до 3000 долларов. Это уже сравнимо с заработком хорошего консультанта-программиста. Но к этому надо добавить, что такой контракт еще надо найти. Кроме того, национальные турниры проводятся всего три раза в год. А консультант-программист имеет этот заработок в течение продолжительного времени.

Время от времени просачиваются слухи, что пять профессионалов играют с одним спонсором турнир за миллион долларов. И цель спонсора – занять приличное место в турнире высокого уровня. Как часто такое случается, я не знаю. Но могу сделать некоторые оценки. Спонсор должен быть довольно честолюбивым человеком. К тому же с приличным достатком. К тому же он должен играть не намного хуже, чем те профессионалы, которых он нанял. Ведь для того, чтобы квалифицироваться в качестве играющего участника турнира, ему, как правило, надо сыграть не менее 50 процентов всех сдач. Что-то мне подсказывает, что та армия профессионалов, которая пытается организовать себе приличные контракты, не часто сможет найти такого спонсора.

Еще один способ заработать бриджем – это играть в роббер на деньги. За вечер при ставке даже в один дайм (10 центов) можно выиграть около 1000 долларов. В «кровопролитной» борьбе можно выиграть и больше.

Тем не менее, заработки звезд бриджевых профессионалов не идут ни в какое сравнение с заработками звезд в массовых видах спорта, которые отличаются своей зрелищностью (скажем, в теннисе, баскетболе). А заработки рядовых профессионалов бриджа, как правило, не идут ни в какое сравнение с заработками рядовых профессионалов в «неспортивных» областях. По этой причине в молодом возрасте мало кто хочет посвятить свое время целиком бриджу. Это было бы неперспективно. Для людей с мозгами есть масса других возможностей и заработать приличные деньги, и утешить свое честолюбие.

Есть, правда, другая возможность: серьезно заниматься бриджем, но зарабатывать на жизнь чем-то другим. Примеров игроков высокого класса, жизнь которых протекает по такой схеме, много. Но они вряд ли имели бы хорошие шансы против профессионалов, если бы профессиональные игроки зарабатывали большие деньги и не должны были бы думать, как им заработать на жизнь.

Мне, как энтузиасту бриджа, хотелось бы видеть бриджевых профессионалов, главным занятием которых было бы совершенствование техники игры в бридж и которые не должны были бы заниматься этим только в свободное от зарабатывания на жизнь время. И еще мне хотелось бы, чтобы профессионалы бриджа зарабатывали так много, чтобы между ними была жесткая конкуренция, которая вознесла бы их мастерство на головокружительную высоту. А пока этого нет, можно вполне ожидать, что человек, который когда-то играл в бридж, а сейчас только изредка просматривает бриджевые календари, будет находить в них ошибки и неточности чемпионов. И иногда, хотя, наверное, все-таки не очень часто, можно будет ожидать этого даже от того, кто никогда в бридж не играл.

Послесловие

Я оглядываюсь на прошлое, вспоминаю то, что было почти полвека тому назад. Конечно, нам было трудно. Мы были лишены самых простых вещей. Мы не могли, как все остальные цивилизованные люди на земном шаре, пойти в магазин и купить книгу по бриджу или, скажем, записать своего сына на занятия по бриджу. У нас не было даже помещения для игры. Мы занимались своим любимым делом, находясь в глухом подполье. То, что ты играл в бридж, ты должен был скрывать от всех – от тех, с кем учился, от тех, с кем работал. Один мой знакомый говорил мне, что его мать призналась ему, что ей было бы не так стыдно сказать на работе, что ее сын ворует, как сказать, что он играет в бридж.

И не то чтобы те, кто играл в бридж, были на каком-то особом положении в советской России. Нет, конечно. Так же чувствовали себя все наши «товарищи по несчастью»: те, кто хотел заниматься йогой, атлетической гимнастикой, играть в женский футбол. А также почти все те, кто хотел делать что-либо другое. Мы жили в мире кривых зеркал, где все было поставлено с ног на голову. Большевицкие упыри запрещали практически все и давали свои указания на то, какую рифму надо было использовать в стихах, насколько мелодичной должна быть музыка, какой ширины должны быть мазки в живописи, как танцевать в балете, на какие темы надо было снимать кино, писать книги, на каких инструментах можно было играть, какими науками можно было заниматься. Эти указания распространялись и на разные бытовые мелочи: как надо стричься, можно ли отпустить бороду, какой ширины должны быть брюки, какой длины должна быть юбка, какие движения разрешались в танцах, кому можно писать письма, какое радио можно слушать, какие книги можно было держать у себя дома, какие праздники отмечать, можно ли ставить елку дома, какую еду можно есть. Ответ на вопрос о том, почему большевицкий режим был связан с такими несуразностями, существует. Но я не буду здесь об этом говорить – слишком уж это не по теме моего повествования.

А вот на вопрос о том, ощущали ли мы себя несчастными в такой ситуации, ответить намного труднее. И я думаю, что каждый из нас ответил бы на этот вопрос по-своему. Уверен, что среди нас было немало тех, кто даже не подозревал, что мы задавлены и замордованы до предела. Эти люди так привыкли быть подавленными абсолютно во всем, что воспринимали это как естественное положение вещей. И про них уж точно нельзя было сказать, что они чувствовали себя несчастными.

Другие не ощущали себя несчастными, поскольку вполне приспособились к жизни в большевицком обществе. Они добились каких-то успехов. Так что они занимали в этом обществе положение повыше многих других. И если у них не было знакомых в Америке (таких, как у Ильи Богуславского), которые своей информацией могли привести их в состояние дискомфорта, то они тоже могли ощущать себя вполне счастливыми.

А что можно было сказать о том, кто знал, где он живет. Вот я, скажем, очень хорошо понимал, где я нахожусь. Но даже я не мог бы сказать о себе, что я ощущал себя несчастным. Я и многие такие же, как я, просто не могли позволить себе сидеть где-то в углу и плакать о своей несчастной судьбе. Я, как и многие другие, пытался укрыться в небольших островках, оазисах, где можно было бы хотя бы на какое-то время оттородиться от окружающей действительности. И мы там, в наших оазисах, умудрялись не только просто выжить, но делать каждый наш день осмысленным и даже счастливым. И все эти встречи с моими друзьями и соперниками по бриджу, вся эта борьба за бриджевым столом, все радости и огорчения - это все были счастливейшие мгновения жизни.

Но счастье наше было особое. Оно было очень похоже на лагерное счастье бедного Ивана Денисовича. И понятно, почему. Мы тоже, как и он, жили в тюрьме. Только тюрьма у нас была очень большая - величиной с целую страну.

Я знаю, что не все чувствовали себя в этой стране так же, как я. Но я ощущал себя именно так: в маленьких оазисах жизни посреди большой тюрьмы. И я рад, что в советской России мне посчастливилось жить в нескольких таких оазисах. Одним из них был московский бридж.

www.ingramcontent.com/pod-product-compliance
Lightning Source LLC
LaVergne TN
LVHW091632100826
845152LV00001B/15

* 9 7 8 1 9 3 6 5 8 1 5 6 6 *